U0928707

追踪迷失的卫星

Tracking The Lost Satellite

简平 —— 著

中国大百科全书出版社

图书在版编目（CIP）数据

追踪迷失的卫星 / 简平著. -- 北京：中国大百科全书出版社，2022. 1
ISBN 978-7-5202-1054-6

Ⅰ. ①追… Ⅱ. ①简 … Ⅲ. ①新闻报道—作品集—中国—当代 Ⅳ. ① I253

中国版本图书馆 CIP 数据核字（2021）第 255372 号

追踪迷失的卫星

简 平 著

出 版 人 姜钦云
选题策划 李默耘
责任编辑 李现刚
责任印制 吴永星
出版发行 中国大百科全书出版社
地 址 北京市西城区阜成门北大街 17 号
邮 编 100037
网 址 http://www.ecph.com.cn
电 话 010-88390659
印 刷 太原日报传媒集团有限公司
开 本 880 毫米 ×1230 毫米 1/32
字 数 236 千字
印 张 9.875
版 次 2022 年 2 月第 1 版
印 次 2022 年 2 月第 1 次印刷
书 号 ISBN 978-7-5202-1054-6
定 价 58.00 元

目录

国门：拒绝恶虫毒草进出

冷峻的背景

中山陵松林之灾

1982 年，南京中山陵附近，某单位从日本进口机器设备。谁也没有想到，那装运机器的木箱竟然藏着线虫。日本是松材线虫病的疫区，砍下的病树锯板钉成木箱，但那木板内部的线虫并未死亡，经过天牛的媒介，侵染到中山陵郁郁葱葱的松岭上去了。结果，犹如洪水决堤，一发而不可收拾。当年枯死松树 265 株，第二年，猛增至 1 万株，后来则直线上升，1984 年为 3.9 万株，1985 年为 9.5 万株，1986 年为 21.5 万株，1987 年为 24.3 万株……受害松树由黑松 1 种扩展到马尾松、赤松、海岸松、白皮松等 8 种；区域由中山陵扩散到南京、镇江等 12 个县市，面积达 20 多万亩；1988 年，与之相邻的安徽省最终未能幸免。

事实是冷酷而惨痛的。

随着改革开放的深入，对外贸易以及国际间的交流获得长远发展。在喜人形势的另一面，由于对外开放口岸迅速增加，进出境动植物及其产品的数量和品种大幅度增长，来源和途径也非常广泛，因而动植物疫情变得更为复杂，而境外一些危害性极大的恶虫毒草一旦传入我国并蔓延，那后果是不堪设想的。

为了保护我国的农牧业和对外贸易，1991 年 10 月 30 日，《中华人民共和国进出境动植物检疫法》正式颁布，1992 年 4 月 1 日起施行。

设防的上海

1. 哈夫曼先生的 No 与 Yes

初春，长江口停泊着一条从美国驶来的货船。此时此刻，船主犹如热锅上的蚂蚁，正急得团团转。

原来，船主被告知，船中装载的 5.7 万吨小麦不允许卸下，因为中国检疫人员在这批小麦中发现了矮腥黑穗病。这是一种危害极大，防治也最为困难的小麦真菌类病害，在传播蔓延区域，可使小麦减产一半以上。

船主和销售商焦急万分，不能卸货所造成的损失显然是巨大的。他们磨破了嘴皮子。可中国方面态度坚决：我国目前还未发现这种病菌，一旦传入，后果难以想象，因而，这一决定不容商量。

消息迅速传到了美国检疫机关。老牌检疫专家哈夫曼先生却轻松得很："No。一定是中国人弄错了。据我所知，他们的检疫设备和技术根本查不出这种真菌。”临登机前，他还向货主拍胸脯说：“放心，由此造成的损失让中国人赔吧。”

飞抵上海，等待哈夫曼先生的是从美国小麦中检获的菌瘿和玻片。上海动植物检疫局局长曲能治和高级农艺师许佩珍陪同他观看这部记录着从船上取样、经高速离心机分离、在高倍电子显微镜下检验等一系列场面的录像，并亲眼目睹了实物后，他终于明白他轻松得太早了。傲慢的哈夫曼先生不能不吐出一声“Yes”。随即，他请求中国检疫人员帮助他们对小麦进行熏蒸处理以消灭真菌，而后全部返回，一切损失则由美方自己承担。

2. 南汇计划与非洲猪瘟

1978 年 3 月，马耳他一位农户给他的猪喂饲了从入境飞机上擅自拿来的残羹剩饭，不料，竟引发了一场震惊世界的非洲猪瘟病。在不到一个月的时间内，疫情迅速发展，波及到 304 个猪场，病猪达 2.5 万头，并呈无法控制状态。到 1979 年 1 月，该国 920 万头猪无 存活，开创了在一个国家范围内因一种传染病的传入而使一种家禽绝种的先例，政府不得不下令两年内不准养猪。

无独有偶。比利时的一位旅客从境外带了几根香肠回国，吃的时候顺手将剥下的肠衣去喂猪，结果也在该国引起猪瘟，致使一个州的猪全部被火化销毁。

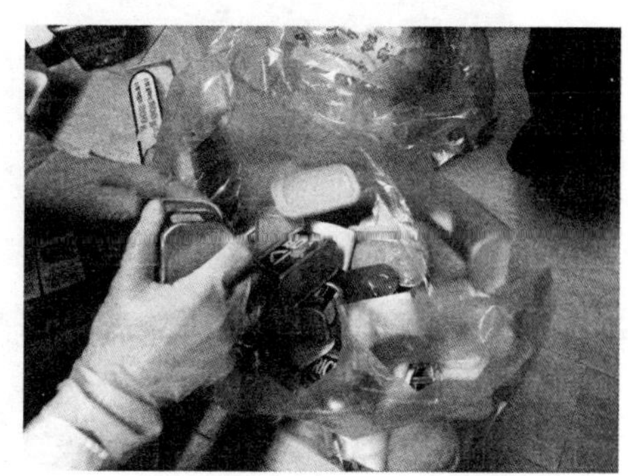

就在这一不幸事件

搅得欧洲大陆人心惶惶之时，上海南汇县却在构想一个宏伟的计划，准备从比利时进口种猪，建一个万头猪厂。上海动植物检疫局得知这一信息后，立即加以制止，避免了一场可能发生的大灾难。试想，以食猪肉为主的中国，有 3 亿多头猪，一旦传入这种传染性强、死亡率几乎为 100% 的非洲猪瘟病，必将对畜牧生产和人民生活造成不可估量的损失。

3. 宁波来的猴子

一批猴子要经上海的口岸去美国“定居”了。

这些来自宁波猴场的猴子，活蹦乱跳，无忧无虑地嬉闹着。可细心的检疫人员发现有几只猴子似乎有点病态。一检查，果然发现猴子患了肺结核。为了不让祖国信誉受到损害，也为了对美国人民负责，我国检疫人员当即决定：这批猴子一个也不准出口。

检疫人员赶赴宁波“寻根究底”，原来是一位饲养员患了肺结核，传染给了猴子。于是，迅速将这位饲养员调离岗位，猴场全体职工也都做了体检，并对场内设施进行净化处理。

猴子没能出成国，可运回宁波的时候，依旧顽皮地嬉闹着，仿佛也深明大义。

美方得知情况后，对我国检疫机关钦佩不已：“中国的检疫道德是高尚的，中国的检疫水平是一流的。”

设防，不仅拒绝恶虫毒草的侵入，同时也阻止病虫害的出逃——这都是为了全人类的利益。

上海是我国最大的对外开放口岸，目前与世界上 160 多个国家和地区有经济联系；上海邮局已同 48 个国家和地区的 125 个邮局有直封关系，进出境动植物检疫任务相当繁重。上海动植物检疫局作为祖国大门的守卫者，立下了汗马功劳——

在巴拿马籍“金港”轮的食品干货仓和储藏室发现毁灭性害虫谷斑皮蠹，及时做了熏蒸灭虫处理，有效地防止了疫情的扩散；

多次从进口的斯里兰卡木托盘和印尼铺垫木板上查获双钩异翅长蠹和鳞毛繁粉蠹；

检出并销毁患有猪心痢的美国种猪、患有黏膜病的新西兰种羊；

截获一家大酒店私自从非洲猪瘟疫区国家进口的猪肉火腿；

在进口粮食、蔬菜等类的种子中，检出危害性很大的杂草假高粱、豚草、毒麦，其中我国无分布的有 16 科 80 属 120 种；

……

上海动植物检疫局的功绩是辉煌而卓著的，在 1965 年建立以来的 29 年间，成功地守住了上海口岸大门，至今未发现我国规定的危险性有害生物侵入本市。

长鸣的警钟

1. 猖獗的洋水果走私

1980 年 6 月，美国加利福尼亚再次遭受地中海实蝇的袭击。地中海实蝇是一种具有极大危害性的害虫。这次袭击致使当地的果蔬业遭到毁灭性打击，经济损失达 12.5 亿美元，期间有 34 个国家和地区中断了与美国的水果、蔬菜贸易。究其来源，竟是一个旅客从国外携带桃子回国，而这些桃子正是来自地中海实蝇疫区。

因此，现在许多国家都将地中海实蝇列为检疫对象，重点防范，检疫措施近乎苛刻。新西兰对入境者携带的水果，要用消毒剂喷雾 2 分钟后，方准带走。美国则动用嗅味犬和嗅味机检查旅客，一旦发现外来水果便全部没收销毁。我国政府也规定禁止各种水果入境。

但是，至今每年仍有数以千计的人携带未经申报检疫的水果入境，结果都被没收或截留。不少人还将水果藏匿在行李中，企图蒙混过关。让人十分忧虑的是，在这些扣没的水果中，已多次发现危险害虫橘小实蝇、杧果象甲等。一位从国外考察归来的专家，随身携带青杧果入境，结果经检验发现有两种毁灭性害虫。这些害虫万一流入境内，形成危害，不仅会使我国的水果产量和质量受到严重影响，而且国产水果也会被拒之于国际市场之外。

更有甚者，连入境者从飞机上都禁止带下一只的洋水果，而今却逃过检疫堂而皇之地摆上了上海的柜台。据上海动植物检疫局掌握的情况，目前行销上海的洋水果大多是非法进入市场的走私货。这些源自广东一带的洋水果，其产地和批发地多为美国，经香港偷运入境上市。几次三番传染过地中海实蝇的美国，早已上了全球通缉的疫区“黑名单”，现在竟在上海登堂入室，怎不让人胆战心惊。

2. 无知的代价

当检疫卫士严守国门的时候，我们许多的国人却对《中华人民共和国进出境动植物检疫法》茫然无知。最令人吃惊的是，这其中有不少竟是从事外贸的进出口公司。他们对国家的法定检疫和国际惯例不闻不问，或置若罔闻，致使国家蒙受巨大损失。

上海某公司向希腊出口 50 吨芝麻，因出口前未经检疫，货到希腊后只好就地销毁。

某公司送鲜菊花切花样品给日本，因感染蚜虫，检疫部门不予放行，但有的领导干部认为，这是白送给人家的，有无证书没关系。结果擅自运出后，日本方面不仅不收还全部就地烧毁了。

去年，某公司出口 3 吨莼菜到韩国，也因无我国检疫部门的证书而被扣没。

江西一家公司从上海口岸发运 3 个集装箱的杨桐到日本，由于未经检疫，一个月后被退回上海。

1994 年 2 月 1 日，上海一家外贸公司代福州方面出口的 1 吨价值 35 万日元的冬笋到达日本后，因不能提供检疫证书而被扣押，日方每天还要收取仓储费 5 万日元。

另有一家进出口公司出口 900 吨大米到罗马尼亚，也因同样原因被扣。

目前，上海口岸依旧有 30% 的动植物及其产品，未得到国家检疫部门的核准和认可就私自出口了。这个数字不能不让人忧心忡忡，因为我们国家正因这些逃避检疫的行为蒙受经济和政治上的严重损失。

同样，对于进口货物，一些公司也照样不主动申报检疫。某远洋轮 1993 年 6 月 9 号到沪后，至 11 月 23 号经催促才来报检。

浦东一家实业公司替江苏方面进口木材，1992 年 11 月 24 日泊港后，直到 1993 年 12 月 24 日才在国家检疫部门的再次敦促下，申报检疫，创下了一项不光彩的“记录”。

《中华人民共和国进出境动植物检疫法》实施两年多来，取得了很大的成绩，但是一些方面也不容乐观，警钟必须长鸣。

自从 1881 年诞生了世界上第一个动植物检疫方面的公约后，如今已有 90 多个国家制定了本国的法律法规，欧美诸国还将其列入中小学教材。我国动植物检疫法的颁布和实施，标志着我国这一工作进入了一个新的历史发展时期，也标志着我国进一步走向世界。但是，由于种种原因，公民遵守检疫法的意识还较薄弱，这是一个应当引起各方面重视的问题。

历史的教训是惨痛的。抗战时期，随着日军的入侵，血吸虫病由日本传入我国，肆虐于南方广大地区，成千上万人因此丧命，许多村落成为“无人村”“寡妇村”。甘薯黑斑病也由日本传入我国东北盖县，现已蔓延到我国所有种植地区，每年造成烂薯达 50 亿公斤；而蚕豆象亦在我国许多地区扎根蔓延，以致“十豆九虫”，至今苏北地区的蚕豆还不能出口。

我们不能忘记过去，忘记历史。

上海动植物检疫局局长曲能治语重心长地说，动植物检疫法的根本目的是为了维护人类的利益，所以，每个公民都应自觉承担起自己的责任和义务。

让我们每个人都伸出手来，紧紧相握，和守卫在国门口的检疫卫士一起，阻挡一切恶虫毒草的进出。

1994 年 2 月

采写手记：

我第一次采访有关动植物检疫法的执行情况时，感到非常震撼。我第一次知道了侵华日军给中国带来的灾难，其实还绵延至今；第一次知道了恶虫毒草的侵入，会导致怎样严重的自然危害和经济、政治方面的损失；第一次知道了还有那么多人竟对我国法定的动植物检疫置若罔闻，千方百计地逃避检疫。在世界范围内，每一次的疫情暴发都给人类或自然界造成极大的损害，这让我们不能不警钟长鸣。

追踪迷失的卫星

1993 年 10 月 8 日北京时间 16 时整，我国在酒泉卫星发射中心成功地发射了一颗科学探测与技术实验卫星。这颗代号为“尖兵一号甲”（简称“尖一甲”）的卫星，发射后 8 分钟进入近地点 213 公里、远地点318公里的预定运行轨道。据新华社当天播出的电讯称，这颗由航天工业总公司所属研究院设计制造、由西安卫星测控中心测控操作的卫星重 2.099 吨，星上装有多种科学仪器，按计划完成科学探测、微重力试验和其他搭载任务后将返回地面。

这是我国自 1975 年 11 月以来发射的第 15 颗返回式卫星，以往的 14 颗卫星全部按时收回，成功率达 100%。

“尖一甲”卫星预定返回的日期是 10 月 16 日。但是，那天，地面向这颗已在太空正常运行了 8 天的卫星发出返回指令后，它却突然间逃逸了，在茫茫空间消失得无影无踪。

一时间，失踪卫星成了国内外关注的热点，莫衷一是的议论纷纷而起：

有人说，卫星已穿过大气层，坠毁在太平洋西岸；

有人说，卫星碎片猛烈地向地球撞来，相当大的区域将遭受袭击；

有人说，卫星上装有核装置和别的有害污染物，一旦泄漏，后果不堪设想；

有人说，卫星上搭载着许多奇珍异宝，若无法收回，损失不可估量；

……

10月20日，有关方面指示南京紫金山天文台，在太空中搜寻并跟踪失控的“尖一甲”卫星，紫金山天文台立即将观测望远镜指向了卫星可能运行的轨道。

除了天文学家，还有多少双眼睛也在注视着苍穹，注视着瀚海一般的繁星……

坠毁乎——扑朔迷离

1993年10月28日凌晨，也即“尖一甲”卫星在太空失踪后的第12天，法新社援引美国科罗拉多北美太空飞行指挥部纳尔逊·麦考奇少校的话说：“我们有世界上最好的、价值数十亿美元的监测器，它们证明中国10月8日发射的卫星，今天将进入地球大气层，我敢打赌！”

而美国《航空与空间技术周刊》早在10月中旬就妄称：中国

失控的卫星将于10月底穿过大气层坠落地球，并对广大地区构成威胁。

曾经率先向世界公布了“1983年苏联带有核电源的宇宙1402号卫星在太空失控即将坠落”消息的国际著名中学生卫星跟踪组织——英国凯特林太空观察小组，10月23日也说，中国的这颗卫星最少会有2吨碎片没有在大气层中燃烧完，它会像一辆时速高达数百公里的汽车，猛烈地向地球撞来。

危言耸听的消息让世界关注。

10月28日晚间，美国太空飞行指挥部正式宣布：重约2吨的中国失踪卫星碎片，已于格林尼治时间10月28日16点09分坠落在秘鲁以西1,600公里的太平洋中。这个指挥部的发言人还说，他们掌握了7,200多种在地球附近运转的太空物体的详细资料，即使如足球大小的东西，也能监测其活动。

10月29日，中国各大新闻媒体出现了“国家航天局新闻发言人称：根据有关部门跟踪结果证实，卫星返回舱仍在轨道上运行，半年之内不会返回地面”的正式消息。

法国不甘寂寞地也来凑热闹。10月29日，法国国家空间研究中心宣称：中美双方关于这颗卫星是否仍在轨道上的说法“都对”，并且解释说，这颗中国卫星自10月8日发射升空以来，已有7个卫星部件返回地面，还剩下一个部件仍在轨道上运行。但是，这最后一个部件是不是“返回舱”，法国人则不置可否。

法国人的说法多少有点道理。返回式卫星按其结构来说，是可以分成星上发动机、燃料贮箱、卫星舱盖、仪器舱、返回舱等几大部分。随着卫星工作的完成，前几部分按程序应一一被甩掉，最后地面实际回收的部分是卫星的返回舱。美国人指称已经坠毁的，不过是卫星在天上按预定程序正常甩掉的运载火箭的第二级发动机残骸。其理由很简单，中国10月8日发射的卫星总重量只有2.099吨，其中返回舱仅为700多公斤，在发射过程中，已有1吨多重的部分被甩掉或在大气层中因摩擦而烧蚀，最后坠落的卫星说什么也绝不会有2吨之多。中国科学家根据“天外来客”的坠落时间和重量判断，其为二级火箭发动机残骸无疑。就算给美国人一点面子，权且把它当成卫星上的部件的话，充其量也只能算是抛在天上的“太空垃圾”，算不上真正意义的卫星。

中国空间技术研究院的专家肯定地说，“尖一甲”卫星返回舱现在仍在太空轨道上运行。

他们的话是确凿可信的。

在中国具有权威地位的南京紫金山天文台于10月20日受命追踪迷失太空的“尖一甲”卫星后，立刻决定利用光学和力学的技术来测算轨道，捕捉失控卫星。天文学家们根据10月16日的中国测控雷达对变轨以后的卫星定出的最后一组轨道根数和卫星的形状、重量，估计出卫星的周期变率，向中国科学院人造卫星系统各台站发出了拦截预报。

21日晚，南京紫金山天文台和乌鲁木齐观测站终于发现了已在天上游荡了5天的“尖一甲”卫星的踪影，并取得观测资料和卫星的变光特征。几乎同时，中国科学院的其他近10个观测点也发现了它。

然而，由于卫星可见情况和大气条件差，影响了继续观测，“尖一甲”卫星再度逃逸。紫金山天文台的科学家们日夜奋战，重新计算出卫星运行的6个轨道根数（如轨道倾角、半长轴、偏心率等），第二次发出拦截预报。9天之后，长春观测点再次发现了

南京紫金山天文台

“尖一甲”卫星，与紫金山天文台的预报仅差 12 秒。

紫金山天文台根据各观测点取得的资料，经过验证，证实这颗卫星的运行轨道与 10 月 16 日的轨道根数相吻合，而且其变光特征和“尖一甲”卫星相一致。

“这是一颗不太常见的变光卫星。”观测员这样报告说。而 2 米左右宽的“尖一甲”卫星返回舱，外形呈纯锥体，锥体的颜色为绿色，圆截面的锥口则是白色的。当白色镀铝的一面朝着太阳时就闪闪发光，而绿色的部分正对着太阳时，看上去就是暗的。“从天文望远镜中观察我们跟踪的目标，正是这样一颗绿白两色交替闪烁的星。”

由此，中国的天文学家们认定，这便是失踪的第 15 颗返回式实验卫星。他们还指出，卫星失踪的原因在于定向失控。由于卫星在运行段俯仰红外通道发生故障，卫星姿态未能调到预定的角度，地面发出返回指令后，它便以错误的姿态接受了指令，在火箭的推动下，加速向太空中冲去，拐上了另一条轨道。原来给这颗卫星定的运行轨道是与地球近距点为 213 公里，远距点为 318 公里，而 1993 年 11 月 16 日测得的新轨道却是离地球近距点 175 公里，远距点达 3,042 公里。

如今，“尖一甲”卫星虽未坠毁，但因为与原轨道相距遥远，地面指令对它已是无可奈何，无力将它召回了。

珍宝乎——价值几何

“尖一甲”卫星不能按计划收回的消息刚刚公布，“金质镶钻毛泽东纪念币失踪太空”的传闻便立刻四起，这使卫星上所有的搭载物都被涂上了一层神秘的色彩。

卫星上究竟搭载了些什么？

除了前几颗返回式卫星都搭载过的“冶炼”半导体材料的晶体炉、植物种子、昆虫、菌种、微生物等实验品外，“尖一甲”卫星新的搭载项目是一批纪念邮封和私人物品。

中国航天集邮协会特制了 1,000 枚编号纪念邮封放进了卫星回收舱。这批邮封的底色呈淡蓝色，封左为一朵红白相间绽开的降落伞，伞下绘有“尖一甲”卫星的英姿。一幅长征二号丙运载火箭发射返回式卫星的照片隐约从邮封中央的底色里透出。邮封右下角有从印钞厂特制的防伪标记和防伪荧光暗号，在紫外线灯光下可以清晰地看出，这些暗号是 0001—1000 的数字，表示这枚邮封的序号。邮封的上部印有“93—035 中国首次星载回收纪念封”字样，并盖有钢印。北京市司法局公证处的两名女公证员在酒泉卫星发射中心现场见证了这1,000枚邮封的搭载全过程，并亲手在邮封袋装进卫星后贴上了“中华人民共和国北京市公证处”的封条。原定待卫星返回后，北京市公证处将为有幸得到这种邮封者一一出具“中国首次星载回收纪念封”的公证书。据集邮界人士私下称，一旦卫星返回，此邮封的身价便不可估量了。

此外，还有中国卫星发射代理（香港）有限公司制作的3,000枚纪念邮封，也分别捆在15个布包中，放进了卫星舱内。

然而，最令人瞩目的是该公司搭载的一只神秘的圆柱形金属桶，而那枚传闻中的毛泽东纪念金币正是放在这只桶内。

1993年是毛泽东百年诞辰，设在深圳的中国租赁实业发展公司特制了20,000枚毛泽东诞辰100周年纪念金币。这种纪念币正面为毛泽东晚年浮雕头像，四周镶了44颗绿色的南非钻石，币质为优质18k金。纪念币的背面标有“毛泽东诞辰一百周年珍品”的字样，并有毛泽东的亲属毛岸青、邵华、毛新宇的签名。该公司称此珍品总共发行20,000枚，模具已当众销毁，每枚背后均有从1—20000的顺序编号，售价28,880元人民币，已全部订购一空。然而他们“财”思泉涌，把8万港币卖出的8341号（因昔日负责毛泽东安全的中央警备部队代号为8341，故此枚特别珍贵）纪念币，又以10万港币买回。几经周折，8月中旬，这枚纪念币被护送到酒泉卫星发射中心，待搭乘“尖一甲”卫星遨游太空返回后再进行拍卖。自然，经历这么一番太空旅程，纪念币是身价倍增了。然而，现在它却是命运难卜。

和毛泽东纪念币一起放在那只金属桶里的，还有其他香港客户的私人物品，说它们是奇珍异宝大概并不为过。

其中有一尊10厘米高的金质观音菩萨铸像，还有一尊同样大小的如来佛金质铸像。不知二佛是否厌倦了人间的繁杂，有心借着卫星到九天去避个清静。

比较贵重的东西还有：一块号称“满天星”的手表，该表的外壳、表盘及表带上镶满了亮晶晶的钻石，价值 50 多万港币；一块用 24k 金压铸的面额为 50 美元的制币模板；一对白金戒指和一只钻石戒指。

另外一些东西是：21 盘高档激光唱盘；一盘大激光视盘（因太大未能装进圆桶，单独另放）；一台 BP 机；一把“R”形纯金钥匙链牌，这是罗尔斯·罗伊斯名牌轿车上的专用品；两张信用卡；7 张照片，其中有几张是结婚照；还有 194 张名片，放在最上面的一张是香港《文汇报》张某的名片。

所有这些私人物品共 235 件。

1993 年 8 月 30 日，装满这些物品的金属小圆桶盖上，贴了写有“中国发射代理（香港）有限公司”字样的封条后，被送进卫星舱内。显然，这些东西没有必要作一次太空旅行，请它们上天的目的似乎只有一个：升值。

不知是匆忙还是疏忽，这家公司竟然忘了请具有法律效力的权威机构现场公证。一旦卫星返回，有谁来证明这些物品确实上过天呢？

不管怎么说，这些东西是随“尖一甲”卫星遨游太空去了，然而，它们会如期回来吗？

归来乎——翘首以待

“尖一甲”卫星逍遥自在地在太空游荡已一年半载了，虽然这位“太空游子”时不时地玩着捉迷藏的游戏，但南京紫金山天文台和中科院人造卫星系统观测网牢牢地掌握着它的行踪。

那么，“尖一甲”卫星是否有望重返人间呢？

主持追踪工作的中国科学院天文委员会委员、南京紫金山天文台研究员吴连大说，唯一的可能就是等待这位“太空游子”精疲力竭后自然陨落。吴连大介绍说，目前由于所携燃料已近用完，在没有外力的作用下，受大气阻力的影响，“尖一甲”卫星运行速度将放慢，并且每天以 2 公里左右的距离向地球坠落。根据卫星在太空运行的阻力衰减值推算，这颗卫星将在 1996 年 1 月陨落地面。

南京紫金山天文台的预测水平是世界一流的，80 年代苏联 1402 核动力卫星陨落时，紫金山天文台就曾准确测算出陨落时间。对于人造卫星的研究，紫金山天文台于 1958 年苏联发射第一颗人造卫星时便开始了，所以，一般追踪和预报的把握几乎是胸有成竹。

现在，追踪“尖一甲”卫星的观测望远镜放在紫金山顶的一座圆顶小木屋里，启动机关后，圆顶就会慢慢打开，露出大片一尘不染的苍穹。每一个皓月当空繁星闪烁的夜晚，那位“太空游子”便会在这诗意般的情境中重现在观测人员的视野里。只是那架天文台自己刚刚做成的名叫经纬仪的小型望远镜精度不高，望远镜上连着的那台电脑也属于最老式的了。隔壁还有一架双筒的跟踪打印经纬仪，是 1972 年首次全国人造卫星工作会议决定制造的 7 台望远镜中的一台。它是用于观测人造卫星的主要仪器，但从 1974 年试用至今，仅在 80 年代进行了纸盘打印改装，至今由于经费短缺而没有用上电脑。尽管工作条件和设施非常简陋，但这并未妨碍天文学家们预报的精确程度。

然而，由于受大气层以及其他诸多因素的影响，“尖一甲”卫星的运行速度和运行轨道每天都在变化之中，因此，其陨落的具体时间，目前天文学家们只能预测在 1996 年 1 月中旬，前后误差 20 天左右。不过，随着坠落时间的迫近，计算也将越来越精确。

或许，比坠落时间更为重要的一个问题是，“尖一甲”卫星会完好无损吗？如果它毁于一旦，那所有的期待岂不落空？一般情况是，地球外物体坠向地球时，因是高速坠落，大气摩擦产生的高热会将其烧毁。但是，中国航天工业总公司的官员称，卫星回收舱的表面涂有耐高温材料，穿过大气层时绝不会烧毁。可想而知，当“尖一甲”卫星长时间历险归来后，那些搭载的贵重物品将有何等的身价。

自然，人们关注的另一个问题就是“尖一甲”卫星会掉在哪里，万一掉在别的国家怎么办？由于卫星的运行速度、轨道和陨落时间还难以最后断定，因而它的最终陨落位置也同样无法确定。但在理论上不排除掉在地球的某个人口稠密区并造成破坏的可能性。不过，自有人造卫星以来，失控的人造太空飞行器坠落伤人的事件尚未见诸报道。可以让世人放心的是，“尖一甲”卫星上没有任何核装置，也没有其他令人恐怖不安的有害污染物。它陨落时经过大气层的高温烧蚀，本身的重量会大大减少，不会对地面构成危害。

根据 1968 年 4 月 22 日世界各有关国家签订的外层空间的国际条约中《营救、送回宇航员和归还射入外层空间的物体的协定》（中国已于 1988 年加入了签约国），无论“尖一甲”卫星最终落到哪个国家，这个国家都有责任将它归还给它的发射国——中国。这是一个国家的主权体现。当然，由于能够理解的原因，其归还也许将有一个很艰难的过程。

据紫金山天文台最新观测，“尖一甲”卫星现在运行正常，绕地球一周约需104分钟，近地点175公里，远地点1,734公里。

迷失的卫星正在回归途中！

“太空游子”正在重返家园！

我们和天文学家一起，翘首以待。

失控卫星的追踪现正更加密切地进行着，并将一直持续到“尖一甲”卫星自然陨落时为止。

1995年3月

采写手记：

我国发射的第15颗返回式卫星没有如期归来，引起海内外高度关注。我与上海电视台《今日印象》栏目合作，采写了这篇独家揭秘式报道，相关电视纪录片也同时播出，激发起读者和观众的极大兴趣，一时间，出现“街谈巷议”的热闹景象。最终，“尖一甲”卫星于1996年3月12日陨落在大西洋南纬23度、东经20度的海域。

浦建新变性前后

上篇：痛苦挣扎

或许，这是一种比癌症还要可怕的疾病。癌症患者能得到全社会的同情和关心，而这种病却只能招来讥笑和唾弃。然而，就是这些在磨难中苦苦挣扎的灵魂，正渴望着理解和尊重。

这种病叫易性癖，医学上称为“异性转换症”，顾名思义，其具体症状是一种男人认为自己应该是女人，女人认为自己应该是男人的心理病症。换句话说，便是男人想变成女人，而女人想变成男人。这种病可怕而又痛苦，病人为改变性别走到极端时，不惜自伤、自残或自杀。

随着医学科学的发展，从根本上为易性癖患者解除病痛的变性手术，已从纸上谈兵变为临床实践。据报道，美国大约已有5,000余人做了变性手术。而在我国，由于回避，或者说蔑视这种病人，易性癖一直鲜为人知，直到90年代初，第二军医大学博士生导师、上海长征医院整形外科主任何清濂教授相继完成我国首例公开亮相的男变女和我国首例女变男的变性手术后，这才引起人们普遍的注意。而最受鼓舞的恐怕就数那些易性癖患者了，何教授成功的变性手术，使他们在黑暗之中看到了曙光和希望。

1994 年 5 月 4 日，何清濂教授再次成功地完成了一例男变女的变性手术。当那位患者术后走出医院大门时，昔日潇洒英俊的先生已变成了亭亭玉立的小姐。

这位患者是谁呢?

他叫浦建新，今年 38 岁，家住上海市东北角，手术前任某公司总经理助理。他已经结婚，有一个非常美满的家庭，活泼可爱的儿子刚刚上学。就是这样一位青年，竟是个严重的易性癖患者。

说起来，浦建新是家中的长子，底下有 3 个妹妹。对于这么个独子，小浦的父母如获至宝，疼爱有加。由于父亲长期在外地做工，小浦便从小生活在胭脂气十足的女儿国里。渐渐地，异性转换意识在他幼小的心灵里渗透滋长起来，他开始倾慕女性，觉得女孩子可以打扮，可以撒娇，讨人喜欢，令人同情，且又活得轻松自在。终于有一天，他在心底里爆发般地大喊一声："我一定要变成女孩身！"

浦建新长大了，长成了一个发育完好的浓眉硬须的男性，他有了工作，还学会了驾驶。但是，那个深埋于心里的强烈愿望依旧时时在胸中冲撞着，他因此躁动不安，痛苦不已。1980 年的一天，他偶然从一本国外的杂志里获知已经有了变性手术的消息，他激动极了，可是想到这种病症难以启齿，也难以被人们理解，因而国内不可能施行变性手术时，他又绝望了。为了掩饰自己的病症，也为了给浦家续个香火，迫于各种压力，1985 年浦建新结婚了，次年有了一个儿子。然而，婚姻并没使他的心理得以矫正，相反，随着时

日的累积，他的病状越发严重了。他常常偷偷地将妻子的胸罩、内裤穿戴在身上，有时趁家人不在，他身着艳丽的女装，足蹬高跟鞋在梳妆镜前久久地自我欣赏，忘乎所以。这一切终于让妻儿发现了，他感到无地自容，可是，希望变性的愿望却由此公开化了。

对于浦建新来说，1991 年是难忘的一年。这一年，他终于看到了我国成功施行变性手术的报道，他再也无法控制自己，长期埋在心底的火焰奔突腾窜了。为了表明自己的变性心迹，从 1991 年 11 月起，浦建新开始与妻子分居。妻子既同情他，又艾怨自己的不幸，经过两年多的“持久战”，妻子不得不离开了他。

儿子心理的逆转，对于其父母不亚于是场“地震”，他们都是很传统、很本分的人，儿子的想法在他们看来岂止荒谬绝伦，简直是大逆不道。虽然儿子已为他们传了个宝贝孙子，可是他们已经有了三个女儿，唯一的儿子又要变成女儿，他们无论如何都不能接受这样的变化。为了防止儿子受“异端邪说”的毒害，老父一怒之下，把他爱看的这方面书籍统统付之一炬。为了打消儿子的变性念头，父母几番苦苦地哀求他，然而他依然故我。

变性，已成为浦建新的人生追求，为了达到目的，他四处写信、走访有关医学杂志和医院。他给揭开中国变性手术史的何清濂教授写了 15 封信，并多次拜访他。他长跪在何教授面前，痛不欲生地哭泣道：“如果作为男性继续活在这个这个世界上，我已感到毫无意思。变性是我最大的心愿，为变性我可以牺牲一切。”但是，何教授没有答应，因为变性在我国还是个很敏感、很复杂的问题，它涉及到法律、伦理、道德、家庭、婚姻等诸多问题，这些都不是医院所能解决的，所以，施行这种手术一定要慎重，能不做就尽量不做。

在要求进行变性手术的愿望屡屡受挫后，浦建新又是沮丧又是绝望，于是在 1994 年 2 月 19 日那个寒冷的早晨，他写下了遗书，然后用菜刀将自己身上那个讨厌的“累赘”斩去了，血如泉涌，他一下子昏死了过去。幸亏那天他的前妻正好去看望他，当即把他送到医院。当时医生执意要给他“断茎再植”，可是他死也不从。医院领导先后前来做他的工作，从中午一直僵持到晚上 10 点，最后双方都作了让步：他同意暂先“接”上断茎；医院则答应待条件成熟后，再给他施行变性手术。

“断茎再植”的效果不理想，浦建新排尿十分困难，又不便行走，他为此痛苦万分。面对精神上极度颓丧，生理上极端痛苦的浦建新，何清濂教授的心颤动了，他终于答应为他做变性手术。

原本竭力反对儿子的父母亲，看到他决心这么大，思想上也动摇了，觉得与其让他这样痛苦地生活下去，还不如遂其心愿，由儿子变女儿吧。

住地的派出所也被这流血的惨剧所震惊，出于同情和理解，很快出具了证明，答应浦建新在变性后为他变更姓名和性别。

浦建新的企望终于实现了。1994 年 5 月 4 日，他第一次躺到了手术台上，国际著名的器官再造专家何清濂教授亲自为他主刀。整个手术分 6 次进行，时间长达半月，先是切除残存的男性生殖器官，利用敏感皮肤改造阴部，做成女性外阴；其后再做一对手感柔软、均匀对称的乳房，同时切除喉节。手术后的浦建新前后判若两人，在经历了那么多年的困惑、躁动和痛苦之后，他终于梦想成真，圆了一个长长的女儿梦，由“他”变成了“她”！

下篇：重回生活

因易性癖而痛苦挣扎多年的浦建新，经过变性手术，成了一个地地道道的女性。她有着修长的身材，娇好的面容，尤其是涂着口红的双唇，让人一点儿也看不出她曾是男儿身。当她穿上时装和长裙，即使在佳丽群中也不逊色。她有正常的女性心理，当她细细体味着女人的所有感受时，她充满了幸福感。

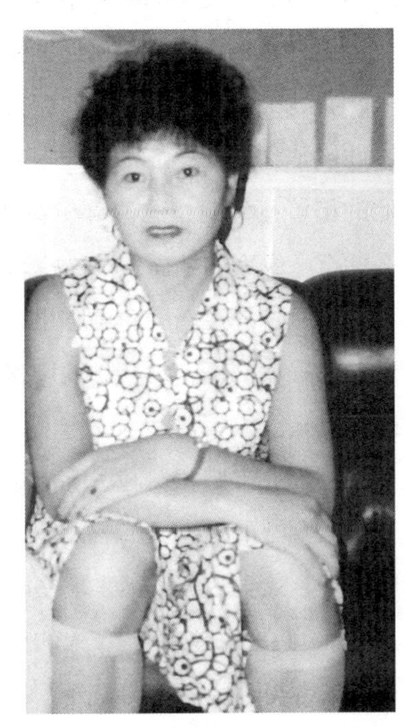

浦建新已是一个女人。当生理、心理上完成性别转换之后，她已消除了变性前的紧张感、迷茫感和孤独感，对生活重又恢复了信心。但是她深深知道，走出医院大门后，她将面临一个很长很艰难的康复期，这种康复与其说是术后的进一步治疗，在生理、心理诸方面强化“女性塑造”，倒不如说是一种回归社会、回归生活的进程，说白了，也就是重新让社会、让人们接纳，重新在社会、在生活中立足。这不仅需要她个人的努力，也更需要整个社会的理解、关心和帮助。

当浦建新住在长征医院接受变性手术治疗的时候，她更多的是觉着欣慰和喜悦，这使她有足够的勇气战胜手术带来的伤痛。然而，在心底里她无法抑制另一种悄然滋长、弥漫的失望和难堪。在她术后独自躺在病床上时，她心里盼望着有位朋友来看看她。那是她的一个最知己的朋友，从小学到中学一直都是同学，在她的朋友名册上，他始终排在第一位，而且他就住在医院附近。但直到出院，他都没有来看过她，倒是有一次在路上碰着了，她赶紧上去打招呼，他却如陌生人般毫无表情地避开了。她很伤心，她知道她从此失去这个“第一号”的朋友了，因为他无法接受她。

出院后的一段时间内，浦建新特别害怕见到熟人，因为他们总用异样的不友善的眼光审视她，认为她是一个“脑子有毛病”的人。更有甚者，有一天路过某文化馆，一位过去与她相识的青年男子，看她穿着迷人的长裙，竟在大庭广众之下就跑上去拥住她，好奇地摸她乳房，一下子引起了人们的围观。当她羞涩、尴尬地阻止他的粗鲁行为时，这位青年竟然说道：“你原来也是男的，这有什么稀奇，像真的一样！”这些话像刀子一样刺伤了她的心。

但是，浦建新凭着重回生活的热情和信念，凭着何清濂教授对她的指导和信任，她自觉地调整着心态，积极地进入社会生活。她的康复是令人瞩目的。一方面，她的术后治疗达到了相当完满的程度，经上海市妇幼保健医院测定，她体内的雌、雄激素量完全达到了正常女性的指标。另一方面，她逐步建立起了正常的心态和健康的心理，这更为突出地表现在她认识到了作为一个社会人与现实社会生活的关系，认识到了人的价值和生活的意义，由此，她的社会适应能力得到了显著的提高。

浦建新不再埋怨别人对自己的不理解，她明白了在自己变性之后，以往的朋友圈子乃至社会关系必然会发生变化。于是，她开始尝试着建立新的朋友圈，她以自己的真诚、善良赢得了新的朋友和知己。她这辈子是不会忘记那个新结识的朋友的。那位朋友在商店工作，是个普通的营业员，浦建新是去买东西的时候和她相识的。她知道小浦是个变性人后，并没有歧视她，而是热情地帮助她走入女儿国。为了打消小浦的顾虑，克服心理障碍，她头一个把她带进了女浴室。这第一次的经历对浦建新来说相当重要，她既充分认可了自己在社会生活中的女性角色，也看到了自己为女性世界所接纳的现实可能性，而这又是建立在人们的信任和关怀之上的。浦建新为此落下了感激的眼泪。

浦建新变性之后，失去了过去的工作，没有了收入来源，连每月 8 元的粮油补贴都拿不到，在最初的日子里她相当苦闷和惶然。康复过程中她所获得的健康的心理，使她得以正视现实，积极寻求发展机会，重塑人生。她决定不过隐居生活，堂堂皇皇地做人，认认真真地工作，为社会再做贡献。

一天，一位颇有实力的总经理突然上门造访。他认为变性后的浦建新比泰国的“人妖”还棒，所以愿出 5,000 元至 10,000 元的月薪，聘她去南方做“展览演出”。浦建新断然拒绝了。这位老总仍不死心，说那就同你签个合同，保证你三年之内挣上 100 万。浦建新依然没有动心。她说：“男人是人，女人是人，变性人也是人。我从一个男性变为女性，并不是出于对金钱的追求。我要做个自尊的人，这样才对得起自己，对得起社会，对得起那么多曾给予我帮助的人。”

浦建新很幸运地遇到了另一位整形外科医师、中国蓝天美容集团董事长兼总经理王天湖。那是为了再做一次整容和隆胸术，浦建新慕名前往江苏淮阴。她没有想到，王医生非但以高超的技术使她容颜焕然一新，而且还让她从此选择了一份当作事业来做的工作。浦建新动完手术后没有急着回家，而是在王医生开办的美容讲习班里留了下来。她又一次捧起了书本，又一次坐进了课堂，没过多久，她便以自己的聪颖和勤奋获得了美容师的证书。在回上海的火车上，她揣着这张证书，心情激动。她开始规划未来的人生蓝图，她想她要开设一家自己的美容院。她再一次落泪了，她想命运真是太厚待她了——还有什么比这份职业更适合她的呢？这是一份造福于姐妹们的美的事业！

回到上海后，浦建新又拜人为师，在几家美容院里进行实习，她做得更加得心应手了，400 多名顾客，无一例失败。她十分感谢那几家美容院的职工们为她营造舒心的工作氛围和环境，他们给予她的信任、理解和支持，使她感受到了整个社会的宽容和温暖。浦建新信心倍增，她还在酝酿更大的发展。

根治了易性癖疾病的浦建新，如今正充满自信地积极生活着，只是当夜幕低垂，顾客散尽的时候，她独自一人默默地坐在美容厅里，会那么地想念已改叫她“妈咪”的儿子；她想，作为一个完整的女人，她还会结婚的，不过，或许那要等到善良的前妻再婚之后。她真诚地为她祝福。

也许有读者会问，变性后的浦建新是否起了新的名字？是的，现在她有了一个非常好听的新名字。不过，那只是为了方便，而不是想隐姓埋名。

1995 年 10 月

采写手记：

我在《康复》杂志任职时，收到过有着各种身心痛苦的人的来信，其中就有希望变性者来咨询有关变性手术和日后生理、心理建设的问题，说实话，我找不到合适的回复者。在我认识浦建新之后，她的坦诚、勇敢和努力都深深地打动了我，我看到的是一个健康、积极向上但也有生活烦恼和困惑的真实的人，我很想把她的经历告诉那些咨询者，也告诉社会上更多的人，我们应当宽容、接纳并帮助他（她）们重回社会，重建生活。

追寻“南京的辛德勒”

南京。

1997 年 5 月。

大雨滂沱。

我们在如注的雨中追寻一位被称为是“南京的辛德勒”的德国人，他的名字叫拉贝。

追寻拉贝，是为了追寻历史。

寄给希特勒的报告

1938 年 6 月 8 日，刚从中国回来的 56 岁的德国西门子公司驻南京总代表拉贝，给希特勒寄去了一份长达 260 页的报告，详尽陈述了他在南京大屠杀期间亲眼目睹的日本军队的暴行——拉贝以为希特勒并不知道自己的盟友在中国烧、杀、劫、淫的真实情况。在这之前，拉贝于 5 月 2 日至 25 日，还在德国外交部、作战部等处连续做了 5 次演讲，以铁的事实和证据，向人们揭露日军在南京犯下的滔天罪行。

几天之后，拉贝被盖世太保逮捕了，他在南京大屠杀期间写下的日记和收集的照片也被悉数没收。

拉贝

拉贝出生于1882年11月23日，1908年由西门子公司派驻中国。还在童年的时候，拉贝就说过他要像鸟儿一样遍游世界，他去过南非、日本、阿富汗等许多国家，可当他踏上中国的土地时，这位26岁的年轻人怎么也没想到，他会在这里一呆就是整整30年。中国人的热情和好客，使他很快就消失了陌生感，生活安定，生意也做得非常顺畅。来中国后的第二年，拉贝和本国一位药剂师的女儿在上海结婚，又隔了一年，他们的长女在北京出生。以后，他的孙辈也相继诞生在中国。30年的居留，使拉贝对中国充满了感情。1937年12月12日南京陷落，侵华日军开始实施惨绝人寰的大屠杀后，一个日本军官曾问他为什么不离开这里，而且还要干涉他们的军事行动？拉贝回答说：“我在中国生活了30年，这里是我的孩子们和孙辈们的出生地；30年来，我们一直得到了中国人的厚待，所以当他们遭受不幸时，我是不会离开他们的！”正是基于这种对中国人民的特殊感情，拉贝在奉命回国之际，向他的中国朋友承诺：一定将中国人民在南京所经历的苦难直接报告给希特勒。

拉贝没有食言，他一回国，即给希特勒寄去了这份对日军暴行满是愤慨之词的报告。作为证据，他还将自己写的日记和收集到的照片附之于后。

拉贝在报告中写道：

“数千人从大批难民中被拉了出来，日本人检查他们的手——谁拿过枪，那他手上就会有老茧；还查看他们的背上是否有背包留下的压痕，脚上是否有行军时跑出来的创伤或者是否留军人式的短发。谁有这些特征，即被怀疑是军人并被捆绑着拉出去处决。成千上万的人就是以这种方式被日军用机关枪和手榴弹杀害的。其他成千上万完全无辜的平民同时也遭到杀害，因为被查出是军人的数字，日本人觉得太小了。随后，尸体被浇上了汽油，尚未死去的活人也被烧死了。一些遭受惨无人道迫害的伤员被送进了鼓楼医院，他们临死之前还能讲述残忍的处决过程。我本人就听取了几个这样的报告。我们给这些受害者拍了照片作为资料保存着。——枪决是在长江岸边、城市露天广场或许多小池塘的边上进行的，我们从一个池塘里捞起了124具尸体，所有的尸体明显是被处死的，因为他们都用绳索或电线捆绑着。

“显而易见，日军已完全失去了控制，由3至10名士兵组成的各路抢劫小组开始行动了，他们横贯全市，见到什么就抢什么，他们奸淫妇女并杀死所有想逃跑的抵抗者或他们不中意的女人。同时，不管是成年人还是孩子，他们一律毫无区别地处置。他们强奸年少至8岁的女孩子和年长逾7旬的老妪，许多被玷辱的妇女被他们用残忍的手段处死。我们发现女人的尸体上戳着啤酒瓶和竹棍。我本人亲眼目睹了受害者，我与一些行将死亡的妇女还讲过话，并让人把鼓楼医院太平间存放的尸体打开，以便确信我所得到的报告是有事实根据的。

“战争会使一个国家的陋习暴露无遗。也许这种残暴和嗜血成性——这在日军中已得到了确认——在一个还对‘武士道精神’的陋习表示赞许、并给他们的孩子传授这类残忍嗜血的历史的国度里，是不可避免的结果。”

显然，拉贝是希望希特勒能够介入在中国发生的事件，阻止日军的暴行。但是，他弄错了，他不知道希特勒作为法西斯的元凶，对于日本盟友在中国的所作所为是极尽怂恿的，而且德军在欧洲战场上对犹太人同样犯下了种种的暴行。

拉贝是在中国加入纳粹党的，由于他久居中国，对德国国内发生的情况，尤其是希特勒上台后所施行的法西斯统治不明真相。直到被盖世太保逮捕以后，他这才幡然大悟，明白了纳粹的实质。虽然在西门子公司的担保下，拉贝获释了，但他被勒令保持沉默，不得再发表任何关于南京大屠杀的言论。1938 年 10 月，拉贝取回了自己的日记，而照片被没收了。为了表示对希特勒的抗议，拉贝勇敢地提出退出纳粹党，却遭到拒绝。

在纳粹的淫威下，拉贝失业了，生活从此每况愈下。

但是，拉贝坚信历史是抹杀不了的，他不会永远沉默下去。于是，1942 年，在非常艰难的条件下，拉贝开始整理南京大屠杀前后的日记、信函、照片和资料，编定页码，共形成 2,460 余页的《拉贝日记》。《拉贝日记》记载的时间从 1937 年 9 月 19 日至 1938 年 2 月 28 日，这段时间正值日军轰炸、侵占南京以及南京大屠杀高潮期和埋尸前期。这是怎样腥风血雨的日子啊，当拉贝重读这些日记时，过去的一切又历历在目……

《拉贝日记》中文版

奔走呼号的日日夜夜

1937年11月底的一天，在南京金陵大学校董会的客厅里，聚集着来自美国、英国、丹麦、德国的15位外国人。窗外，不时传来凄厉的警报声，随后，日军飞机便轰鸣而来。

“南京的陷落已是不可避免的了。”这些外国人都这么认为。高个、谢顶的拉贝说：“城里的富人都在转移，而穷人却不知道何去何从，他们想逃难但没有工具，他们处境危险，有可能受到日军大规模的屠杀。”拉贝的话使大家沉默良久。最后，他们一致赞同仿照上海贾克诺国际安全区的模式——由外国人出面建立中立区——建立南京国际安全区（即难民区），以保护难民的生命财产。由于拉贝一贯受人尊重的品格以及他的纳粹党人的特殊身份，他被大家推举为安全区的国际委员会主席。

1937年12月1日，在日军已兵临城下、形势十分危急的时刻，南京市长马俊超向拉贝授予安全区的行政职权，同时交给他450名警察、3万担米、1万担面粉和一些食盐，并拨给10万元钱。南京卫戍司令唐生智也拨交了军粮存条两张，一张为5万担米，一张为10万包面粉。惊恐中的南京市民闻讯建立安全区后，蜂拥而入，总面积只有3.86平方公里的安全区内，一下涌进了25万难民。善良的拉贝听不得乞求避难的人们的敲门声，索性将自己小桃园10号住宅的铁门打开，这样，他在自己家的后院和办公室里，就收容了602名难民。

12月12日深夜，南京沦陷了。日军在坦克和骑兵的先导之下，从中华门、光华门、中山门、和平门等处入城，一场罕见的血腥大屠杀由此开始了。

13 日下午，拉贝手举印有安全区标志的旗帜，和秘书史密斯去找进城日军交涉。在汉中路与日军先头部队相遇后，拉贝在一个日本军官拿着的地图上，用铅笔沿汉中路、中山路、山西路、西康路画出了标记，告知安全区的位置和范围。这时，拉贝为了一批中国士兵的命运强调说："约 400 名中国士兵进了安全区，但他们的武装确实都已解除，希望贵军站在人道的立场上，保证他们的生命安全！"

14 日早晨，拉贝和史密斯把译成日文的正式公函交给日军长官，但在场的 5 人竟无一个肯接受。第二天，他们又赶到新街口日本特务机关长所在地交涉。特务头子原田少将只得接见他们，并伪善地说，可以相信日军的"仁慈态度"。但事实很快就证明，日军毫无信用可言，暴行在步步升级。

拉贝和其他委员每天奔走在暴行发生地点，阻止日军施暴。此外，他们每天就日军暴行写出详细报告，同时分送美、英、德等国使馆，向日方提出抗议。

为了有效地制止日军在安全区内虐杀中国平民，拉贝利用德国和日本的结盟关系，有意在宁海路 5 号国际委员会和小桃园 10 号住宅的屋顶上，插上了德国纳粹党旗，以对付兽性大发的日军。但即便如此，仍然不能避免日军时常前来骚扰。

12 月 17 日，15 个日本士兵闯入拉贝住宅，手持刺刀，气势汹汹地进行抢劫。拉贝得知后，立即开具失单，向日军永井少佐抗议，永井被迫写了一张大幅布告，贴在拉贝住宅门口，禁止日本兵擅自闯入。但至下午 6 时，拉贝出门归来，发现又有 2 个日本士兵翻墙进来，其中一个正准备强奸一位避难的姑娘，拉贝正气凛然，大声斥责，喝退了日本兵。

日军的胡作非为，使拉贝怒不可遏，当天，他提笔写信给日本大使馆，指斥日军“于 14 日起竟大施劫掠，奸淫屠杀”“但见三五成群的日本兵，东窜西浪，奸淫掳掠之种种暴行的报告，如雪片飞来”“若干难民住宅，一夜遭日本兵闯入 5 次，或劫掠财物，或凌辱妇女”。

由于日军的暴行有增无减，拉贝紧接着在次日又给日本大使馆发去一封措词尖锐的函件：“贵国军队在难民区内，续施骚扰，鸡犬不宁，20 万难民痛苦呻吟，敝委员会不得不请求贵使馆，转呈贵国军事当局，迅速采取有效行动，阻止不幸事态。”

12 月 19 日晚上，又有 6 个日本兵在拉贝住宅越墙而入，企图作恶。“什么人？”拉贝用手电筒照射一个日本兵，厉声问道。被手电筒照着的那个日本兵恼羞成怒，拔出枪来。拉贝毫不畏惧，严词叱责。那些个日本兵看清他是德国人之后，只得悻悻地收起枪，要拉贝打开大门让他们出去。“不行！”拉贝用身体挡住大门，断然拒绝，“你们从哪儿爬进来，就从哪儿滚出去！”6 个日本兵慑于拉贝的威严和气势，只得灰溜溜地翻墙而去。院内的难民见到这一幕，不禁拍手欢呼起来。

鉴于南京城自失陷以来，日军纵火不止，全城大火不熄，拉贝率外侨 22 人联名签字，要求日军“纵火之暴行立予制止，使残余的部分不再遭无情的有组织的焚毁”。1938 年 1 月 7 日，拉贝再次致函日本大使馆福田参赞，指出：“目前被焚毁的不仅限于店铺，许多住宅同时遭殃”“火焰弥天，物质资源日趋耗竭，经济生活更难维持”，强烈要求“放火行为必须制止”。

作为安全区的最高长官，拉贝面对的困难难以想象。安全区里拥挤着 25 万难民，所有的空地都搭满了芦席棚子，天寒地冻，这么多人要吃要穿，粮食、煤炭、水、药品，少了哪一样都将难以生存下去。在拉贝的主持下，国际委员会为保障难民的基本生活，做出了巨大的努力。日军占领南京后，封存了城内所有的粮食和煤炭，经过与日军艰苦的谈判，国际委员会终于获准向日方购买大米 3,000 袋、面粉 5,000 袋，外加燃煤 600 吨。但是，当他们拿了支票、开了 5 辆车前去取货时，日方又出尔反尔，只同意售给大米 1,250 袋，以后每隔 3 天才能再售给 1,000 袋。拉贝得知消息后，拍案而起：“几十万难民，3 天供应 1,000 袋粮食，这怎么够吃！问问那些日本兵，他们一天吃多少！”

那天，在拉贝院子里避难的 21 岁的鞋匠丁永庆实在饿极了，便出门想去找点吃的，可一抬头，看见竹篱笆墙上有个被日军用刺刀刺死的小姑娘，吓得赶紧回身。就在他饿得头晕目眩的时候，拉贝让他的助手韩祥麟给他拿来了一小杯米和几片咸萝卜根。韩祥麟告诉他：“拉贝先生说了，天冷，地上又潮湿，要你们把萝卜根煮着吃，这样能去湿。拉贝先生还说，不管怎么样，要保证给住在这儿的难民每人每天发一小杯米，一个星期发一次萝卜根和蚕豆，他说虽然少，可他已经尽力了。”那天晚上，丁永庆在拉贝花园里的芦席棚子里，第一次睡了个安稳觉。

离丁永庆不远的另外一个芦席棚子里，有位妇女分娩了。婴儿嘹亮的啼哭声和围墙外不时响起的枪炮声混杂在一起。拉贝让妻子多拉前去看看，并关照说，如是个男孩，就给 10 个美金作礼物，如是个女孩，则给 9.5 美金——在中国人看来，数额上是必须有这种区别的。

可那个晚上，拉贝却怎么也睡不着。自日军开始大屠杀以来，拉贝天天在外面奔走呼号，虽然精疲力竭，晚上也只能和衣睡上一会儿，可今晚他的眼皮连一分钟都合不上，他心里非常痛苦和后悔。那400多名中国士兵因在下关受到日军狙击无法渡过长江，撤到安全区后已解除了武装。日军找到拉贝，要中国士兵离开安全区，不然就要对整个安全区进行轰炸。拉贝想，按照战时规则，这些士兵只要放下武器就不会再有麻烦了。所以，在得到日军信誓旦旦的保证后，拉贝劝说中国士兵离开安全区。可结果，这400多名士兵一走出去，就被日军全部杀害了。

拉贝起身，悲愤地打开日记本，他要把亲眼目睹的日军的暴行和亲身经历的事情一件件都写下来，为历史留下一页真实的记录——

12月14日　开车经过市区，我们才晓得破坏的巨大程度，车子每经过一二百米就会轧过尸首，那些都是平民的尸首。我检查过，子弹是从背后射进去的，很可能是老百姓在逃跑时从后面被开枪打死的。

12月16日　开车到下关去勘查电厂，中山北路上都是尸首……城门前面，尸首堆得像小山一样……到处都在杀人，机枪声响个不停。

12月24日　我们放尸首的地下室，一个老百姓眼珠都烧得掉出来了，整个头给烧焦了。日本兵把汽油倒在他的头上。

1月1日　一位母亲向我跑过来，双膝跪下，不断哭泣着，哀求我帮她一个忙。当我走进一所房子内，我看见一个日军全身赤裸地压在一个哭得声嘶力竭的少女身上。我立即喝住那个下流无耻的日军，并用任何能够让人明白的语言向他呼喝。他丢下一句“新年快乐”就逃走了。他逃走时，仍然是全身赤裸，手中只拿着一条裤子。

1月17日　我恐怕原来的估计错得离谱，因为我曾经写过，说南京城大约三分之一被日本人烧光了。东城我没有去仔细看过，如果那儿和我看过的地方一样，那么一半以上的城是在废墟中了。

2月15日　我们委员会里面所提到的报告中，最使我震惊的是红十字会的记录，虽然他们直到现在每天埋掉200具尸首，但是还有3万具尸首没有埋完……

2月21日深夜，拉贝借着烛火，伴着花园里数百难民的咳嗽声，记下了他在南京的最后一页屠城日记。天亮的时候，他悄悄地走了。

拉贝走了，当他的灵魂再次回到这里的时候，他已离开这个世界整整47年。

南京不会忘记

1938年2月22日，拉贝奉西门子公司之命离开南京回国。

拉贝是当年4月15日坐船抵达德国柏林的。他一住下，就开始了向德国公众揭露日军在南京进行血腥屠杀的工作，于是，立刻成为希特勒政府不受欢迎的人，迫害接踵而至，生活每况愈下。但是，拉贝并不因此后悔，每当他看着中国政府为表彰他对南京市民的救助而颁给他的蓝白红绶带玉石勋章、国际红十字会颁发给他的红十字勋章，他的心里就充满了宽慰。

1943 年，拉贝在柏林爱克沙顿街的住所在大轰炸中被毁坏，从此他和一家人开始了颠沛流离的日子。1945 年战争结束时，拉贝已是 63 岁的老人，他一人负担全家 6 口的生活，却无任何经济来源，只能靠吃荨麻、橡子等野菜度日。这时，由于他曾临时担任过南京纳粹党小组代理副组长，在英国占领区又被逮捕起诉。通过审查，英国占领军“非纳粹化委员会”给他出具了这样一份证明文件：鉴于您在中国进行了卓有成效的人道主义工作，不应被追究责任。拉贝读着这份文件，感慨万分。

南京人民没有忘记拉贝。1948 年初，拉贝生活窘困的消息传到南京，当年受到拉贝庇护的市民们纷纷解囊相助，市参议会还特地成立了救助拉贝劝募委员会，不几日便募得 1 亿元，折成 2,000 美金，辗转汇给了拉贝。考虑到德国战后物资匮乏，南京市长又命人在瑞士购买奶粉、香肠、牛肉、果酱等，分成 4 大包寄交拉贝。南京市各界还决定自当年 6 月起，每月寄赠食物 1 包，帮助拉贝一家克服困难。拉贝在收到第一批食品后，于 6 月 18 日写来了深表谢意的信函，告知包裹已到法兰克福，待领到包裹许可证就可领取。他说：“最近连面包亦难以得到，至于土豆与我们早已绝缘了。处于此种艰难处境，我作为一家之长，接到这些食品，对我具有多么重要的意义啊！”4 天后，拉贝又复一函，说包裹已拿到，全家“均感无限快慰”。南京政府提议给拉贝提供退休金，请他携家眷到中国安度晚年。遗憾的是，拉贝最终没能成行，而且自那以后，他与南京的联系中断了。

于是，南京人民开始了寻找拉贝的漫长历程。

由于拉贝原有住所已被炸毁，加上他身份特殊，不愿再抛头露面，以至后来人们都不知道他移居到哪里去了。80 年代初，筹建中的侵华日军南京大屠杀遇难同胞纪念馆，为了展示当年难民区的情况，派人奔赴上海、北京等地的档案馆、图书馆，费尽周折只收集到一张拉贝当时与安全区国际委员会成员的合影，而文字资料对他也仅有零星的记载。1995 年，为增辟“历史的见证”展厅，纪念馆再次集中力量，寻找包括拉贝在内的见证人。可是，拉贝音讯全无，他是否健在，是否留下有关大屠杀的文字资料等，成了难解之谜。

日本右翼势力一再否认南京大屠杀的言论，激怒了越来越多的人们，寻找大屠杀证人和新证据的行动接力到国外。由于美国华裔的努力，使寻找拉贝的行动有了意想不到的收获。

1995 年 8 月，美藉华裔女作家张纯如为写作反映中国抗战的书，专程来到南京大屠杀纪念馆搜集资料。馆长朱成山对她说，我们这里的史料只是局部，在美、英、法、德、日等国都有这方面的资料，如果你发现了，也请帮助我们搜集。张纯如果然做起了有心人。1996 年 4 月，她在耶鲁大学查找资料时，发现了有关对德国人拉贝的记载，她随即给德国《汉堡晚报》写信，请求帮助寻找拉贝或其家属的下落。几经周折，信终于转到了住在德国南部的拉贝儿子的手里，但他已 82 岁了，加上过去曾因父亲的纳粹问题受过牵连，不愿多与外界接触，也不愿多加张扬，便转而由其外甥女赖因哈特夫人处理。年届 65 岁的赖因哈特夫人从舅舅家的地窖里取出纸张已经受潮泛黄的《拉贝日记》，这位在中国出生的拉贝的后人，读后感到非常震惊和愤怒，日本侵略者的野蛮暴行使她内心再也无法平静。

得到拉贝后人的消息，并得知拉贝留下了一部战时日记时，张纯如立刻赶赴德国。看到精心装订成8卷10本的《拉贝日记》，张纯如异常激动。但是，由于种种原因，且拉贝在日记中注明只供近亲好友阅读，他的家属不想公开这部日记。然而，当张纯如将南京人民想念拉贝并不懈努力寻找拉贝的真情告知赖因哈特夫人时，她被打动了。于是，她说服舅舅，于10月9日率先将拉贝致希特勒的报告及100张大屠杀照片的复印件，寄给了南京大屠杀纪念馆。她说，她之所以这样做，“是出于历史的责任感”，“我想如果外祖父在世，他一定也会将日记公诸世的。我有责任替外祖父去完成这件事情”。不久之后，她又向有关方面表达了希望重访故地南京、并将拉贝的墓碑安放到大屠杀纪念馆的愿望。

在张纯如和纽约纪念南京大屠杀受难同胞联合会会长邵子平的促成下，赖因哈特夫人于1996年12月12日，也即59年前日军攻陷南京的那一天，在美国纽约向全世界公布了拉贝当年写下的战时日记，立即引起了国际社会的强烈反响，拉贝被称作是“南京的辛德勒”，重为世人关注。

正当我国有关部门与赖因哈特夫人积极联系，希望将《拉贝日记》原件保存在南京大屠杀纪念馆时，德国政府抢先一步，规定《拉贝日记》的原件只能保存在德国国家档案馆，而德国斯图加特“德意志出版机构公司”也抢先从日记的继承人、拉贝儿子那里买下了《拉贝日记》的全球版权。消息传来，我国几家出版社都提出要购买中文版权，出版此书。经上级部门协调，仅由位于事件发生地南京的江苏人民出版社与德国出版机构商谈购买版权事宜。对此，江苏省委指示江苏人民出版社，要千方百计买到《拉贝日记》的全部中文版权，以告慰南京大屠杀30万死难同胞。然而，德意志出版机构公司15万美元的报价，对于江苏人民出版社来说，实在是一笔过大的数字。出版社购买版权遇到的困难，引起了多方面的关心。在外交部和驻德使馆的支持下，1997 年 3 月 31 日，以德语专家、江苏人民出版社副社长蔡玉华为首的谈判小组前往德国，经过三天极为艰苦的谈判，终于以 8 万美元购得了《拉贝日记》的国际中文版出版的专有权，包括向华语国家和地区的版权转让权、报刊转载权和以《拉贝日记》为素材拍摄影片的权利等。今年秋天，40 万字的《拉贝日记（整理版）——侵华日军南京大屠杀最新铁证》就要问世了，以后，还将推出 100 万字的《拉贝日记（文献版）——侵华日军南京大屠杀证言》。

拉贝又回到了中国，回到了南京。

1997 年 4 月，拉贝的墓碑由中国民航一路绿灯，免费送往南京大屠杀纪念馆永久安放。

如注的雨中，我们来到了拉贝的墓碑前。

拉贝朴素的墓碑上镌刻着中国的八卦图，由此我们可以想见他对中国有着怎样的深厚感情。墓碑上方，摆放着拉贝的照片，他举目远望，脸上挂着永恒的善良的笑容。

南京拉贝故居

如注的雨中，我们又来到了小桃园 10 号（现为小粉桥 1 号）。这是一座很陈旧的西式小洋楼。小洋楼外有个院落，围墙很矮，院子里长着梧桐和冬青。如今已 81 岁的丁永庆指着院落说，那儿本是个很大的花园，当年他在花园中搭建的芦席棚子里，住了将近一年，他是住得时间最长的一个。我们告诉他，拉贝已在 1950 年 5 月 1 日因中风在德国去世，可他的墓碑又回到了南京。我们还告诉他，5 月底的时候，南京大屠杀纪念馆正式举行了拉贝墓碑的安放仪式，“拉贝先生文献资料展览”也同时开幕。老人唏嘘起来，说一定要去看看他。

暴雨大作。

可湍急的雨水是冲不去那凝重的历史的。

1997 年 5 月

采写手记：

1997 年 5 月，在侵华日军南京大屠杀遇难同胞纪念馆馆长朱成山的帮助下，我和上海电视台纪录片摄制组采访了南京大屠杀幸存者丁永庆，并在第一时间看到了正在编辑中的中文版《拉贝日记》。亲历者对侵华日军实施的南京大屠杀的讲述和记录，让我受到强烈的震撼，我希望人们通过此文来关注即将出版的这部指证日军暴行的极其珍贵的历史文献。中文版《拉贝日记》于 1997 年 8 月由江苏人民出版社正式出版。积极寻找《拉贝日记》下落，并写就“第一本充分研究南京大屠杀的英文著作”《南京大屠杀：被遗忘的二战浩劫》的美籍华裔女作家张纯如，因身心俱惫，于 2004 年 11 月 9 日开枪自尽，年仅 36 岁。

礼物，凝聚着上海人民的一片深情

这是一件珍贵的礼物。

这是一件充满深情的礼物。

1997 年 6 月 14 日，上海市赠送给香港特别行政区的礼物——《浦江庆归》工艺品，承载着 1,300 万上海人民对香港同胞的美好祝愿，启运香港。

《浦江庆归》是一件集传统工艺与现代科技为一体的艺术珍品。晶莹剔透的水晶宛如一朵含苞欲放的上海市市花——白玉兰；花瓣中央承托着直径 0.3 米的钛合金圆盘，盘上镶嵌着 18K 黄金制作的上海标志性建筑浮雕：有“万国建筑博览”之誉的外滩楼群、高耸入云的东方明珠电视塔、蔚为壮观的杨浦大桥和南浦大桥。圆盘下方簇拥着羊脂白玉雕成的白玉兰花丛，生机勃勃，璀璨夺目。底座用天然大理石制成，沉稳而庄重。整个作品体现了精妙的艺术构思和高超的工艺水平，让人赞叹不已。

这件珍贵的艺术品是上海人民为庆祝香港回归祖国而特别制作的。

这是上海人民在喜庆百年回归之时赠送给香港同胞的一份充满深挚感情的贺礼。

设计，反复酝酿总关情

1997 年 2 月底，上海市委和市政府召开有方方面面参加的会议，专门商议上海庆祝香港回归的活动安排，其中一项议程便是酝酿赠送香港人民一件珍贵的贺礼。大家不约而同地想到了上海传统的工艺品——玉雕金饰。于是，上海工艺美术总公司总经理许思豪被请到了会场，他感到重任在肩。

上海的工艺美术设计师们得知消息，欣欣然纷纷拿起笔来，他们要以自己的创作表达一个中国人对香港回归祖国的喜悦之情。短短的时间，设计师们就拿出了数十个各具创意的方案。其中，上海老凤祥有限公司的金盘《浦江两岸庆回归》、上海玉石雕刻厂的玉雕《中华双珠》和《并蒂同根》等方案颇引人注目。为了传达丰富的内容，设计师在他们的方案中无不突破了传统造型，显得新颖别致，而且他们无不例外地想到了上海的代表性建筑或上海市市花白玉兰。

上海市人民政府贈香港特別行政區禮品
《浦江慶歸》
"Pujiang River Greeting the Return"
The gift to Hong Kong from Shanghai Government

与此同时，另一路人马则在各工艺品厂现成的产品中寻找合适的礼品，虽然件件都堪称精妙，但因尚不能表达特定的内涵而不尽如人意。

设计师们的方案很快就汇总到了市领导那儿。市领导看过方案后认为，这件赠送给香港的礼物，既要保持传统工艺美术的韵味，还要体现上海高新技术发展的成就。市领导还提出了具体的意见，比如针对方案中上海的标志性建筑呈现过多的情况，确定为外滩楼群、杨浦和南浦两座大桥及东方明珠电视塔，这简洁而概括地反映了上海的历史变迁和发展。同时，市领导还决定此件礼物得特别新做。

市领导的意见给设计师们开拓了思路，他们不仅在款式和造型方面寻求新的创意，而且还在材料和技术方面动开了脑筋。新的设计方案很快就又纷纷出手了。

4 月初，上海市政府秘书长周慕尧主持了一次专门的会议，讨论设计方案。这次，除上海工艺美术总公司麾下的设计师外，市文化局和大专院校的有关专家、权威也参加了会议。在看过几个设计方案之后，与会者都觉得虽然各有千秋，但离市领导提出的体现上海艺术和科技整体水平的要求还有所欠缺，大家热切期待着有更完美的方案出现。那天，见大家热情高涨，秘书长周慕尧笑着说："请各位设计师明天就每人拿两个方案出来！"

参加会议的上海美术设计公司设计室副主任胡晓云当场就跃跃欲试，抓过纸来画了几笔。走出会场，他更是思维活跃，一个个想法联绵不断地跳出来。但他没有再急着一幅幅地画草图，他想他得先回答自己：究竟什么是"上海水平"？胡晓云苦思良久。不知不觉间，已是夜半时分了。

现年 41 岁的胡晓云，最早时曾在玉石雕刻厂从事象牙雕刻，既搞设计又搞制作，后来去大学美术系深造，学过油画，学过雕塑，也学过建筑装饰设计，这使他对造型艺术和装饰艺术有比别人更独特更深切的感觉，他总能在设计过程中非常敏感地感受到最后将会出现的效果。再者，胡晓云对现代艺术也有独到的见解，他善于吸收现代派表现艺术的合理因素，因而构思时可以进入的领域相当宽广，在这方面，他是颇得海派艺术的"真传"的。所以，由他担当总体设计的北京国庆45周年大型游园活动上海展示区，曾让多少人感叹“目不暇接”；而由他承担副总体设计的上海龙华烈士陵园纪念馆，因运用了声光电、多媒体等最新设计手段，也让人耳目一新。工艺品是近距离观赏的，比起大型雕塑，它应该更加完美，更加富有想象力。那么，是否可以在保留传统工艺的同时，采用超前的抽象的表现手法和蕴含现代科技成果的新材料呢？这不就能体现上海的艺术素养、工艺和工业水平吗？——这个想法使胡晓云激动起来，望着窗外的满天星光，一个构思在他心里怦然涌动，呼之欲出。

胡晓云迅速展开画纸，用淡蓝的颜色拉出两条长长的弧线，在他的心目中，这是抽象的白玉兰的花瓣，她是含苞欲放的，尚未开足，寓意着上海有着更开放、更繁荣、更美好的未来；在他的心目中，这花瓣是用水晶制成的，水晶纯洁而透亮，嵌入白玉、嵌入黄金，该是何等的高贵和不凡！

一个新的设计方案在晨曦初绽的时刻完成了，不过，胡晓云心里并没有底：制作工艺太难了，制作单位能承受吗？设计手法极富现代意识和探索性，市领导能接受吗？

胡晓云的设计稿马上就送到了市领导那儿，市领导经过研究后肯定了水晶白玉兰的创意设计。同时，他们提出了十分内行的修改意见：将两瓣水晶体的线条改得各有侧重些，左边突出柔和，右边强调刚毅，从而使整个造型更加完美和丰富。他们还高屋建瓴，提出将原来设计中的金盘改为使用航天材料钛合金，以展示高科技成就；另外，将作品安置于大理石上，使之构成一个完整的整体，显出庄重和典雅。市领导的意见，使胡晓云的设计得到了完善和升华，为此，胡晓云由衷地说：“市领导那样尊重设计师的探索，令我感动，而他们极高的艺术鉴赏力和科技方面的专业知识，则令我心悦诚服。这种为艺术创作提供的良好氛围，是可以最大限度地发挥艺术家的创造力的。”

为了直观地体现设计师的设计方案，上海油画雕塑院院长陈古魁亲自为水晶白玉兰制作石膏模型。从泥塑到翻模到浇铸再到修光，陈古魁一丝不苟，整整花了一天工夫。紧接着，上海交通大学模具研究室主任陈文江又用电脑做造型，将水晶体的弧度用数据记录下来，而后制成光盘。这项工作一连做了几天，陈文江天天把自己一个人从早到晚锁在工作室里，陪伴他的只有舒伯特和柴科夫斯基的交响曲。

在这同时，水晶白玉兰承托的钛合金圆盘里的镶嵌金饰，也由上海美术设计公司的一级美术师丁荣魁进行着具体的设计。为了让香港同胞逼真地看到浦江两岸的美丽景色，他使用浮雕、圆雕等雕塑手段，将一簇簇白云和一朵朵浪花都表现得维妙维肖。

转眼已是 4 月底了，市政府秘书长周慕尧再次召集会议，听取各方面对设计方案的意见。参加这次会议的，多了一些具体制作单位的人员，于是，这次会议事实上拉开了 10 多家单位“协同作战”的序幕。

制作，精雕细刻发乎心

5 月 5 日，由新沪玻璃厂制作的熔炼水晶，送到了位于嘉定的中国科学院上海光学精密机械研究所工厂。这块 0.8 米见方，厚度为 0.3 米的水晶，体积之大，几无疵点，堪称一绝。光机所工厂随即将水晶搬上精密器械，准备按石膏模型和电脑中的数据进行切割。

中科院上海光机所是我国规模最大的从事前沿高科技领域——激光研究的专业科研单位，其光学和光学仪器研究闻名遐迩，高精尖的各类光学仪器设备应有尽有。然而，人们没有想到，现在这些高精尖的仪器设备，面对一块水晶却是一筹莫展。原来，这些精密器械是专门用来对付平面、球面等有规则的工业品的，光学指标再高，对它来说也是小菜一碟。水晶白玉兰却是艺术品，整个是流线体，每个弧度、每根线条都是不规则的，全是跟着设计师的感觉走的。面对艺术的指标，精密机械自然只能徒叹无奈了。

消息一传出，可急煞了参与礼品设计和制作的所有人员——如果这个关键部件卡壳，那整个方案就要重新来过，但时间已不允许这样了。重任落到了上海玉石雕刻厂的肩上。

5 月 6 日，负责本厂此次礼品制作的副厂长钱振峰，带着厂里的材料专家和雕刻工艺师，早早地就赶去把按着轮廓线作了粗粗切割的水晶拿了回来。旋即，他们开始用雕刻玉石的方法对水晶试着进行加工。可 5 个小时过去后，只雕刻了豆腐干大小的一块。这水晶实在是太难对付了，既有硬性，坚硬无比，又有韧性，每一刀都得刻到根，还有脆性，稍有切歪便一豁到底。而且，这水晶特别“娇惯”，雕刻时必须在冷却状态下进行，可雕刻工具一磨擦，能不升温？在确保安全的前提下，钱振峰和高级技师韩荣昌等在工具、雕刻方法上反复推敲、琢磨，经过无数次的试验，终于在三天之后取得了突破性进展。

大面积的水晶雕刻开始了。

高压水龙头冲出一人高的强压水柱，雕刻师朱居明脚蹬高帮套鞋，双手捧着 30 公斤重的特种雕刻工具，在水柱的冲压下，小心翼翼地镌刻起来。韩荣昌，这位我国最年轻的高级技师站在朱居明的一边，不断地凭着自己天赋的艺术感觉在水晶上划出需雕刻的墨线。由于雕刻过程中不时会有碎屑飞出，原本按规定，操作时须戴上防护眼镜，但是现在因为高压水龙头溅起的水雾把镜片弄成迷蒙一团，根本看不清东西，朱居明不得不摘下防护眼镜。

“嗤——”玻璃碎屑溅进了朱居明的眼里。守在一旁的副厂长钱振峰立刻为他翻检眼睛，可无色透明的玻璃碎屑哪儿找得着，钱振峰只好用水一遍遍地帮他冲洗。

“嗤——”顶上的韩荣昌忽然双手一麻，原来特种雕刻工具产生了静电，而他不能不站在水中。钱振峰疾步上去，给他戴上了橡皮手套。

真是前所未有的“艰苦卓绝”啊，朱居明、韩荣昌和王冰等其他几位伙伴每天从早上 8 点干到晚上 12 点，整整用了 195 个工作日，终于“啃”下了这块“难啃的骨头”。这些天，朱居明全力以赴，操作时连眼皮都不敢多眨一下，生怕一不小心刻歪了弄出裂缝，这可不得了，势必前功尽弃，而事实上因时间紧张，根本没有备件可供从头开始。难怪他连做梦都在小心翼翼地操作着。那天，他忽然梦见裂了条隙缝，惊得在睡梦中大叫起来，一跃而起。

完成雕刻后的水晶白玉兰，此时还像披着一层不透明的纱巾，于是，又回到光机所进行物理抛光。精密机械是派不了用场了，一切只能靠手工。光学车间的工人们细心地用金刚砂一遍一遍地磨呀磨呀，从 280 号金刚砂一直磨到 302 号、303 号，直至最后一道工序——氧化铈。整整二十天，工人们就从早到晚低着头一遍遍地磨着，磨到看不见一个微小的疵点，磨到水晶体通体透亮，熠熠生辉。当纯净的光学面终于磨成时，陆龙祥的头颈已直不起来，陆卫又红又肿的眼睛已视物不清了。可他们心里高兴，他们说得非常质朴：“我们这是用心在干活，辛苦不去想了，每天想着的就是把活干好，因为这是上海人民送给香港同胞的贺礼，作为一个上海人，我们是要放进自己的心的。”

用上海老凤祥有限公司总工艺师张京羊的话说，《浦江庆归》这件礼物，若要看内容，就得看钛合金盘中的黄金饰品，那里是我们的浦江，是我们的上海。

将设计方案中的上海标志性建筑真正用黄金做出来，必须根据黄金工艺的特殊要求，进行再度设计。这就如同影视文学剧本在投拍时，导演得写出分镜头剧本一样。张京羊就是这样的一位“导演”。年仅 42 岁的张京羊是享受政府特殊津贴的高级工艺美术师，早在 1982 年，他设计的 18K 金钻石项链《星月生辉》便在国际首饰设计大赛中荣获最佳设计奖，使中国首饰设计在世界大赛中实现了零的突破。张京羊的设计生涯绝对称得上是“金碧辉煌”的，但是，在他参与的所有设计中，最让他感到自豪与骄傲的，莫过于这一次了。他说，每当他在设计图稿上画下一笔时，心里总涌起阵阵激动，想到能亲眼目睹香港回归的百年盛事，那种自豪与骄傲便油然升起。

正是怀着这样的情感，张京羊在做工艺设计时，把黄金饰品制作的所有工艺全用上了。镶嵌，弹压，每一处景致都栩栩如生；高浮雕，圆雕，小小的地盘有了任视觉无限拓展的空间。张京羊的工艺设计图画得非常细致，他把每个细部都凸现了出来，这样，制作师傅们就可按图进行锯、焊、锉、浇铸、拼装、复合了。可是，如何让全立体的东方明珠电视塔在羊脂白玉雕成的白玉兰花丛中拼接，却给张京羊出了个很大的难题。他废寝忘食地反复研究、反复试验，最后终于巧妙地利用塔的三个支撑脚而解决了问题。色彩安排也非常周到，银灰，金黄，纯白，极富肌理效果，给人以视觉上的美的享受。

傅小威这次担当在金片上雕刻外滩楼群的工作。他姐姐一家在香港，所以，他在工作时感到心情特别愉快、特别亲切。傅小威在金饰雕刻方面很有特长，他在拿到工艺设计图后，见是采用传统的弹压手法，也即在金片正反两面进行凹凸处理以显出建筑物的轮廓，这种方法虽有一定的立体感，但不能表现直角，能不能改为镶嵌法呢？他把自己的想法告诉了张京羊。张京羊一听，觉得这建议非常好，只是工作量要加大好几倍，时间上能保证吗？傅小威说他愿意自己给自己加码，在原定的时间内完成任务。镶嵌法比之弹压法，工序增加了好多，要一个部件一个部件地嵌叠起来。傅小威硬是在令人难以置信的短短时间内完成了工作，那一幢幢高楼大厦棱

首先完成的水晶白玉兰

角分明，层次丰富，用句行话说，挺刮得很。有人问傅小威，干得那么好，凭的是什么？他笑着说：“手足情深，心心相通嘛！”

为了将金饰雕刻得完美无瑕，老凤祥的工艺师们几乎都动员了起来。作表面处理的严为钢一丝不苟，把每一个角、每一个面都整理得无可挑剔，尽显黄金的本色。负责镶嵌的陆，曾去香港学习过半年，这次在用 72 根金丝为杨浦大桥嵌上琴弦般的斜拉索时，他使出浑身解数，结果没有一个接头，丝毫不露痕迹。

正当这边做着金饰加工的时候，钛合金盘、21 朵白玉兰玉雕、大理石底座的制作，在上海有色金属研究所、上海玉石雕刻厂和上海大理石厂同时紧张而有序地进行着。

香港回归的脚步声越来越近了。

《浦江庆归》最后的总装也排上了日程——6 月 7 日，粘合水晶；8 日，钛合金盘打眼；9 日，金饰玉雕镶盘，完成总装。

6 月 7 日，当总装在世界闻名的“玉雕牙刻宫殿”——上海玉石雕刻厂开始的时候，市领导们来到了总装现场，他们勉励工艺大师们为香港同胞制成最美好的礼物。

6 月 12 日，中共中央政治局委员、中共上海市委书记黄菊亲自审查验收了《浦江庆归》这件艺术珍品。

加底座高为 1.85 米，总重量达 250 公斤的《浦江庆归》，在华灯下闪着耀眼的光泽。圆盘浮雕上的上海海关大钟时针正指向零点，寓意着香港于 1997 年 7 月 1 日零点回归祖国；而 21 朵白玉兰则象征着上海正与香港一起共同迈向辉煌的 21 世纪……

这是一件何等珍贵的礼物啊，因为凝聚了上海人民的一片深情。

1997 年 6 月

采写手记：

这是一篇独家报道。1997 年 4 月初，一个很偶然的机会，我从好友、时任上海玉石雕刻厂副厂长钱振峰那里得知，上海 10 多家单位正在紧张地联手制作一件“重要的礼品”，我非常敏感地意识到，这应该是上海赠送给香港特区的礼物。我当即在遵守保密规定的条件下开始了秘密的跟踪采访，并在 6 月下旬适时地通过《上海电视》周刊独家披露了这件精美礼物的真容及其“来龙去脉”，以此庆贺 1997 年 7 月 1 日香港回归祖国。

穿越蘑菇云的时刻

1977 年 9 月 17 日 13 时，我国又一颗氢弹在罗布泊上空试爆成功。

在起爆前倒计时的最后 5 分钟，一架歼击机腾空而起，直插云天。驾驶飞机的是空军航空兵驻新疆某团飞行副大队长汪亮，今天他要执行一项极其特殊的任务，这在他的飞行员生涯中，注定了将是一次危险却又辉煌的航行。

战机迅速爬高，2,000 米，4,000 米，5,000 米，突然，汪亮看到远处浅灰色的云层中冲出一道耀眼的闪光，他的心跳因激动而加快了：这是我们国家的振兴之光，这是我们民族的振兴之光！他注视着闪光之处，严格保持航向，继续爬高，他知道，

当飞机到达10,000米高空的时候，他的眼前会出现一朵硕大的蘑菇云，那时，他将从蘑菇云中穿越而过……

汪亮是在5月下旬接受任务的。根据军委命令，团里要派出4名飞行员执行在氢弹空爆试验中穿云取样的任务。团党委从思想、技术、身体素质等方面进行综合考察，决定由飞行副大队长汪亮带领3人去完成此项特殊的使命。

29岁的汪亮兴奋不已。作为一个军人，谁不想建立赫赫的战功，而在和平时期，这机会并不容易得到。屈指算来，他正式驾机飞上蓝天已整整12年了，从入伍的第一天起，他就盼望着有朝一日能为祖国立下军功。

汪亮一家在浙江常山是很有名气的，盖因他家出了两个新中国的飞行员。汪亮的二哥是1956年成为海军航空兵的，他去参军的那天，胸口戴上了大红花，村里人老老少少一直把他送到村口。8岁的汪亮也跑前颠后的，他为有这样的哥哥感到光荣和自豪。他在心里悄悄地对自己说，等我长大了，也要像二哥那样去参军，去当飞行员！种了一辈子地、从未上过学的父母看出了他的念头，便对他说，那你得好好念书，还得把身体练得棒棒的。从此，汪亮每天天刚亮就起来看书、练身体，后来，还每天来回走20里的山路到镇上去上学。1964年，浙江省招收第一期业余滑翔训练班的消息传来后，汪亮坐不住了，尤其是在知道空军已明确这些滑翔员即是飞行员的预备对象后，汪亮更是跃跃欲试。结果他如愿以偿。虽然那时他还是个中学生，只在课余进行学习和训练，但在一年的时间里，他学理论、学滑翔、学跳伞，学得非常投入，一点都不敢懈怠。每到飞行训练日，他总是饭也顾不上吃，揣上两个馒头，一早就等在开往金华机场的汽车旁。他时时提醒自己：我不能被淘汰，我要飞上蓝天。1965年，刚满17岁的汪亮以优异的成绩正式加入了人民空军的行列，先是驻扎在长春，4年之后，调往西北核试验基地。在开赴马兰——中国政府正式划定却在地图上找不到的行政区——的途中，汪亮暗暗地想，建立战功的机会就在前边了！

飞机在爬高，6,000米，7,000米，过一会儿就能见到蘑菇云了。现在，汪亮对蘑菇云可谓烂熟于胸……

汪亮接受任务后即进入了罗布泊深处，进行适应性体能训练和技术训练。准备工作是大量的，他得熟悉地形地貌，他得掌握所有的飞行数据和操纵程序，当然，他对神秘的蘑菇云不能不有更深的了解。

原子弹、氢弹爆炸后，在爆炸反应区内产生几千万度的高温，并发出强烈的闪光，须臾间便会出现明亮的火球。火球最初的温度在30万度以上，随后急剧下降。由于火球吞噬了周围大量的尘土、沙石，使之熔化甚至气化，形成了棕褐色的烟云。火球冷却的过程中，烟云继续上升，体积继续增大，一直升到几公里乃至几十公里的高空，从远处看，就如同一柄硕大无比的蘑菇，人们便叫它蘑菇云。

翻滚的蘑菇云被称作核武器的第三杀手，云中的核辐射能穿透10厘米厚的钢板。但汪亮必须从中穿越而过，采集烟云样品，取得分析核爆炸最有效的第一手资料。美国和前苏联也是这样的，没有什么比飞行员穿云采样更直接更牢靠了。不过，谁都知道核辐射的厉害，尤其在核试验基地待了这么多年后，汪亮当然明白穿越蘑菇云对他健壮如牛的身体意味着什么。

要说没有一点的担心是不真实的，但是，在个人和国家的天平上，汪亮的确是毫不犹豫地将砝码压在了国家的那头。他就是这样想的，我是一个军人，能接受这个任务是我最大的光荣，再危险我也得往前闯。记得当年在航校学习的时候，他听教员说过，一架战斗机值 120 万元，而国家培养一名飞行员得花 130 万元，飞行员是国家用金子垒起来的。他有什么理由在国家需要他的时候而不挺身而出？

“去吧，我不会拖你后腿的。你在天上执行任务，我在地上待命，说不定啊，我还能看到你穿过蘑菇云呢。”妻子张肃玲对汪亮说。

“可我们的女儿呢？她出生才三个月啊！”汪亮有些割舍不下。

“只好送到乌鲁木齐她外婆家了。谁让她是军人的女儿呢？”为了让丈夫放心，妻子显得比汪亮还要利索。

说起来，汪亮和妻子还是核基地做的媒。在部队，飞行员在 26 岁前是禁止谈恋爱的。虽然老家常写信来督促他该考虑娶媳妇的事了，还希望他在家乡找，但汪亮严格遵守纪律，规规矩矩的，从不敢越雷池一步。一过 26 岁，便有人来给他介绍对象了，尽管这里姑娘少，对象不好找，可汪亮一点都不肯马虎。还是部队首长看出了他的心思，问他道：“是不是想军人找军人哪？好，一起保卫咱南疆核试验基地！这个媒，我替你做！”首长说到做到，给他介绍了基地医院的护士张肃玲。张肃玲 1968 年参军，一入伍就来到了核基地。她早就执行过核试验的任务了，几次到试爆现场作医护工作。有一回，她在戈壁滩上的部署点做巡回医护，结果迷了路，差点回不来了。她跟汪亮一见面，扯着扯着就说起了这段历险记，听得汪亮当即在心里决定非她莫娶。一年之后，他俩就在基地结了婚。又过了一年，在正月里他们有了可爱的女儿。

“女儿，你乖点噢，爸爸一穿过蘑菇云就去看你！哦，不，那时爸爸身上有放射物，不能马上去看你，可爸爸会在心里面想你！”汪亮轻轻地在心里说着。那时，他提前一小时穿上了飞行服，又套上抗荷服，最后再穿上一件白色防护服，坐进机舱，等待起飞的命令。

我会完成任务的！

汪亮攥紧了拳头，他觉得浑身都充满了力量，他知道在他穿云的一刻，地面上正睁着一双注视着他关爱着他的眼睛。

战机还在爬高，8,000 米，9,000 米，汪亮一眼不眨地盯着闪光出现的地方。按理那闪光是看不得的，这种强烈的闪光已超出人眼的接受能力，可使 160 公里外的人眼暂时失明。可为了保持航向，汪亮不能不看，此时害怕已排不上位置了。是的，每当关键的时候，害怕总是被汪亮甩得远远的……

作为公认的“飞行尖子”，汪亮飞过全国几乎所有的航线，让他骄傲的是，在他的飞行员生涯中，从未发生过一次大的错、忘、漏，即使空中出现险情，他也每次凭着勇敢沉着，化险为夷，胜利返航。不过，有两次空中历险的经历是他终生难忘的。

那时，随着部队武器装备的更新，汪亮所在的飞行大队将原有的比斯飞机改装成新型的歼 6 机。由于是初改装，技术上尚不成熟，而地勤维护保障又缺少经验；另外，由于没有教练机带飞，理论学习完成后需要“直上”，所以对第一架次的试飞，谁的心里都没有底。

该让哪位飞行员先上呢？副师长蹙紧了眉头。

“我先上！”时任中队长的汪亮大声地请求道。

“你凭什么第一个上？”副师长严肃地发问。

“第一，我是中队长，我得身先士卒；第二，我记熟了所有的飞行数据；第三，凭我一个军人的忠诚和胆魄。”汪亮如是回答。

汪亮走向了飞机。他一边默诵着“一四十下两发，左边从前打到八”的上机口诀，一边仔细地检查着每一件随带用品、每一个仪器仪表。

战鹰轰鸣着直指蓝天。可才飞了 6 分钟，意想不到的事情便发生了：发电机出了故障。发电机卡壳，意味着无米之炊，所有的设备顿时全部停止了工作，无线电通讯中断，与地面指挥失去了联系，起落架的襟翼也放不下来了。险情严重！汪亮觉得一股冷汗从背脊里渗出来。但他很快镇静了下来，沉着地按照应急程序一步一步地进行处理。

汪亮紧紧地握住操纵杆，井然有序地放下起落架，再放下襟翼，他严格根据程序操作着，他知道现在一个动作都不能错，哪怕动作做颠倒了，也有可能机毁人亡。他的心里只有一个信念，只要发动机在转，我就要把飞机安全地开回去！终于，在失去地面指挥引导的情况下，他凭着一身胆略和丰富的经验，将飞机稳稳地降落

在 T 字布旁。

在塔台上指挥的副师长乘车飞奔而来，一把抓住汪亮的手说："汪亮，你飞得真好，谢谢你！"

还有一次，是在汪亮接到父亲去世的电报之后。那太突然了，两个星期之前，他在杭州疗养时还把父亲接了去，父亲看上去好好的，逛了西湖后还想去玉泉，他说那就坐车去吧，可父亲却坚持着一定要走着去。一切都仿佛还在眼前，老人家怎么说走就走了呢？他想回去为父亲奔丧，可再想想部队新一轮训练正紧张，实在脱不了身呵。"自古忠孝难两全"，吟咏着古语，汪亮泪水涟涟。

"明天不飞了吧。"首长劝慰道。

"不，照飞。"汪亮坚定地说。

可是当晚，汪亮失眠了。他翻来覆去地睡不着，便几次爬起来到走廊里去抽烟，直到天亮时才迷迷糊糊地打了个盹。

没有想到，飞机一上天，飞行员最怕的"倒飞错觉"、"倾斜错觉"就攫住了他。明明仪表显示一切正常，但汪亮就是觉得不对头，飞机在倾斜，飞机在倒飞，他不由自主地想去纠正。这是非常严重的情况，意志稍有动摇，事故便会鬼使神差地在瞬间发生！汪亮咬了咬嘴唇，但控制不住，只觉得血一个劲地在往头上冲，一切都变得颠颠倒倒。他又用力一咬，将嘴唇咬出血来，他以极大的毅力对自己说，必须服从地面的指挥！这是自我和自我的较量，这是意志和意志的较量，常人是难以想象这发生在空中的特殊的搏斗的。

最终，汪亮胜利了，他驾着飞机安全返航。当他脱下飞行服的时候，里面倒出来的竟全是汗水。

9,500 米，10,000 米，战机在继续爬高……

蓦然间，棕褐色的蘑菇云出现在了汪亮的眼前，它正由西向东慢慢移动。这是怎样壮观的景致啊，犹如一注巨大的喷泉，根部深深地扎在罗布泊的戈壁里，晶亮的“水珠”翻腾着，闪着耀眼的光泽。

汪亮立刻向地面报告：“我是 101，前方发现目标！”

“打开取样桶，准备进云！”地面发出指令。

汪亮接近了蘑菇云。这时，周围泛出一片金红，座舱被强光照得通亮，耳机里尽是杂音。多年的飞行经验告诉汪亮，夏日里翻滚的云中常带有雷电，飞机一旦误入，会遭雷击，操纵失控，导致飞机坠毁。而且科研人员曾告诫他，为了减少身体的损害，要尽量选择边缘钻。可他顾不得这些了，毫不迟疑地选准最浓的部位一头钻了进去。

蘑菇云内烟尘弥漫，一片昏暗，猛烈的气流将飞机抛上抛下。汪亮尽力保持住飞机的正常状态，继续向前冲刺……

出云了。

“101，剂量多少？”地面指挥员急切地询问着。

汪亮看了看计量表，上面清楚地显示着辐射剂量。已经超过上级下达的剂量指标了。虽然在这难得的时机取样剂量越多越好，但越多势必对身体损害越大，因此上级规定了上限剂量。但是，汪亮并不满意，因为这与战友们订下的“君子协定”还差了一点。原来，汪亮觉得我们国家还不富裕，组织一次这样的核试验要耗费很多的人力、物力和财力，为了在有限的试验中给国家科研提供充分的数据，他决定要尽可能多地采集样品。他把自己的想法跟其他几位战友一说，大家一致赞同，自定了更高的指标，比上级规定的翻了一倍。他们还订下“君子协定”：不达指标不算完成任务，而且事先对任何人都要保密。

于是，汪亮向地面发出了这样的报告：“剂量没有达到规定，101 请求再穿越一次！”

强劲的西风此时已把蘑菇云吹成了长方形状。汪亮猛地吸了口气，果断地再次飞至蘑菇云的顶端，由东向西，带着坡度瞄准 20 多公里长的云带，从顶部斜穿到底部，狠狠地取了一次样。

出云后，汪亮迅即朝计量表瞥了一眼：超出上级规定指标整整 10 倍！他轻轻地吁出声来。

紧接着，另外几架飞机也随之钻出了蘑菇云……

战机徐徐降落。为了不把放射物带回来，汪亮一出机舱，便被全副武装的防化兵“保驾”到了指定地点，将裤头背心连同昂贵的飞行服统统扔进了火堆，并在专用洗消室内足足清洗了一个多小时，剂量检查器才放行了他。

时任国防科委副主任的朱光亚，早早地就在门外迎候着汪亮和他的战友们了，他动情地称赞他们为我国尖端武器的发展做出了重要的贡献。

汪亮挂上了金光闪闪的军功章，然而由于他受到大剂量的核辐射，白血球下降到 2,900/ 立方毫米（正常情况应为 8,000/ 立方毫米），血相不稳，头发开始脱落，他住进了马兰的医院，而后去北京检查，再到杭州疗养。可他待不住，不等疗养结束，就提前归队了。曾经有人问他这样做值不值，他只回答了一句：“祖国和军人的荣誉高于一切。”

一架飞机划破云天，正速速向西航行。机舱里已 48 岁的汪亮，望着翻卷的云朵心潮起伏。这是 1996 年的夏天，汪亮从上海飞赴让他始终难以忘怀的天山脚下……

穿越蘑菇云不久，汪亮就接受了为祖国培养第一批民族飞行员的任务，等他以辛勤的汗水将他们送上蓝天，他自己却因走上领导岗位而不得不告别了酷爱的飞行事业。1992 年，他调任驻沪空军参谋长助理，后又改任副参谋长。虽然离开了蓝天，可他从没将搏击翱翔的精神从心中抹去。尽管他受到国务院和空军的特殊照顾，但他不想躺在功劳簿上，他还希望自己能学习新的东西，创造新的经历。所以，在他的坚持下，他马上就要脱下大校军官服，走进地方工作这个新的“驾驶舱”了。在即将离别军营的前夕，他唯一想的就是再到核基地去看看，那是他永远魂牵梦萦的地方！

此刻，汪亮的思绪越过滔滔云海，飘落到了依旧神秘的核基地——

马兰的街道拓宽了没有？在我国政府宣布暂停核试验之后，它是不是有了新的模样？马兰电视台的播音员还在用独特的风格播音吗？记得这家由国家正式批准建立的唯一的“军人电视台”，它的发射塔是用试爆第一颗原子弹的备用塔架制成的。

在荒漠和大山深处的机场，还会见到和他一样曾穿越过蘑菇云的战友吗？这数十人中，他是最后的一次，以后穿云采样就改为无人驾驶飞机了。记得受核辐射剂量最多的 9 个人，曾在 1986 年相约攀登长城，后来，有一人却因身体太虚弱没能如愿。

汪亮想，今后不管人在何处，身居何职，他是永远不会忘记穿越蘑菇云的那一时刻的。

祖国也不会忘记。

1997 年 8 月

采写手记：

在穿越核爆蘑菇云整整20年后，原空军航空兵驻新疆某团飞行副大队长汪亮在上海空军某基地接受了我的独家采访。汪亮是我国最后一批在核试验中驾驶飞机穿越蘑菇云采样的飞行员之一，之后便改为无人驾驶飞机了。汪亮的讲述是粗线条的，我却总是突破“框框”而进入细节，因为只有这样，人们才能在还原的现场中真切地感受中国军人无私奉献的精神。“两弹一星”有广为人知的功勋人物，也有许多像汪亮这样鲜少有人知道的无名英雄。

不能让英雄流血又流泪

用一条腿换得两个孩子的生命

在评选 1996 年度的上海市精神文明十佳好事时，闵炳忠舍己救人的感人事迹名列其中。

1996 年 7 月 23 日傍晚，早早收了自行车修理摊的闵炳忠到杨浦区佳木斯路附近一处叫东江滩的地方看望老乡。27 岁的闵炳忠 10 年前就从江苏姜堰来上海打工了，他设了个修车摊，不多久他便因良好的服务态度和娴熟的技术而名声在外，连续多年被评为区里的先进个体户。

因为天气闷热，闵炳忠就和老乡一起坐在屋外乘凉聊天。

7 点 30 分许，天色渐渐暗了下来。这时，上海大型物件汽车运输公司的一辆 10 吨卡车隆隆地驶了过来。这辆东风牌半挂卡车运载着巨幅的广告牌。这里的道路十分狭窄，所以，车子在由南向东转弯时，因受阻于路北的一堵围墙而不得不停了下来。司机伸出头看了看，却又发动引擎，挂上倒挡，踩下了油门，打算以倒车来调整车位后再朝前开。卡车强行向后朝围墙倒去，而此刻，围墙的墙墩旁有两个外地民工的孩子正在一起玩耍，姐弟俩全然不知死神顷刻就要降临到他们的头上。

卡车继续往后倒着，刹那间便猛然撞上了足有 3 米多高、约 70 厘米见方的用砖砌就的门墩。门墩剧烈地晃动了一下，立刻被撞断成三截，向一旁的孩子砸去。眼看一场惨祸就要酿成，在这千钧一发之际，坐在附近的闵炳忠一个箭步冲了过去，先把 7 岁的男孩猛地推开，等到他再想推开女孩时已经来不及了，他便奋不顾身地将女孩护压在身下。只听“轰”的一声，尘烟腾起，被撞断的门墩中最大的重达 1 吨的那截，无情地砸在了闵炳忠的左腿上，顿时血肉模糊，连碎裂的骨头都露了出来。

闵炳忠被过路的群众送往上海长海医院急救。由于失血过多，危及生命，加上左腿沿膝盖以下已被砸烂，无法再植，不得不实施高位截肢手术，从此，闵炳忠永远地失去了一条腿。他的妻子见到从手术室里推出来的截了肢的丈夫，一下昏了过去。被救孩子的父母也跪在他的病床边，声泪俱下地一遍遍地说：“你是孩子的救命恩人哪，我们该怎么报答你呢？”

苏醒之后的闵炳忠看着空荡荡的一条裤腿，却表现得非常坚强，他对妻子说：“我用自己的一条腿换得两个孩子的生命是值得的。”其实，临危不惧、舍身救人一直是闵炳忠所自觉奉行的美德，此前，他曾两次跳入河中救出不慎落水的孩子；第一次，他自己才刚满 11 岁。

7 月 26 日，闵炳忠被转送至上海市杨浦区伤骨科医院继续治疗。医院方面为闵炳忠见义勇为所感动，给予了精心护理。而闵炳忠的英雄事迹传开后，更有成千上万的各界群众从四面八方络绎不绝地赶到医院探视他。闵炳忠在沪居住地的杨浦区及长白街道为他提供了切实的帮助。上海市的有关领导也前去医院慰问，给他送去慰问品和奖金，表彰他舍己救人的高尚行为，并勉励他战胜病痛，重新站立起来。鲜花和荣誉对闵炳忠是当之无愧的。他先后被授予“上海市优秀外来务工青年”“上海市文明个体工商户”“1996 年度上海市社会主义精神文明十佳好事”等光荣称号；江苏省也为他颁发了见义勇为奖，授予他“江苏省见义勇为先进个人”称号。在全社会的帮助和鼓励下，闵炳忠积极配合术后治疗，康复进展情况顺利。

然而，他却迟迟出不了医院。

法律能否为英雄讨得公道

尽管闵炳忠术后康复顺利，伤骨科医院也认为可以出院，并嘱其稍后便可安装假肢，但是，由于肇事车辆所在的上海大型物件汽车运输公司在预付了 5,000 元医疗费后，迟迟不肯再去医院结账，致使闵炳忠无法出院。尽管闵炳忠一再打电话到运输公司，却一直得不到明确的回复；医院方面也出面向运输公司交涉，然而始终遭到推诿。至于损害赔偿问题，运输公司更是采取回避的态度。

1997 年春节前夕，闵炳忠再次要求运输公司前来医院结账，使他能够得以出院，在家里同妻儿欢度春节，可对方依旧不予答应。于是，除夕之夜，家家户户兴高采烈地吃着团圆饭，并点燃爆竹焰火进行狂欢的时刻，在冷冷清清的医院，闵炳忠一家三口却抱头痛哭。由于闵炳忠需要专人护理，他的妻子不得不辞了工作，成天守在医院，而他们夫妻俩还有一个 4 岁的儿子要抚养。经济的拮据使闵炳忠无法安装假肢，而迟迟出不了医院更使闵炳忠在精神上倍感痛苦。这样，闵炳忠及一家陷入了经济和精神方面双重的重压之中。

舍己救人的英雄因肇事单位不肯结账而一直被困在医院的消息经媒体披露后，激起了强烈的社会反响，善良的人们纷纷向闵炳忠伸出援助之手。1997 年 2 月 28 日，上海首家法律援助中心——杨浦区法律援助中心一建立，区司法局就决定将闵炳忠列为第一个援助对象。上海四维律师事务所律师徐国华抱病毅然承担起重任，向闵炳忠提供无偿法律援助，欲为英雄讨回公道。3 月 17 日，闵炳忠正式向杨浦区人民法院提起民事诉讼，要求被告上海大型物件汽车运输公司做出损害赔偿。杨浦区人民法院受理了此案。

在社会舆论的关注和闵炳忠提起诉讼的情况下，运输公司最终去伤骨科医院结清了全部 12,419.78 元的医疗费。4 月 10 日，在医院度过了整整 8 个半月之后，闵炳忠终于得以出院了。

闵炳忠出院后，即由上海市刑事科学技术研究所对其伤情做出鉴定，结论为伤者左大腿中下三分之一处截肢，参照《道路交通事故受伤人员伤残评定标准》，属五级伤残。

为了能重新站起来，闵炳忠一出院就为安装假肢而反复咨询、挑选。现代科学技术的发展使人造假肢日臻完善，先进的假肢不仅在外形上难辨真假，而且愈益接近人体本有的功能，同时使用寿命延长，使用时的痛苦减少。但是，这种先进、高档的假肢，价格是比较昂贵的，仅在上海，略为高档一点的假肢，价格就在 6 万元以上。按理说，事故责任全在运输公司，自己又是舍己救人，闵炳忠完全有理由根据伤情选购先进的假肢，可善良的闵炳忠没有这样做，考虑的却是尽量为肇事单位减轻负担，因此最后他选择了一般档次的骨骼式假肢，并且这是经过专家检查后认为是适合其伤情所必需的。这种骨骼式假肢的价格为 32,280 元，使用寿命为 4～5 年。4 月 25 日，闵炳忠安装了假肢，可其实在相当长的日子里，闵炳忠并没能扔掉拐杖直立行走。假肢与截肢的部位一接触，像刀割似的疼痛；截肢部位肿胀、皮损、流血多时，难以收口；假肢透气性差，不消多久，便能从中倒出汗水来。但闵炳忠咬紧嘴唇，刻苦训练，希冀尽快适应，像过去一样地站立起来。

鉴于在经济上蒙受巨大损失，精神上亦遭到严重打击，闵炳忠在诉状里开列了要求被告赔偿的具体项目：假肢每只 32,280 元，按 5 年换一只至 70 岁，需换 8 只，计 258,240 元；误工费每月 1,000 元，2 年计 24,000 元；住院伙食补助费每天 20 元，10 个月计 6,000 元；护理费每月 650 元，2 年计 15,600 元；残疾者生活补助费每年 5,868.12 元，20 年计 117,360 元，加上物价上涨因素，应为 147,352 元；被抚养人口生活费每月 185 元，13 年计 33,600 元；营养费每天 20 元，10 个月计 6,000 元；精神损失费 50,000 元；交通等有关杂费 5,000 元。上述总计 545,792 元。

法院在开庭审理时，作为被告的运输公司首先对闵炳忠的伤残鉴定提出异议，要求重新鉴定。法院因此委托上海市高级人民法院法医鉴定中心对闵炳忠的伤情再次进行鉴定，结果为参照《职工工伤与职业病致残程度鉴定标准（试行）》之有关规定，属于四级伤残，丧失劳动能力。这一鉴定事实上加重了闵炳忠的伤残认定。其次，被告认为闵炳忠不该安装骨骼式假肢，应安装普及型假肢，此种假肢每只价格 1,500 元，按 70 岁计算，需更换 18 只，总计 27,000 元。另外，被告对闵炳忠提出的误工费、护理费、住院伙食补助费、被抚养人生活费等均提出异议；至于精神损失费和住院期间营养费，被告认为不属于交通事故赔偿范围，故不同意赔偿。被告强调指出，对该案应比照《道路交通事故处理办法》的规定进行赔偿。

在诉讼调解期间，通情达理的闵炳忠两次变更诉讼请求，将原来 54 万余元的赔偿金额降低到 33 万元。然而，被告仍执己见，致使调解未成。

经过长达 9 个月的审理，1997 年 12 月 9 日，杨浦区人民法院做出判决：原告闵炳忠的行为是舍己救人的行为，对其造成的损害，被告上海大型物件汽车运输公司应承担完全的民事赔偿责任。原告目前安装的骨骼式假肢，是经过检查后适合其伤情所必需的。考虑到原告致残而丧失劳动能力，对其提出的残疾者生活补助费、被抚养人生活费的请求，也应予以支持。原告基于本案实际情况，要求被告一次性赔偿 33 万元，对此，尚属合理，应予支持。被告应予本判决生效之日起十日内一次性赔偿原告各类损失人民币 33 万元。本案受理费 7,760 元、鉴定费 500 元，由被告承担。

数天之后，被告上海大型物件汽车运输公司不服判决，上诉于上海市第二中级人民法院。

1998 年 3 月 30 日，二审法院主持调解，但依旧未成。不知闵炳忠等待到的最后的判决将是什么。

不能让英雄流血又流泪

目前，由于赔偿一案尚未了结，闵炳忠不仅在生活上陷入困境，精神上也倍感压力。有人当面讥讽他：“早知今日，何必当初。”但闵炳忠无怨无悔。虽然身陷困境，可闵炳忠坚毅顽强，决心自食其力，重新站起来。然而，许多事情就像那场官司进行得并不顺利。显然，他已不能再从事老行当了，因此他希望能开一个书报亭，却因没有上海户口而未被有关部门批准；为了生活上的方便，他想买一辆残疾人用车，可至今也由于种种原因而申请不到一张残疾证；他和妻儿的居所是临时租借的，不知一年之后将在哪里安身……

正直、善良的人们是不会忘记自己的英雄的。自闵炳忠救人受伤以来，他不断地受到各方面的慰问和帮助。杨浦区及长白街道的

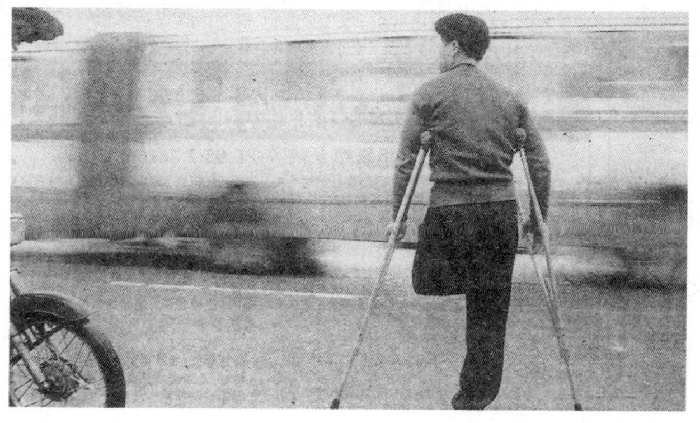

个体协会成了闵炳忠的“娘家”，他们为帮助闵炳忠四处奔走，做了大量的工作；上海明建玻璃实业有限公司、沪东供电所等纷纷向闵炳忠伸出援助之手；翔鹰托儿所免去了闵炳忠儿子的入托费用；一位不愿留名的台湾女同胞也托人为闵炳忠送来了捐款……社会各界的帮助使闵炳忠感动不已，他不忘回报社会，将人们的捐款转赠希望工程、扶贫基金会和社会福利院。他说，他还年轻，前面还有很长的路要走，他要靠自己的努力。

但一个健康而公正的社会理应为见义勇为、舍己救人的英雄提供最好的生存环境和条件，不该让英雄将来的生活有太多的后顾之忧。这对整个社会弘扬正气、捍卫正义无疑是至关重要的。英雄的不断涌现，非但是人类社会不断进步的佐证，也是人类社会之所以能不断进步的基础和保证。如果一个社会让人们普遍觉得做好事的人是傻瓜，关键时刻临阵逃脱或袖手旁观可以心安理得；如果一个社会让做好事的英雄身陷生活困境而难以摆脱，面临众多的后顾之忧而无可奈何，那么，这样的社会是沦丧和倒退的，是没有前途和希望的。正因为如此，近年来，我国加大了社会主义精神文明建设的力度，各地普遍建立了见义勇为奖励制度，这对树立良好的社会风气起到了一定的推动作用。但是，由于缺乏相应的法律法规，目前的奖励制度尚存缺陷，奖出多门，且带有较大的随意性，对受伤致残英雄的终身关怀也没有形成保障机制。因此，尽快通过立法确立和完善对见义勇为者的奖励、保障机制，已成为人们的共识、社会的呼声。据悉，在上海市人代会上，已有多名代表就这一问题递交了议案。

有识之士指出，以立法形式建立起见义勇为奖励、保障机制后，明确了权利义务关系，社会成员人人有义务见义勇为，同时也享有相应的权利（包括受伤致残者在生活、工作等方面的终身受益），这对倡导见义勇为的良好社会风尚和社会主义精神文明建设，具有深远的意义。也惟有建立起这种完善的机制，像闵炳忠这样的英雄才可能真正解除后顾之忧，无论是今天还是将来都能享受到应有的权利。

见义勇为的英雄应当永远受到全社会的尊敬和帮助！

我们不能让英雄流了鲜血再流眼泪！

1998 年 4 月

采写手记：

我是在得知见义勇为的闵炳忠陷入困境后，才决定采写这篇追踪报道的。那时，闵炳忠对肇事单位提起的民事赔偿诉讼尚未结案，经济拮据，而理应颁发的残疾证也迟迟得不到核准，生活上多有不便。我希望通过此文，为闵炳忠争取应有的权益，并呼吁以立法形式建立见义勇为奖励和保障机制。同时，我还希望人们取得共识：一个健康的社会应当弘扬正气，捍卫正义，保护见义勇为者，不能让英雄流了鲜血再流眼泪。此文发表后，引起社会各界很大的反响和关切，也获得了广大读者的共鸣，并为闵炳忠解决了一些实际问题。

上海电视塔：向一个时代的坦然告别

1998年7月30日，在上海这座城市高高矗立了20多年的上海电视塔。在拆除底座发射微波机房后，悄然逝去了最后的身影。

没有举行任何仪式，也没有带走一片云彩，上海电视塔以这样的方式默默引退。这是一座劳苦功高的电视塔向一个城市、一个电视时代的坦然告别。

但是，在这样一个时刻，有许许多多的人望着那一片空出的天空，心里生出无限的眷恋，曾经与电视塔相伴的日子重又闪回……

1971年4月·电视塔动工兴建

王欣济（原上海市广电局副局长）：我记着这一天，是因为它展示着上海电视事业的第二次起飞

上海第一座电视发射天线，是架设在南京东路永安大楼楼顶的。1958年10月1日，上海电视台就是通过这一距离地面108米的天线，正式对外播出。只是这般的高度无论如何是有些“先天不足”的，以它的信号发射只能覆盖市区范围，稍微远一点，就只得欣赏“雪花飘飘，大雨如注”了。不过，一切尚能凑合，因为当时电视事业刚刚起步，只有一个频道，播出黑白电视节目，且每周仅播出5至6个小时，再说，当时电视机的拥有量极其有限，仅以百十计数。

时间跨入了70年代，电视事业发展的脚步加快了，电视的普及已露出端倪，彩色电视更被提上了议事日程。有道是兵马未动，粮草先行，为了给第二次起飞创造条件，建造一座更高更好的电视塔便成了当务之急。

1972年9月25日·铁塔吊装成功

王肇民（同济大学教授）：我记着这一天，是因为我们创造了一个“中国第一”

上海电视塔的设计任务是由同济大学承担的。既要外形美观，又要造价低、施工周期短，这让王肇民教授和其他的设计人员颇费脑筋。他们最后决定采用钢结构圆形塔身和钢筋水泥底座的方案，这一设计便于地面施工，先将一段段的部件焊接起来，最后整个儿起板，避免了高空作业。

铁塔正式吊装的那一天，彩旗飞扬，人声鼎沸。隔壁小学的操场上列阵开10台卷扬机。市建五公司的总指挥一声令下，10台卷扬机同时开动，把铁塔一点一点吊了起来。在不绝于耳的哨子声中，铁塔渐渐站直了。整个过程持续了4个多小时，终于，铁塔的四只脚落到了基座上，而塔脚底座上的6个螺孔全部准确无误地套在了螺旋栓上。

总高209.35米，总用钢量562吨的上海电视塔耸立在了蓝天白云下。这是时下我国最高的一座电视铁塔，它是注定了要造就一段辉煌历史的。

1974年12月26日·电视塔竣工

张焜华（上海电视台编导）：我记着这一天，是因为我和电视塔一起走过了上海电视事业发展最为迅速的时期

上海电视塔竣工并正式投入使用的当天，上海电视台新落成的彩电中心也同时启用。它们犹如给上海电视事业添上了一对翅膀，由此实现了更高更远的飞翔。

电视塔的发射服务半径达65公里，大大改善了收视条件，这从一个方面促进了电视的普及。电视迅速走入家庭，这不啻是场革命，它改变了人们的生活。

从稀有之物到家庭必备，从黑白电视到彩色电视，从一个频道到多家电视台，高高的电视塔经历了上海电视事业发展最为迅速的这20多年的沧桑巨变。电视塔下的上海电视台也由小变大，建成了卫星、微波、电缆的立体传播网络，形成了新闻、文艺、社教、体育、服务等多功能综合节目体系。

迅速发展的电视事业为电视工作者提供了充分发挥才智的条件和机遇，他们创作了一

大批优秀的节目，给人们送去了丰富的精神食粮。张焜华说，在拍摄、制作过程中，时常会遇到各种各样的困难，但是，只要抬头望一望电视塔，神圣的使命感和责任感就会油然而生。

1993 年 10 月・电视塔空中俱乐部开业

陆林媛（南京西路静安新村居民）：我记着这一天，是因为从电视塔上可以看到上海最好的风景

电视塔作为上海的制高点，一直是人们心向往之的地方。然而，在当时，要想登上这座由武警战士荷枪站岗的电视塔，却并不是一件容易的事。

改革开放的深入，促使电视塔也从单一的发射功能向多元化发展。在 120 米高空平台上开设的空中俱乐部，终于使普通的市民也可以登上这个神秘的制高点了。

陆林媛家的窗口正对着电视塔，只隔了一条马路。他们是电视塔的老邻居，可从来没有机会靠近它。空中俱乐部开业的第一天，他们就赶了个“头趟”。他们一边品着咖啡，一边俯瞰上海，他们说从这里能看到最好的风景。

1998 年 4 月 30 日・电视塔启拆

张淼（拆塔工程指挥）：我记着这一天，是因为我不能忘怀电视塔这个老朋友

现今上视大厦草坪内的上海电视塔原址纪念地

上海电视事业正如日中天。1996 年 5 月 1 日，东方明珠广播电视塔正式启用，这标志着上海电视事业的再一次腾飞，同时也宣告了原由上海电视塔承担的发射电视和广播节目信号的任务业已完成。即使是这样，作为播出的备份，电视塔仍默默地坚守着岗位，时刻处于备战状态。

如今，上海电视台新大楼已拔地而起，根据市政府的指示，上海电视塔到了功成身退的时候了。

1998 年 4 月 30 日上午 9 点整，气割机割下了电视塔顶端天线的第一刀。这时，天空飘起了雨丝。

指挥拆塔的张淼，27 年前的这个月，他跻身于电视塔的建造大军。“亲手把它造起来，又亲手把它拆倒，真有些不舍得啊！”和他同样感慨的是王肇民教授，当年他负责建塔的设计方案，这次却承担了拆塔的设计。

1998 年 7 月 30 日 · 电视塔拆除完毕

盛重庆（上海电视台台长）：我记着这一天，是因为它既是一种告别，也是一种开始

历时两个多月，在拆除 2,000 平方米的发射微波机房后，上海电视塔拆塔工程全部结束。

承担施工任务的上海欣光设备工程公司，在如此艰难的高空作业中，没有损伤一丝一毫，创下了安全施工的佳绩。

拆塔前，考虑到当时组建东方明珠股份公司时，电视塔被作价投入，现在拆除会影响股民的利益，上海电视台的领导决定把电视塔重新买下来，表现出了对股民负责的态度。

在拆塔的经营管理中，上海电视台积极探索，走出了新路。鉴于拆下的铁塔将回炉重炼，上海电视台以料代工，把拆下的电视塔折价作为施工费用付给总承包单位上海祥盛物资经营部。电视塔拆除后空出的 2,000 多平方米空地将用于绿化，地下将建一个大型停车库。

伴随上海电视事业的发展，走过了 20 多年风雨路程的上海电视塔已不复存在，但正如盛重庆台长所说，上海的电视人和电视观众对这座铁塔对这座铁塔有着无限的深情，它是一个时代的见证，也是我们曾经历过的一段人生的见证，所以，它将成为我们心中永远不会抹去的珍贵记忆。

上海电视台留下了电视塔的少量碎片，它们将被做成纪念品，赠送给来访的客人。它们会默默地陈述过去的岁月和已经开始的电视新纪元。

1998 年 7 月

采写手记：

矗立在浦东黄浦江畔的东方明珠广播电视塔是上海的一张靓丽名片，可殊不知东方明珠塔之前的广播电视信号发射任务是由另一座电视塔承担的。位于上海电视台大院内的上海电视塔于 1974 年 12 月竣工，是当时上海最高的建筑，登上塔顶，整个上海都在其脚下。但是，随着上海电视事业的迅猛发展，不堪重负的上海电视塔已经完成了它的历史使命。作为上海电视台的一名记者，在上海电视塔拆除之时，我以难以言说的心情记录下了它的最后时刻。如今，上海电视塔早已湮没在尘封的岁月中，只在上海广播电视台的大草坪上，留下了一小截身躯。

“高烧”：向城市环境拉响警报

1998 年 8 月 15 日中午，上海中心气象台龙华气象站的记录员打开白色的观测箱门，不禁愕然：温度表上的水银柱窜到了 39.4℃。

这一天，上海人度过了半个世纪以来最热的 24 小时。

大地发起了“高烧”

上海自有气象记录以来的 125 年间，今年的酷暑排名第三。

7 月 1 日，梅雨过早结束，上海一无遮拦地闯入盛夏。谁也没有料到，大地就此发起了“高烧”，而且非但连续不退，反而愈烧愈烈。在熬过 7 月份近半月的高温酷暑天气后，人们期盼随着立秋节气的到来，难耐的“高烧”能够退去。但是，事与愿违，“秋老虎”更是热得发了疯，8 月 7 日至 17 日，“高烧”再次肆虐，其中连续 5 天最高气温突破 38℃，15 日达到了 39.4℃，成为自 1942 年以来最热的一天。在此之前，仅 1934 年、1942 年出现过连续 5 天 38℃的高温天气，而上海历史上最热的一天是在 1934 年的 7 月，达到 40.2℃。

几乎所有的舆论都将今年上海罕见的高温酷暑归罪于“厄尔尼诺”，认为这是对厄尔尼诺现象引发的全球性气候异常的“响应”。有人分析说，今年上海气候特征有三个异常：梅雨期短，7 月 1 日就提前一周出梅，是常年的二分之一；副热带高压活动异常，不像往年盛夏处于副高中心位置，却一反常态向偏北转移，西南风盛行；海上热带风暴（台风）生成极少，出现了罕有的平静。据此，他们以为，这些异常征象证明了本世纪最强一次“厄尔尼诺”对上海的侵袭。但是，对这种将高温酷暑归因于“厄尔尼诺”的流行说法，不少气象专家认为，目前就海水异变导致的洋流、大气环流异常，更多的还停留在统计事实上，没有深层的机理分析。

上海气候中心高级工程师胡本贵的看法代表了相当部分专家、学者的意见，他们认为，上海今年出现罕见酷暑是大气候和城市环境变化共同作用的结果。胡本贵说，依据有关资料分析，虽然气候的影响是决定性的，但城市生态环境的变化对酷暑的形成和加强也不容忽视——城市“下垫面”诸多因素的变化，无疑对太阳辐射的

干涸的河道

反射和吸收产生了一定的影响。他举了一个非常通俗的例子：烈日当空，如果在你呼吸高度以下是柏油马路，就会感觉热不可挡，而要是换成草坪，感觉就好得多。一句话，由城市生态环境变化引发的“热岛效应”已愈演愈烈，对高温酷暑起到了推波助澜的作用。

困在“温室”里的城市

对酷暑的感受，生活在城市中心和远郊的人们是相当不同的。上海气象部门的观测结果表明，整个7月份，上海市区出现了12天35℃以上的高温，而处于远郊长江口的崇明县，仅有一天最高气温超过了35℃。7月14日，龙华气象站最高气温达38.6℃，而此时的崇明整整低了3℃。即便是城市化已经非常明显的闵行区莘庄地区，今年7月份出现35℃以上的高温日也只有7天。新近从威海路搬迁到莘庄的某报记者盛女士说，那些天她往返于两地，一出地铁，感觉就不一样。她说，没有想到，搬到莘庄，还能少挨几个高温天。

一系列资料表明，城市生态环境的变化对气候的影响已越来越明显。在六七十年代，上海市区与郊县全年平均温差仅0.4℃，而到了80年代，这一数字上升到1.3℃，1992年至1996年，上海夏季市区平均最高气温高出郊区2℃。气象记录表明，1994年上海平均气温达17.6℃，是自1873年以来最“温暖”的 年，以后的数年也一直维持在这个水平。而这几年，正是上海城市扩张速度最快的时候。冬天不冷，夏天愈热，这就是人们最近几年感到的城市气候最明显的变化。

多年研究城市气候的华东师范大学王远飞博士认为，由于城市生态环境的迅速变化，城市“热岛”已经成为上海最明显的气候特征。

近些年，伴随着城市建设的迅速发展，尽管在规划方面、环保方面做出了相当的努力，但我们还是看到有不少的遗憾：

越来越密集的高层建筑在城市中心形成热量聚集的“峡谷”。上海 20 层以上高层建筑已逾 1,400 幢，且几乎都集中在内环线以内百余平方公里的区域里，城市产生的大量热能在这样的“水泥森林”里难以散发。而这些高层建筑的外观设计，相当多的采用玻璃幕墙，它将太阳光反射到“峡谷”里，增加了热能的聚集。家住浙江中路的周老伯说，他现在出门必戴太阳眼镜，这可不是什么赶时髦，而是不得不这样做，因为他家四周新近耸立起来的幢幢高层建筑，不少是玻璃幕墙，太阳一出，无数个“太阳”也就跟着升了起来，亮晃晃地刺眼，皮肤火辣辣地生痛。

总数超过百万辆的机动车和燃油助动车也主要在“峡谷”区域内活动，二氧化碳等大量废气的排放和聚集更使热岛效应变本加厉。6 月至 8 月，本该是上海一年中的空气“优质期”，可今年空气质量却呈下滑之势，7 月份的第一个星期，7 天内有 5 天是“轻度污染”，而氮氧化物指数接近“中度污染”，平均污染指数比前一周上升了 29%。城市“峡谷”里风速因受阻而减缓，最小仅为 1.3 米 / 秒，根本“吹”不开浓浓的汽车尾气“污染团”。

67 岁的蒋碧霞是个“老上海”，从姑娘时代起，每个礼拜她都要去淮海路兜上一圈。淮海路上如盖的法国梧桐堪称上海的一个浪漫的梦幻景观，现在却“风情”不再。自打粗壮的法国梧桐被连根拔掉，蒋碧霞再也不去兜淮海路了。她说，过去即使是大热天，也照兜淮海路的，在浓密的树荫底下一点都不觉着热，心情惬意。现在，想想那儿光秃秃的，心里就吓势势地不愿出去了。的确，如今在市中心的街头，人们明显地感到能遮阳的树木越来越少。尽管上海的城市绿化每年都有新的增长，但现在市区绿化覆盖率还只有17%，而能够遮荫的高大行道树更是难觅踪影。不少新建道路往往“忘记”给行道树留“一席之地”。如新辟的江苏路，道路两侧地下管线既多又浅，根本无法种植高大树木，只得种些矮小的冬青树了事。

常听得有人说，看到水就会觉得凉快些。事实上，水面的调节对防暑降温是及其重要的。上海是长江的入海口，黄浦江和苏州河的支流密布，河道纵横，这给整个市区吸纳暑热提供了良好条件。但据上海市河道管理处提供的统计数据，近5年来，上海每年填没河道上千处，在市中心各区，除徐汇区外，河道水域面积占区域面积均不到2%。一位姓陆的先生说，他供职的一家药厂在长阳路边，那儿原来有几条东西或南北走向的小河，所以路边造了好几座桥，但现在是只见桥不见河，全填没了。无独有偶，这位陆先生家住双阳路，他的住房边原本也是有一条河的，过去居民们每晚都在河边纳凉，可现在河被填掉了，造起了房子，一块纳凉“胜地”就此消失。

上海市中心已成了名副其实的“热岛”，令人担忧的是，上海自进入90年代以来，随着城市面积迅速扩张，城市热源也向外扩散，原已形成的“热岛”面积扩大，强度更甚。据最近一次卫星遥感摄片，上海市区高温与几年前相比，呈辐射状向外围成倍扩张。可以预料，如果不对城市生态环境的恶化予以控制，那不消多时，即使是“清凉之地”的崇明岛也会成为一个“热岛”。

早在 19 世纪初，英国科学家卢克·霍华德在对伦敦市区及郊区气象进行多年研究后便指出，工业革命驱使城市大规模发展，其结果会导致“热岛”的形成，并伴生空气严重污染。遗憾的是，直到 100 多年后，他对城市过度发展和不合理规划引起气候异变的警告才得到重视。其实，在上海，50 年代末，华东师大教授周淑贞在利用汽车做移动测量后，也提出应重视城市热岛现象。40 年后的今天，我们是不是该重新审视一番城市发展所走过的道路呢？

明天，上海会更热吗？

刚从今年的高温酷暑中走出，尚没有完全喘过气来的上海市民不得不面对这样的现实：由于大气候和小环境的作用，未来的几年内，上海的“高烧”不会退去。上海，已进入又一个酷暑期。

从大气候方面来说，凉夏期和酷暑期总是交替出现，这是气象学方面的一个规律。以上海为例，1934 年到 1953 年，是典型的酷暑期，平均每年有 25 天左右 35℃以上的天气；而 1972 年开始，上海步入凉夏期，35℃以上的高温天气每年平均只有 5 天左右。而最近几年的连续高温显示，上海已进入了新一轮的酷暑期。而令人多少有些“谈虎色变”的厄尔尼诺现象尚无偃旗息鼓的迹象，另一同样引发气候异常的“拉尼娜现象”则又赶来凑起了热闹，这对上海夏季高温只会是凶多吉少。

而“火上加油”的正是我们日益恶劣的城市环境。高密度的水泥森林、赤裸的水泥路面、空气中的粉尘和二氧化碳、挂满墙面源源不断散热的空调机……人们走在城市的街道上所感受到的远非天气预报的温度，因为上述各物都在向人们辐射着热量，令人们不能不用“快烧起来了”来形容走在街上的感觉。

千万别以为高温只是一件单纯的事儿，事实上它影响到人们的生活，影响到整个城市的运作。高温带来的是用电、用水量的直线飚升，高温带来的是垃圾产量的高峰，高温带来的是交通事故、发病率的明显增长……据报道，8 月份持续高温的那几天，上海的用水、用电量均攀新高，垃圾产量也创下历史记录。与此同时，酷暑击倒了大批市民，上海的医院人满为患，上海市第四人民医院收治的高温发热病人数，从 7 月 31 日的 9 人突涨至 8 月 8 日的 80 人。有人说，现在空调机普及了，实在热得受不了，躲进空调房间就是了。殊不知，今年上海空调病患者居高不下，究其原因，是因为空调房内空气不流通，家具、电器等释放的污染物质侵袭人体。持续高温期间，上海市环境监测中心对本市室内空气质量进行分点测试，其结果不容乐观，尤其是在室内有人吸烟的情况下，空气污染指数达到 4 至 5 级，属重度污染。而气象和环保专家更警告

说，高温带来的后果中，最为可怕的是可能发生的“光化学烟雾事件”。当空气中的氮氧化物、碳氢化物达到一定浓度时，34.4℃以上的天气均可因太阳辐射引发“光化学烟雾”，那将是致命的、摧毁性的灾难。热岛效应加上空气污染，使上海市民的生存环境又蒙上一重阴影。

酷暑高温困扰着上海。看来，在大气候不会明显改变的情况下，当务之急是着眼于环境的改善。为此，有关的专家、学家开出一剂药方：

——大大减少煤炭、燃料油的使用，改变陈旧的燃烧设备及技术，尽力推广太阳能、风能等新型能源（夏季正是利用太阳能的大好时机）。这样，人为制热可以大幅度降低。

——控制温室气体的产生。二氧化碳、水汽等气体极易吸收并辐射热量，应从控制城市大气污染的角度加以钳制。

——控制高层建筑数量，增强建筑物的反射率。高层建筑直接影响热能散发，故应在数量上和分布上予以合理规划。不同颜色、材料的墙面对光线的反射率也不同，城市应对各种质地、色泽墙面的热量反射或吸收做细致研究，并做出最佳选择。（据悉，上海明年将正式实施内环线以内高层建筑限制采用玻璃幕墙等一系列措施。）

——扩大绿地面积，加强高大树种的种植。绿地可降低温度，而大树的遮荫功用尤不可没。到目前为止，上海 14 个区拥有 37 万余株行道树，而其中 18 万株是法国梧桐，占据申城行道树的半壁江山。高大的法国梧桐其树穴占地 1 平方米，树冠却有 8 米左右的直径，并可吸收 50%以上的辐射热。它应该继续和我们同在。

——制止填河埋河的非理性的短期行为。水能克火，据测试，洒水车在路面洒过一遍水后，温度便马上降低 1℃，效果非常明显。这无异于一种昭示：上海的水域面积再不可减少了，那种填河埋河的行为必须严加制止。

1998 年上海难耐的高温酷暑，是向城市生态环境拉响的一次警报，如果我们充耳不闻，如果我们掉以轻心，那么，我们将有吞吃不完的自己种下的“苦果”。

1998 年 9 月

采写手记：

由于城市生态环境的迅速变化，城市“热岛”已经成为上海最明显的气候特征。1998 年 8 月 15 日，上海最高温度为 39.4℃，上海人度过了半个世纪以来最热的一天。“高烧”令人们不能不面对一个严峻的问题，那便是在现代化进程中如何保护环境，如何尊重自然。进入新世纪后，“高烧”持续，2013 年 8 月 5 日至 11 日的一周 7 天里，一共出现了 4 个超过 40℃的极端高温天，8 月 7 日则达到 40.8℃，刷新了自 1873 年有气象记录以来一百四十年的高温记录，成为“史上最热一周”。警报长鸣。

扫除世纪“千年虫”

人类踌躇满志地迎接21世纪信息化时代到来的时候，却被一条称为“Y2K”的小小“虫子”所困扰，并因此而面临着一场不容拖延的“苦战”。这究竟是怎样的一条“虫子”？这“虫子”究竟有多大的能耐？而人类要扫除这条“虫子”究竟为什么刻不容缓？

1. 不经意间钻出了“千年虫”

说起来有点像天方夜谭，那条惹得人头痛的名叫“Y2K”的“虫子”，是在人们不经意间钻出来的。

所谓的“Y2K问题”，即“计算机2000年问题”。这个问题现在提起来，真让计算机专家们懊悔不迭。最早的时候，在计算机研制开发过程中，为了节省存储空间，计算机专家们采用了以两位数记录年份的计时方法，比如将1906年记为06，将1978年记为78，他们图一时的便利，却忽略了年份这一重要参数的无穷演进。这样一来，由于计算机软件、硬件系统只认得00−99年，并且默认00年即1900年，因此，到了1999年12月31日23时59分59秒的时候，世界上所有的计算机的年份指针均将跳至本世纪刚刚开始的

1900 年。时光由此倒转，与电脑息息相关的各个领域顿时陷入了紊乱——

或许你银行帐户上的存款被一笔勾销，因为你在 1900 年尚未存入一分钱；

或许你正打开的电视机忽然间没有了图像，因为发射系统被电脑设定为只在本世纪工作；

或许正在执行航班的飞机在空中熄了火，因为电脑控制系统不再向所有的仪器发出指令；

更有甚者，或许因为时间判断上的混淆，箭在弦上的远程导弹不能自已地一射而出……

计算机专家小小的一次疏忽，输入了“00-99”小小的一个年份数据，岂料竟埋下了“2000 年问题”（Y2K）如此严重的隐患。由于目前计算机技术已得到广泛的应用，这个年份数据就像小虫子样已钻进入部分的主机系统、个人电脑、数以百万计的嵌入软件程序及安装在各类控制系统中的半导体芯片，并进而遍布到社会生活的每一个角落。

Y2K 问题一旦爆发，那后果是不堪设想的。这绝不是危言耸听，事实上，才刚刚进入 1999 年，那条“千年虫”已向我们袭来。

2.“千年虫”提前出击

1999 年元旦，全球畏惧的“千年虫”突袭了人类，这比计算机专家原先的预测提前了整整 1 年。

在瑞典首都斯德哥尔摩的阿尔兰达机场，以及西南部城市哥德堡和南部城市马尔默的机场，警方的电脑控制系统同时发生故障，致使无法给旅客办理护照。那些急着要远行或忘带护照的旅客，因赶不上飞机，立刻急得双脚跳。据查，故障显然是由软件程序的编码使用“99”引起的，因为这个编码等于指示程序“结束运作”或“文档结束”。

同日，行驶在新加坡街头的300辆出租车也遭遇了“千年虫”，由计算机控制的计价器突然停止了工作。原来，计算机在识别“99”年份数据时乱了套，结果用了整整2个小时才恢复了“记忆”。因为不能正确计价，司机和乘客都怨气冲天。

这次“千年虫”的突袭，只不过是小试牛刀，可尽管这样，已让人们惊诧于它的“能耐”了。

Y2K这条“千年虫”的“能耐”确实不可小觑。有人说，我使用的是个人电脑，甚至买的是四位数纪年的新机器，出不了大问题的。且慢，你使用的软件，即使是windows98也是钻进了“千年虫”的；如果你的电脑已经上网，那只要别人的机器“崩溃”，你的电脑也就可能像埋下了“定时炸弹”，说不准什么时候也要“爆炸”。更有人说，我没有电脑，“千年虫”咬不着我。这可是“鸵鸟政策”，你只要想想如今连乘的电梯、拨的电话都是输入了电脑程序的，你能保证不受侵袭?事实已明摆着，“千年虫”无处不在，人人都可能碰到。

的确，Y2K带来的影响是广泛和严重的。计算机技术的应用和网络化的发展，使当今社会对计算机和软件

系统的依赖程度日益扩大，因此，Y2K 问题一旦爆发，势必会引发经济上、军事上及人类社会生活方面的一系列连锁反应，无论是金融、财税、证券、保险，还是通讯网络、公共医疗、交通运输、公用设施和社会福利，都将受到影响。国际上的一些经济学家做出预测，称 Y2K 问题爆发后，全球发生经济衰退的可能性已达 60%，估计美国的国内生产总值将下降 1 万亿美元，股票市场的资本额也将损失 1 万亿美元。

尽管与西方发达国家相比，我国计算机应用起步较晚，社会对计算机的依赖程度没有发达国家那么深，因而 Y2K 问题的影响也不如发达国家那么大，但其危害并不能低估。以上海工业系统为例，2 万多家企业 85%以上都使用计算机，特别是国家重点企业，自动化程度比较高，生产流水线都由计算机控制，一旦出现问题，停一个小时，就是成百上千万的损失；而且不少企业既是用户，又是供应商，他们的智能化产品遍布全国，影响着社会的方方面面，一旦出现问题，就会给社会带来混乱甚至影响到国家的安全。

面对已经扑面袭来的“千年虫”，联合国制定了 Y2K 应急计划，呼吁全世界积极行动起来，进行一场史无前例的捉虫治虫的“大扫除”。我国政府高度重视 Y2K 问题，要求各地区、各部门按照国家统一部署，限时限刻扫除“千年虫”，上海市更是立下了“军令状”。

3. 立下扫虫军令状

作为一个国际性的大都市，上海能否圆满解决 Y2K 问题，将综合反映出上海的科技能力和管理水平。

去年 9 月，市委、市政府召开上海市计算机 2000 年问题工作会议，排出了上海解决“千年虫”的时间进度表——

1998 年年底前，完成计算机系统检查测试工作；

1999 年 3 月底前，完成修改工作；

1999 年 9 月底前，完成修改后的测试与试运行工作。

这次会议还立下了军令状，要求银行、海关、公检法、交通、财政、商贸、建设、技监等系统的 24 家上海市 Y2K 联席会议成员单位，明确责任人，签定责任书，按时完成三个阶段的工作，并保证系统在 2000 年 1 月 1 日后继续安全、平稳运行，一旦发生问题而造成损失，将承担法律责任。

军令状一下，国民经济要害部门和重点行业闻风而动，围剿“千年虫”。

要灭虫，首先得进行检查测试，把“虫子”一条条地捉出来，即把计算机系统中以两位数表示日期的硬件和软件统统查清楚。目前，本市约有大中型计算机 100 多套、小型机 1,000 多套、PC 机近百万台，还有数以千万计的带有嵌入式芯片的控制系统和智能设备，另有众多的计算机局域网络、跨部门的计算机广域网络及信息系统，显然工作量十分巨大。徐匡迪市长亲自挂帅，深入 Y2K 工作第一线督阵。经过 3 个月的奋战，第一阶段的工作目标已经基本实现。

捉出了“虫子”，就可以消灭它了。据上海市国民经济和社会信息化领导小组办公室的专家介绍，灭虫的技术并不复杂，基本的方法有两种：一是全部更换为用四位数表示日期的新系统，重新开发用四位数表示日期的应用系统；二是以扩大日期信息域、日期重译法、日期操纵法、日期压缩法等方式修改目前的系统，使其顺应 2000 年。这项工作是十分关键的一步，因而更具有挑战性。徐匡迪市长以其科学家的缜密思考，已对修改工作的全面展开提出了更高更切实的要求。可以预料，这项工作在各方面的协同作战下将如期完成，并为取得第三阶段最后决战的胜利打下坚实的基础。

4. 海上抗虫大演习

俗话说，不怕一万，只怕万一。虽说“千年虫”已成众矢之的，终将全军覆没，但是也不能不防备它的顽劣。在计算机系统清除了“千年虫”之后，我们依旧要对可能出现的情况做好充分的应急准备。

于是，1999 年 1 月，在天津港，在远洋轮“布依河号”上，进行了一场海上抗虫大演习——

夜色深沉，时钟迈着它惯有的步子，悄悄地走进了 2000 年。

此刻，4.5 万吨级的集装箱巨轮布依河号正缓缓地通过新加坡海峡。

突然，尖利的警报声在船上响起，原来，当计算机系统中的时钟跳到“00”年的时候，“千年虫”问题倏地爆发了，无法进入 2000 年，致使自动控制系统全线瘫痪，巨轮原地踏步，水电煤供应戛然而止……

警报声未停，船长及所有的船员已冲到了各自的岗位上。

船长下达了紧急命令：“由于自动控制系统失灵，现在用人工操纵巨轮！”

一声令下，船员们立刻有条不紊地替代自动控制系统进入工作状态，有的进行手工掌舵，有的以人工控制电力的正常供应，有的取出六分仪测定船的方位，有的用摩尔斯电码同岸上联系……

布依河号在船员们的人工操纵下恢复了正常状态，继续向目的地进发。

这是一场模拟演习，却使专家们露出了舒心的笑容，因为他们看到了一旦 Y2K 问题爆发后远洋巨轮能够安然无恙的令人舒心的情景。

选择布依河号进行这样的应急演习，是由于远洋轮如同一个小社会，它在遭受“千年虫”袭击时所采取的应急措施和危机管理方法，对恢复局部受到 Y2K 干扰的社会正常状态是有参考意义的。这次演习让我们看到，尽管布依河号在自动控制系统瘫痪后，其操纵从世纪末的“先进”水平退至世纪初的“落后”水平，但是凭借人的智慧和勇气，它毕竟抵抗住了“千年虫”的作祟，使在茫茫大海上行驶的远洋巨轮免遭灭顶之灾。

这是一种昭示：一方面要除“虫”务尽，另一方面要做好各项应急准备，这样，面对“千年虫”的袭击，我们就可坦然应付，且无往不胜。

5. 除虫备忘录

现在，离 2000 年只有 300 多天了，全世界扫除“千年虫”的行动正进行得如火如荼。事实已摆在了人们面前，并非不使用电脑就可以回避 Y2K 问题，因此，捉虫灭虫，人人有责。

既然如此，那你就该记住这样两组信息——

一组信息是，可能受到“千年虫”影响的设备有：桌面电脑、笔记本电脑、个人数字处理（PDA）、复印机、传真机、移动电话、照相机、摄像机、电话系统、语音邮件、电子门锁系统、火灾控制系统、电梯、自动扶梯系统、安全控制系统、开关系统等。

另一组信息是，根据美国联邦金融检查局对全球金融机构所做的调查，4 月 9 日“千年虫”就将大规模出动，从这一天到 2001 年 12 月 31 日期间，共有 13 天可能发生 Y2K 危机。这 13 个危机日是：1999 年 4 月 9 日、9 月 9 日、12 月 31 日，2000 年 1 月 1 日、1 月 3 日、1 月 10 日、1 月 31 日、2 月 29 日、3 月 31 日、10 月 10 日、12 月 31 日，2001 年 1 月 1 日、12 月 31 日。

Y2K 问题是必须正视的，但因此散布“世纪末日”论调则是无稽之谈。事实上，通过全球大扫除，Y2K 所带来的影响和损失将会被控制在最低的程度之内。所以，这些信息你也应该记住的——

我国政府承诺要强制解决计算机 2000 年问题，并规定各地区、各部门必须在 1999 年 9 月底前完成计算机系统修改后的测试与调试工作。而中国工商银行上海市分行 5,648 个项目中的 Y2K 问题已在去年年底前全部解决，因此市工行敢说：2000 年，储户利益可以确保。与此同时，从市电力公司也传出消息，通过测试，现有的技术条件能够保证 2000 年上海电网和发电系统不会出现大面积停电。

国际上，美国联邦政府机构业已完成更新的要害计算机系统已达到 90%，因此，克林顿总统的“千年虫”事务首席顾问约翰·科斯基宁估计，“千年虫”的影响将给许多人带来轻微的不便，对其他人则产生短暂的严重干扰。大概这是比较客观的估计。

由此，我们可以乐观地说，扫除世纪“千年虫”已指日可待，人类终将一无阻拦地跨进新的千年。

1999 年 1 月

采写手记：

曾记否，新世纪即将到来之际，人们却为一条“千年虫”而忧心忡忡。这是人类在进入下一个千年时第一次遇到的难题，也即“计算机2000年问题”（Y2K问题）。由于计算机软硬件系统只认得00–99年，并且默认00年即1900年，因此，到了1999年12月31日23时59分59秒的时候，世界上所有的计算机的年份指针均将跳至1900年，时光由此倒转，整个社会生活必将陷入紊乱。为了消灭这条恼人的“千年虫”，全球开始了一场规模浩大的“除虫战”。

奥丽安娜号黯然驶离浦江？

1999 年 11 月 28 日晚，上海艺术博览会闭幕式在奥丽安娜号游轮上举行。

停泊在黄浦江上的奥轮，在辉煌的灯光下显得更加美丽迷人。

一年前的 11 月 18 日，6 艘拖轮经过整整 6 天的艰难航行，将船头镶着英国皇家徽标的 4 万吨级的奥丽安娜号巨轮从秦皇岛缓缓地拖入黄浦江。从此，这艘令无数人向往的皇家游轮，在浦江岸边与东方明珠塔、金茂大厦等遥相辉映，成为上海的又一处胜景。

可是，仅仅一年，上海人像已经淡忘了泰坦尼克号的凄美故事一样，似乎对奥轮也渐渐失去了热情。辉煌的灯光没能聚敛起旺盛的人气。就在艺博会闭幕式举行的前后几天，奥轮的高层决策者数次开会，商讨下一步的经营事宜。或许有一天清晨，上海人会突然发现，熄灭了璀璨灯火的奥丽安娜号，正在晨雾中黯然驶离浦江……

奥丽安娜号情定浦江

奥丽安娜号是一艘具有英国皇室背景的豪华游轮，始建于 1957

年，1960 年 12 月 3 日首航。在其后的 26 年中，安全航行 650 万公里，载客 40 万人次，访问过全球 108 个著名港口，与法兰西号、伊丽莎白号、皇家公主号同誉为世界四大名船。1986 年，退役后的奥轮在日本被改造成世界上唯一的游轮博物馆，耗费 37 亿日元。1995 年，秦皇岛港务局买下了该轮。

来到中国秦皇岛的奥丽安娜号，由于缺乏经营，并未尽展其典雅和高贵，而是被纷扬的煤灰缠得显出了陈旧之色。1996 年，正在秦皇岛组织灯展的杭州西湖国际旅游文化发展公司偶然发现了奥轮，他们为该轮所蕴藏的无限商机兴奋不已。当得知秦皇岛方面有意出售奥轮时，西湖国际在尚未确定游轮泊点的情况下跃然而出，放下 500 万元定金，而后在 1998 年 4 月以 6,000 万元击败竞争对手，将奥轮收于囊中。

究竟该让奥丽安娜号在何处安身呢？西湖国际的决策者思来想去，最后决定选择上海。他们的理由是，上海是世界著名的港口城市，上海人天生亲近海，亲近船；再说，欣赏奥丽安娜号需要一定的知识和文化，而生活在国际大都市的上海人总体素质

高，有相当的品位、理解力及包容性；另外，改革开放后的上海经济发达，消费水准也随之提升，喜欢出门的上海人的口袋里存着一份旅游款。于是，西湖国旅与杭州解百集团组成了奥丽安娜号观光娱乐有限公司，快速挺进上海滩。他们先后投资了 1.2 亿元人民币，将奥轮改建成集观赏、餐饮、娱乐、休闲为一体的海上大世界。

去年 11 月 18 日，当奥丽安娜号一路乘风破浪泊定黄浦江时，上海人迫不及待地赶到江边，一睹奥轮的风姿，他们为浦江上多了一颗将夜夜放光的明珠而喝彩。这样的热情让决策者感动不已，他们亲自在尚未通电的游轮里打着手电摸索、规划、施工，希望尽早让翘首以待的上海人登上如梦般的巨轮。后来，他们又在黄浦江上气势豪迈地首推探照灯打光，从奥轮上射出的几道明亮的光柱，将上海的夜空装点得更加灿烂。随着首期工程的开展，奥丽安娜号在上海人的期待中，一天比一天体现出华贵精美的非凡气派，而外滩一带的两岸景致，由于奥轮的加盟更显得和谐统一，并平添一份神秘的色彩。

决策者们跃跃欲试，只待来日的辉煌。

随泰坦尼克号撞上“冰山”

1998 年，当决策者为奥丽安娜号的经营绞尽脑汁之时，电影《泰坦尼克号》的风靡恰到火候地给他们带来了灵感。随着《泰坦尼克号》在上海创下 3,800 万元的世纪票房纪录，决策者决定搭船进发，利用奥轮与泰轮的相似之处做足文章。

的确，奥轮与泰轮有不少相似之处。两轮均为豪华的巨型客轮，均由造船王国英格兰制造，均从英国南安普顿港开始首航，而最为要紧的是，两轮同样具有浓浓的英伦风情。如果说首航即遭灭顶之灾的泰轮已从一个悲惨的海难事故演绎成一段刻骨铭心的爱情故事，那么，奥轮正可将泰轮梦幻般的场景再现于世，从而满足人们对豪华游轮的无限遐思和憧憬。因此，奥轮的决策者宣称，我们是和泰坦尼克号一样的船，在这里，你可以重温泰坦尼克号的浪漫之梦。

平心而论，这样的宣传策划没有什么可以指摘的，《泰坦尼克号》带来的时尚旋风一时间不可阻挡，其强大的号召力足以激起人们对奥丽安娜号的兴趣和向往。上海人是相当会赶时髦的，趁着他们为露丝和杰克动人心魄的爱情而流的眼泪未干，引导他们登上奥丽安娜号的舷梯，绝对不是太困难的事。于是，奥轮煞费苦心地选择了 1999 年 2 月 14 日西方“情人节”那天开门迎宾。

果然不出所料，那个夜晚，尽管黄浦江上寒风凛冽，但手持玫瑰的上海情侣们既不畏寒风，也不怕 388 元一张的高价门票，从四面八方赶来，将通往奥轮的其昌栈小街挤得水泄不通。在《泰坦尼克号》哀婉动听的旋律中，游客们一边想象着 80 多年前发生的故事，一边从奥轮上的船头甲板、水手餐厅、中央舞台、长廊酒吧、特别客舱一一走过，禁不住生出无限的感慨和惊叹。这种感觉是新鲜的，有品味的，而这正是奥轮的经营者们所期望的。

以后，在 5 月 13 日“泰坦尼克号音乐会”举行的时候，在 10 月 1 日黄浦江畔燃放国庆焰火的时候，这般游客济济的盛况曾再度出现。然而，这样特殊的日子并不多，即使是西方的“情人节”，每年也只有一天。时尚的风刮来又刮去，露丝和杰克渐渐地被人忘却，而泰坦尼克号毕竟因为撞上了冰山早已沉没。一阵热闹过后，循着泰坦尼克号之梦而来的上海人，又随着过了风头的时尚而对奥轮失去了热情。

盛况鲜有，奥丽安娜号如今面对的是平日的冷清，硕大的巨轮虽说还是灯火通明，但掩不住空落和冷寂，空空荡荡的船上时常是服务生多过游客。登船口的售票处，好不容易盼来了一对恋人，可讨价还价不果后，恋人终又离去。而此时船内的演歌台上，歌手与乐师依旧投入地演出着，却没有一个听众。

奥丽安娜号撞上了“浦江冰山”。

但愿不是最后的乐章

奥丽安娜号的寂寞和冷清让人心痛，也让人不能不做出思考。

这是明摆着的事实，今天奥轮的经营状况与决策者当初的期望有着相当大的距离。究其原因，大致有这几方面的因素——

“观光大众化，消费白领化”，此为奥轮的营销策略。所谓观光大众化，就是60元一张的门票，三口之家的优惠价也要160元。不少游客正是在这样的“大众”票价前却步的，他们认为定价太高了些，超出了心理价位。而所谓消费白领化，则是除了一般性的参观外，实行错层消费，泡泡酒吧、玩玩游戏、看看电影，都要另外支付费用，而价码标得有些离谱。比如，船长餐厅一桌本帮菜需3,000元，可以想象问津者能有几何；又比如，船上的各色酒吧是最有情趣的，一边欣赏风景，一边品尝美酒咖啡，自是怡然，可所有的酒吧都设最低消费，让人顿生疑惑。上海人的精明是出了名的，他们或许会赶一阵时髦，但更多的时候，他们计算着口袋里的钱，将它们花得实惠而又得体。他们视那种贵族式摆阔的行为为愚蠢之举，不屑一顾。这样的消费观念自然与奥轮的营销策略不相符合，结果只能是大众、白领都不叫好。

回过头说，其实60元一张的参观门票并不能说太贵，事实上，东方明珠塔、上海大剧院、金茂大厦等的门票也差不多是这么个价钱，有的甚至还超过了奥轮。为什么人们对奥轮的票价难以接受，其中一个原因是人们不清楚在船上究竟能看到些什么，是不是物超所值。他们觉得如果只是泛泛地兜上一圈，似乎并没多大价值。其实，在奥轮上是可看到许多名堂的。例如，船上有完整的航海设备，有最具规模的船模展示，有英国皇室的历史图片展览，有珍贵的原船物品收藏。这些各成系列、专业的展示，足以让各种层面的游客流连忘返；而只要他们觉得有所得到，就不会对60元的门票抱怨有加。

与此相连的是，目前奥轮的功能开发显得过于单调，因此激发不起游客的更多兴趣。上海人不是没有消费能力，可他们最为讲究的是要在消费过程中实现自己的愿望。例如，许多游客希望像模像

样地当一回豪华游轮上的“旅行者”，能住进当年的客舱里，享受富有皇家色彩的服务，可现在的奥轮却关闭着每一个客舱。也有的游客则希望做一次“探险家”，深入曲曲折折、没有一丝光线的底舱，试着用原船留下的数千把钥匙，打开神秘的保险柜，但目前的奥轮还锁着一扇扇沉重的铁门。不少的情侣希望像《泰坦尼克号》里的那个经典镜头一样，也能在船头留下展开双臂的浪漫俪影，可如今的奥轮却没有此项极具特色的服务。既然有这么多的愿望不能实现，那有什么理由一定要游客登上才开放了三分之一面积（2 万平方米）的奥丽安娜号呢?

应该说，奥轮的经营者是比较务实和审慎的，当初他们非但以低调的姿态将奥轮拖入上海，还制定了一个较为长远的发展计划，在奥轮正式投入观光游览的最初几年，着眼于适应市场，打下根基，优化管理，并进行二期改造、开发，而将盈利放在若干年之后。但是，现在面对每天 7 万元的开销，面对一年仅灯光就需 3,000 万元的负担，面对尚未还清的大量银行贷款，他们不能不审时度势，再思再量。改善经营已迫在眉睫，不少措施即将推出，新功能的开发也被排上了议事日程——1.2M 以下的孩童将免费登船，客舱将逐步开放，休闲游乐设施将予增设，各项专题展览将更完善，以吸引不同年龄、不同层次的游客，大型活动也将更加有声有色，其中令人瞩目的有设想中的“海上旅游节”，有奥轮健在船员的末次航行纪念日大会聚，还拟议与国外电影机构合作，将奥轮精彩的历史故事搬上银幕。

闯过无数急流险滩的奥丽安娜号，而今再一次面临严峻的挑战，其命运将影响到其他类似的游览项目（据悉，从苏联购进的退役的明斯克号航空母舰，日前正在广东东莞进行修复，将于明年定泊深圳，投入观光游览）。

上海奥丽安娜号观光娱乐有限公司副总经理罗幸明在接受我的采访时，对奥轮的前景满怀信心，他说他相信上海人是真正的识货者，他们不仅能充分认识奥轮的独特价值，也会逐渐改变不愿自掏腰包，等待他人赠票、请客的习惯，培育起全新的文化旅游消费观念，而这正是奥轮能够矗立于黄浦江上的可靠基础。不过，他也说，如果有一天，上海人真的厌倦了，那么，奥轮将会无奈地被拖到广州、香港……

世纪之交时分，奥丽安娜号将推出“狂欢交响曲四大乐章”活动，以壮其声势，再掀辉煌的高潮。但愿这不是奥轮最后的乐章，我们也不愿看到奥轮真会在某个清晨黯然驶离浦江。

奥丽安娜号数据撷要

总吨位	41,920 吨
主机	80,000 马力
航速	30.64 节（相当于 56 公里 / 小时）
全长	245.06 米
全宽	30.48 米
总高	51.21 米
建造费用	1,400 万英镑
载客人数	1,573 名
乘务职员	801 名
客舱	903 间
行李房	3,933.9 平方米
电话机	700 部

电视频道　2 个

电灯插座　15,000 只

餐用刀叉　25,210 把

1999 年 12 月

采写手记:

奥丽安娜号刚刚停泊在黄浦江上时，盛况空前，每晚从游轮上打出的灯光可以投射到很远的地方，但仅仅只有一年便陷入了经营困境。我采写这篇报道，更想通过这一案例来思考旅游项目如何避免盲目上马，如何改进经营措施，以贴合消费者的需求。奥丽安娜号于 2002 年 6 月驶离浦江，前往大连并被改造成豪华游轮主题公园。2004 年 6 月，大连海域遭遇 10 级大风，奥丽安娜号发生 30 度的严重倾斜，经抢救无效，最终彻底报废。

“阿诗玛”工伤认定纷争实录

引子　清晨的电话

2000 年 7 月 24 日清晨，我得知杨丽坤已在 3 天前的晚上于上海家中去世的消息，感到非常悲痛。这位著名电影演员在银幕上塑造了那么美好的形象，可自己却因在“文革”中惨遭迫害导致精神失常而蒙受了深重的苦难，因此，热爱她的观众始终对她寄予了无限的同情。

我立即打电话到上海电影制片厂厂长朱永德家中证实消息，朱厂长惊讶地说他尚不知道，说还是从我这里得到的消息。他随即跟我聊起杨丽坤自 1978 年调入上影厂后的情况，他说得非常具体，从他的话语中我感觉到上影厂对杨丽坤真诚的关心和爱护。电话中，朱厂长也说到杨丽坤的家属曾在陪护费用等问题上对厂里有些意见，当时，我听后并没有在意。

接着，我便把电话打到杨丽坤家，她的丈夫唐凤楼不在，是她的小儿子唐韬接的，他给了我他父亲的手机号码。唐凤楼显然是在路上，他对我说，他正在给杨丽坤办丧事，他说你是第一个打来电话的上海本地记者。他有些突然地哽咽着说："杨丽坤太善良了！"我安慰了他几句，说实话，我并没有听出更多的话外音来。我问他什么时候举行追悼会，他说初步定在 7 月 29 日。

但是，追悼会并没有如期举行，而各方面的消息说，唐凤楼与上影厂在杨丽坤的"工伤"认定上发生了纷争。这时，我突然想起，在 24 日清晨的电话中，事实上，这场纷争已露出了端倪。

纷争 1 唐凤楼争要的是"政治名誉"

杨丽坤在"十年动乱"中所遭受的迫害是骇人听闻的。

杨丽坤本来有着明媚灿烂的前程。这位出生于云南山寨的彝族姑娘，有着美丽的外貌和纯真的内心，能歌善舞的她 12 岁便加入了云南省歌舞团，任独舞演员，是团里的台柱子。1958 年，向国庆 10 周年献礼的彩色故事片《五朵金花》开始筹拍，导演王家乙来到云南挑选演员，一眼就看中了具有独特气质的杨丽坤，决定由她担任该片的主角——女社长金花。这部反映新中国边疆地区少数民族生活的影片一上映，便风靡大江南北，创造了中国电影的票房记录。这部影片不仅使 17 岁的杨丽坤在国内赢得了巨大的声誉，还在 1960 年开罗第二届亚非电影节上荣获"最佳女演员银鹰奖"。1964 年，杨丽坤又主演了由上海电影制片厂拍摄的《阿诗玛》，再获成功。现在说起来，正是这部影片使杨丽坤与上影厂有了"不解之缘"。

正当杨丽坤准备新的艺术起飞之时，1966 年，她遭遇了"文革”，不幸就这样开始了。

“文革”伊始，文艺界首当其冲受到冲击，《五朵金花》被污蔑为是“反对三面红旗，宣扬爱情至上的资产阶级影片”，杨丽坤则被说成是“修正主义文艺”的“黑苗子”，是“反对毛主席文艺路线”的“黑线人物”，因而遭到批判。江青之流在云南的帮派分子对杨丽坤百般摧残，“批斗会”一个接着一个，但杨丽坤坚持真理，毫不屈服，表现出了自己坚强的品格。一天，所在单位云南省歌舞团又召开声势浩大的“批斗大会”，杨丽坤非但不肯低头，还义正词严地控诉帮派分子的罪行。她的话还没说完，立刻被推出会场并遭到毒打。不久，杨丽坤在被“游街揪斗”时勇敢地怒斥江青，结果又被“造反派”以“恶毒攻击中央文革和伟大旗手”的罪名，戴上了“现行反革命分子”的帽子。杨丽坤被关押在舞台底下，里面阴暗潮湿，终日不见一丝阳光，仅放着两条长凳，晚上权当床睡。日夜不停的审讯、批斗和毒打，使杨丽坤的精神和肉体都受到严重摧残，最后终于导致精神失常。然而，“造反派”说对“反革命分子”不能施“仁政”，还说她是装病，不让治疗。后来，在周恩来总理的关怀下，杨丽坤才获得看病的权利。可由于延误了治疗时机，她的病已不可能得到根治，这使她以后的生活一直处在痛苦之中。

但毕竟，杨丽坤活了下来，经历过那样残酷迫害的人，能够活下来，就是一种胜利。“文革”结束不久的1978年，陈荒煤同志在《人民日报》上发表《“阿诗玛”，你在哪里？》的文章，披露了杨丽坤在“文革”中的悲惨遭遇，结果在全国引起极大反响，促使为她平反昭雪的工作加快了步骤。同年 7 月 26 日，云南省歌舞团递交了《关于杨丽坤同志冤案的平反报告》，中共云南省文化局党组 3 天之后就做出批复，决定：“给予杨丽坤同志公开平反，政治上恢复名誉；一切诬蔑不实之词一律推倒。”鉴于杨丽坤精神失常，已无法正常工作，批复最后提出：“对其受迫害致残的问题按因公病残的规定办理。”这份批复让劫后余生的杨丽坤及其家属感到了宽慰。

接着，考虑到杨丽坤的病情，党组织决定给她换个生活环境。由于杨丽坤曾在上海拍过影片《阿诗玛》，而她两个儿子的户口又先期落实在了上海，云南方面便找到上影厂商量杨丽坤的调动，希望他们能够接纳。时任厂长徐桑楚当即表示同意，说上影厂养一个杨丽坤还养得起。上影厂很快为杨丽坤及家人解决了工作、户口等问题，还专门分配给他们一家 26 平方米的两居室住房。虽然杨丽坤长期病休，但上影厂发给她全额工资，医药费全部报销，每次加工资也不拉下，有关领导和部门还经常上门探望。的确，上影厂对杨丽坤不薄，他们算是尽职尽责、尽心尽力了。因为厂里给予了这样的关照，杨丽坤的丈夫唐凤楼一直以为上影厂是按照云南省文化局党组的批复，让杨丽坤享受着“工伤”待遇的。

1997 年大年夜，杨丽坤突发脑溢血，在医院里抢救了四天四夜，直到年初五才苏醒过来。虽然避开了死神，但杨丽坤从此腿脚不便，走路困难，大小便时常失禁，以后还出现了语言障碍。病中的杨丽坤需要 24 小时护理，单靠她丈夫唐凤楼一个人显然是难以支撑的。按照有关劳动保护条例，因工（公）致残，丧失劳动力和自理能力者，可由单位安排护工并承担费用。这样，在杨丽坤调入上影厂后，唐凤楼第一次向厂里提出了经济方面的要求，而且他主动提出，愿意和厂方各自承担一半护工的工资。但唐凤楼的要求被拒绝了，理由是，杨丽坤不属工伤处理的范围。直到此时，唐凤楼才知道上影厂从未认定过杨丽坤系工伤，并给予相应的待遇和福利。

唐凤楼蒙了。这位在“文革”中怀着一颗善良之心、怀着一份同情关爱与困境中的杨丽坤结合，而后又30年如一日陪伴着杨丽坤走过痛苦、艰难日子的男人，无法咽下这口气。在他看来，云南省文化局党组“对杨丽坤受迫害致残的问题按因公病残的规定办理”的决定，是杨丽坤获得平反整个善后处理中不可分割的部分，而且这个党组织的决定不会因调出云南而作废。于是，从那时起，唐凤楼开始了与上影厂的交涉，一年又一年，直到杨丽坤去世。现在，这是最后一次机会了，因此，唐凤楼对前来慰问的上影厂有关领导再次提出了按工伤处理的问题，他态度坚决地称，工伤不认定，一切事情免谈。唐凤楼说，他与上影厂及有关部门对杨丽坤工伤认定的争执，并不是无理取闹，更不是为了钱，他争要的是政治名誉，坚持这一点寸步不让，没有商量余地，是因为要全面落实党组织对杨丽坤的平反决定。这对杨丽坤是一个公平的精神告慰，同时也是警戒世人，不要忘记“文革”，更不要忘记“文革”带给人们的创伤。至于经济上，唐凤楼说，他将彻底放弃。

纷争2 上影厂执行的是“规章制度”

对杨丽坤及其家属，上影厂始终给予了真切的关怀。在人才济济的上影厂，有名望的电影艺术家还有不少，其中大多数也在“文革”中受到过冲击，但正因为杨丽坤一直不能摆脱致残后病痛的折磨，无法重新工作、重新走上银幕和舞台，所以上影厂对她多了一份同情和照顾。这一点是不可置疑的，连唐凤楼自己都说，他从心里感激厂里对他们一家几十年来的照顾。但在给予杨丽坤工伤待遇的问题上，上影厂的确与唐凤楼产生了分歧。

如今，杨丽坤工伤认定的纷争已是满城风雨，但作为一方当事人的上影厂却认为媒体报道中“唐凤楼与上影厂在杨丽坤因公致残问题上有异议而起纷争”的说法是不对的，因为对云南方面有关杨丽坤因公致残、按公伤规定处理的意见，上影厂从来没有任何异议。

事实上，在这场纷争中，上影厂多少有些觉得自己坐到了一张不该由他们来坐的椅子上。上影厂在接纳了杨丽坤之后，始终是认定云南省文化局党组对杨丽坤的平反批复的，但是，根据现行法律法规，工（公）伤必须由有关职能部门，即劳动局和人事局来认定，因此，上影厂对此是不能自说自话的。

1999 年 11 月，杨丽坤的三姐专程来到上海，就解决杨丽坤的工伤认定问题与上影厂进行交涉。据唐凤楼说，自从他们在 1997 年知道上影厂没对杨丽坤按工伤处理后，他们家属一贯提出的就是要求认定工伤，所以这次交涉还是继续要求解决工伤认定的问题，上影厂却提出要进行工伤等级鉴定。而据上影厂说，做工伤等级鉴定是唐凤楼和杨丽坤三姐自己提出来的，他们还说上海市徐汇区劳动局的一位科长可以做证，当时杨丽坤的姐姐说得很清楚，要对杨丽坤进行工伤等级鉴定，而没有提出工伤鉴定。随后的情况是，上影厂领导表态，此事应向有关劳动部门咨询，如果可以办就帮杨丽坤办好。于是，上影厂向徐汇区劳动局进行了咨询，该局认为，凭云南省文化局党组的平反批复对杨丽坤进行工伤等级鉴定有难度，因为工伤等级鉴定首先要认定她是工伤，就是说，只有工伤才能进行鉴定。杨丽坤在“文革”中受迫害而精神失常，对这种情况做工伤鉴定很困难。

杨丽坤的三姐在上海等了 5 个星期后，得到的结果是被告知“不鉴定”了。12 月 3 日，上影厂安保、劳动人事、离退休服务等部门约唐凤楼谈话，向他通报了区劳动局的意见。据唐凤楼回忆，他们向他宣布了不能认定杨丽坤工（公）伤的 3 条理由：一，按有关文件规定，工伤要由劳动部门认定，而杨丽坤的工伤原来是由云南文化部门做出的，因此不能认定；二，平反批复中写的是“公伤”而非“工伤”，涵义不同，两者不能混淆；三，杨丽坤受迫害致残是“文革”中在云南造成的，要上海方面承担后果讲不过去。

由于在杨丽坤丧事期间，其家属再次要求上影厂认定杨丽坤系工伤，为了慎重起见，上影厂特请上海市劳动和社会保障局的劳动保护监察处负责人到厂里，专门就此事再行复议。在认真阅读了杨丽坤所有的档案材料后，该处的结论是“根本不可能”。

看来，真正可以认定杨丽坤工伤的不是上影厂，而是职能部门的劳动局。这就是上影厂的无奈，也是他们不承认纷争当事人地位的原因。

上海市劳动和社会保障局劳动保护监察处处长黄美丽在接受媒体记者采访时说，工伤的认定必须按 1995 年 1 月 1 日起实施的《中华人民共和国劳动法》的有关规定进行。但《劳动法》并没有就工伤问题做出详细的规定，倒是上海市劳动局在 1996 年所发的《关于本市企业职工工伤保险待遇等若干问题规定的通知》中，规定了工伤的认定范围：从事本单位日常生产、工作和与本单位有关的科学实验、发明创造、技术改进时负伤、致残、死亡的；在生产工作环境中接触职业性有害因素造成职业病的；在工作时间和区域内，由于不安全因素造成意外伤害的；因一系列原因造成工作紧张突发疾病死亡或经第一次抢救治疗后全部丧失劳动能力的；因履行职责遭致人身伤害的；因抢险、救灾、救人等维护国家、社会和公众利益的活动而负伤、致残、死亡的；因公、因战致残的军人复员转业到企业工作后旧伤复发的；因公外出期间，由于工作原因，遭受交通事故或其他意外事故造成伤害或失踪的，或因突发疾病造成死亡或全部丧失劳动能力的；在上下班规定时间和必经路线上，发生无本人责任或非本人主要责任的道路交通机动车事故的。通知说，这部上海市制定的地方法规自 1996 年 10 月 1 日起实施。

黄美丽介绍说，杨丽坤因“政治迫害而致残”以工伤论处的情况，在他们那里还从未有过。“文革”中受迫害的人不计其数，有的人还因迫害而死亡，而对这些人以工伤来论定尚未有过先例，且国家法规条例也没有做过相应的规定。黄美丽认为，上影厂几十年来给杨丽坤的待遇已基本等同于工伤的待遇了。

唐凤楼在被告知云南省文化局党组的因公致残的批复不能作为上海市劳动局认定工伤的依据，需要当地劳动部门出具工伤证明后，即向云南省人事厅提出报告，该省人事厅于 2000 年 8 月 3 日出具了《关于杨丽坤同志工伤致残的证明》。但是，黄美丽说：“云南省文化局和人事厅所开出的杨丽坤因公致残的批复和证明对我们进行工伤鉴定亦无用处，一切应根据有关的法规来办理。”

唐凤楼无法接受这样的说法，他质疑道：“对杨丽坤的平反决定是 1978 年由上级党组织作出的，可以视作是一言定乾坤的，难道这样的组织决定也不足为据，可以当儿戏？另外，‘文革’结束后，党在进行拨乱反正时对一大批受迫害的同志平反昭雪，这其中势必涉及劳动人事方面的一些安排和决定，由此显示出党对他们的关怀和抚慰，难道这些安排和决定到后来要根据 1995 年才施行的《劳动法》或其他地方法规全部推倒重来？”

平心而论，上影厂根据“规章制度”办事是说得通的。既然上级劳动部门不对杨丽坤予以工伤认定，一家企业又能如何？再说，对于杨丽坤，上影厂认为已经做到了仁至义尽。杨丽坤去世后，离退休服务部便向厂办通报情况，听取意见。而杨丽坤这样非离休、也非享受局级以上待遇的职工，就常规来说，其后事离退休服务部自己就可以安排。不过，唐凤楼似乎不领情，对上影厂执行“规章制度”的某些做法耿耿于怀。比如，他要求上影厂在报纸上刊登一则讣告，将杨丽坤追悼会的举行时间和地点告知无数关心杨丽坤的人们，但上影厂没有同意，理由也是要执行规章制度，因为厂里规定，只有文艺老四级以上、新文艺一级、局级以上离休干部去世，才可由厂里出面与报社联系，刊登治丧讣告。杨丽坤职级不够，自然不能同意。于是，唐凤楼自费在沪上几家报纸上刊登讣告，结果，《劳动报》表示可免费刊登，中共上海市委机关报《解放日报》则将唐凤楼已缴付的 4,000 元费用如数退送到他家中。唐凤楼自然又是一番叹息。

因为唐凤楼和上影厂在工伤问题上各执一词，致使杨丽坤的遗体被停放了近半个月，不能“入土为安”。这期间，双方三番五次地进行交涉，有关领导也出面斡旋，8 月 1 日，唐凤楼与上影厂达成了杨丽坤的工伤问题日后再行协商的共识。

结语 善良的愿望

杨丽坤的追悼会于8月5日在上海举行，而后，8月17日，云南人民又在昆明金碧广场举行隆重的仪式，以最朴实的方式表达了对这位家乡女儿的深切悼念。唐凤楼和小儿子出席了仪式，感动不已。22日中午，唐凤楼一回到上海，我就打电话给他，询问工伤问题协商的进展情况。他说，上影厂只通知他去拿丧葬费，没有提及工伤之事。他告诉我说，他不会去拿这笔钱的，因为在开追悼会之前，他已向上影厂表明，他将这笔钱捐献给厂里的困难职工。唐凤楼还说，他依旧等待着上影厂对杨丽坤做出工伤认定，但是，他的等待是有限度的，若是上影厂久拖不决，他将不得不采取法律手段，对上影厂提起诉讼，而上海其晖律师事务所等都愿意为他提供法律援助。为了表明他的诉讼目的只是要讨个说法，争个政治上的名誉，唐凤楼说，他将在起诉前用书面形式再次重申，放弃一切经济权利，既不要钱，也不要房子。

看来，目前唐凤楼和上影厂尚处于拉锯状态。

我想，其实，他们双方之间是有很大的调解空间的，而所有善良的人们也不希望他们对簿公堂，那终究是件遗憾的事。

杨丽坤全家照

事实上，杨丽坤的“工伤问题”，既可以认为是由来已久，也可以认为是早有定论，因为一方面云南省文化局党组的批复是最权威的组织结论（当时正处“拨乱反正”，完善的劳动人事法律尚未建立），一方面杨丽坤的工伤问题在调往上海前就已由云南省认定。那么，是不是可以这样做，对杨丽坤的工伤认定，上影厂或上海有关职能部门可以采取“不作为”的方式，即可由上海市劳动局与云南省劳动厅达成“承继”协议，按调动前云南省的认定执行。如果担心会涉及经济方面的问题，实际是唐凤楼已经表态，愿意以法律形式宣布，放弃一切经济要求。如果担心会造成一个“案例”，让其他受“文革”迫害而致精神失常的人也“举一反三”，那是更不用担心的，因为这有一个明确的历史界定，何况，杨丽坤对中国电影事业做出过突出的贡献。

说到这里，我想到另外一个问题。现代社会是个法制化的社会，一切都要纳入法制的轨道，按法律法规办事；但国内外已有不少专家学者提出，现代社会同时也必须顾及“人性化操作”的原则。这与严格执法并不相背。唐凤楼对上影厂不愿为杨丽坤刊登讣告耿耿于怀，并非一点没有道理。一个企业按照自己的情况制定一些规章制度，这无可厚非，但在具体执行中如果根本排斥“人性化操作”，恐怕也会让人难以理解和接受，从而影响到企业的形象。尽管厂里有按级别刊登讣告的规定，但在具体处理像杨丽坤这样受到全国关注的“个案”时，仍然铁板一块，根本没有通融的余地，多少让人感到有些不近情理。相反，《解放日报》的做法给唐凤楼也给众人带来了宽慰。报社在财务管理上自然也是有严格的规章制度，但对待杨丽坤的讣告，报社却采取了“人性化操作”，不仅免费刊登，还连夜送去了慰问信，但这并没有造成“执法”的混乱。事实证明，“人性化操作”是深得人心的，推而广之，在杨丽坤的“工伤认定”上，是不是也能这样做呢？

斯人已去，我们真心地希望唐凤楼与上影厂双方都能彼此理解，消除分歧，达成谅解，让杨丽坤在经受了那么多的苦难之后，其在天之灵能够早日安息。

采写手记：

杨丽坤身后发生的波澜让人深感痛心。事实上，与其说人们关注的是一件争议之事，不如确切地说，是对历史的追问、记忆和反思。对事情本身，好在不管怎样，所有的人都有着共同的心愿：让“阿诗玛”早日步入宁静的天国。作为新闻工作者，我力求客观公正地报道事实，也愿意成为争议双方之间进行沟通的一座桥梁。

《死亡日记》：与生命的对话

坦然面对死神

2000 年 8 月 8 日，一位叫陆幼青的癌症患者开始在国际互联网上发布他的《死亡日记》，立即引起了万千网民的热切关注。

年仅 37 岁的陆幼青于 1995 年因胃癌首次动了手术，1998 年又因腮腺肿瘤第二次躺在了手术台上。今年，他的病再次复发，医生说癌细胞已经广泛扩散，大约活不过 100 天了。面对临近的死神，陆幼青以坚定的意志和精神，在进入倒计时的生命最后的路程中，一步步地走向坦然，走向超越，走向升华。

6 年前，当陆幼青第一次被确诊为癌症的时候，并不是没有惧怕的。那时，他刚过“而立”，正在为实现自己制定的生活目标而努力。陆幼青是个很有个性、很有抱负的人，曾立下过这样的“人生愿望”：“青年时出人头地，中年时创造世界，晚年时安享人生。”可那时的他尚未有多少建树，他和妻女 3 人住在非常简陋的房子里，生活并不舒适。知道自己患了绝症，陆幼青觉得被当头敲了一棒，心里七上八下。许多惶恐和伤感，如今都被陆幼青“主动遗忘”了，记住的是自己在最初的打击过后的奋起。他对自己说，我是家里的顶梁柱，我不能倒下去；我的女儿还非常小，才 4 岁，为了她，我也要多坚持几年。陆幼青的内心渐渐归于平静，他不再抱怨命运的安排，他决定排除杂念，以一个男子汉的责任感，全力以赴地去实现自己的人生目标。

陆幼青是个书生的样子，长得并不高大魁梧，但他是个骨子里的硬汉子。第一次动手术前，他对医生说，如果可以半身麻醉的话就半身麻醉，因为他怕麻醉后会影响思维，将来脑子不好使。这次手术，他的胃被切除了五分之四。尽管大手术后非常难受，但陆幼青在十天十夜里始终没有哼过一声。为了让自己尽快康复，还没有拆线，他就开始拼命吃东西。他说，我要尽快过正常人的生活。3 个多月后，他就去上班了。陆幼青开始了他的人生冲刺。他投身广告业，任上海龙翔广告公司副总经理，他拼命地工作，支撑他的就是“我不仅不能倒下，我还要站得更直”这样的信念。

陆幼青的妻子还记得两年前的那个普通的早晨。她叫住正要出门的丈夫，嘱咐他晚上早些回家吃饭。就在丈夫回头的一刹那，她偶然发现他的颈部长了一个包。她的心“咯噔”了一下，一种不祥的预感直冲脑门。她立即拖着陆幼青去医院看病，谁知，他说他还要跟人家谈一个合同，半路上竟偷着跑掉了。妻子寻了好大一圈，终于在淮海路上抓到他，把他“押送”到了医院。不祥的预感被证实了，癌细胞侵蚀到了陆幼青的颈部。他不得不再次接受手术。虽然陆幼青失声痛哭过，但是，他仍然没有被击倒，手术后不久，他又冲上了生意场。他出任上海浦东房地产展销中心副总经理，像个没病的人似的夜以继日地工作。

陆幼青抗击癌魔的努力，使他不仅奇迹般地生存了下来，还让他在短短的几年时间里事业有成，他买了房子和汽车，让女儿进了一所不错的学校，他真正作为顶梁柱让家庭过上了富足的生活。

不幸的是，癌症这个恶魔再次缠上了陆幼青。今年春天，医生发现陆幼青身上的癌细胞已经扩散，他的生命不会很长了。陆幼青面对逼近的死神，显得格外平静和坦然，他想在离开这个世界的时候，给女儿留一份最最珍贵的礼物。那该是怎样的一份礼物呢？陆幼青冥思苦想着，许多天以后，他做出了一个慎重的决定：将用笔以日记的形式记载自己在生命最后日子里的经历和生理、心理的变化，以及对人生的感悟。陆幼青说，他不愿意全然静止地等待死神的降临，他要将死亡的过程袒露出来，但这不是袒露对死亡降临的恐惧，而更多的是探讨活着的价值，让所有的人关注生的意义。陆幼青相信这样的礼物能给女儿和家人带去安慰，同时，也唤起社会对数百万肿瘤患者更多的关爱，并为苦苦地与癌症作战的人增添生存的勇气。

那么，这样一部《死亡日记》该选在哪儿首发呢？陆幼青想到了互联网，想到了他曾多次浏览过的文学网站“榕树下”。他说他喜欢网络的交互性，也喜欢“榕树下”的风格，而最重要的是，他觉得这个网站的网民是一群思考着的人，他们会更理解日记的用意。于是，7 月中旬，他给这家网站发了份传真，希望以网络特有的优势来进行一场“死亡直播”。这家网站立即派出编辑与陆幼青做了接触，并表示愿意将他的全部日记以连载的方式刊出。这样，8 月 8 日，在“榕树下”一个并不显要的位置，陆幼青安静地贴出了他的两篇日记。这个页面上，冠了“与死神相约”的栏名。那天，他心里反复念叨的是著名作家史铁生的一句话：“死亡是人生必将到来的一个节日。”

拒绝被动的生活

陆幼青 1963 年 10 月出生在上海，他上面有两个各大他 7 岁和 8 岁的姐姐，他的父母生他的时候已人到中年。父亲原先给他起的名叫“又青”，到派出所报户口时，被民警错写成“幼”字。现在，陆幼青将父母所赐的“又”字给了自己的女儿。在陆幼青的一生中，父亲对他的影响是非常大的。父亲在 34 岁时动了一次心脏手术，主刀医生说，心脏手术成功的概率不高，但如果成功，病人最多能活 20 年。54 岁时，父亲像去赴一个约会似的准时走了，而那年，陆幼青才 13 岁。陆幼青是父亲在动过手术后出生的，尽管父亲自己始终笼罩在死亡的阴影里，但这位参加过新四军的老兵，却给了儿子无忧无虑的快乐的童年，他给儿子展示的是一个人该如何热爱生活。36 岁那年生下陆幼青的母亲，同样是个内心坚毅的人，历经坎坷却平和而坚强地生活着，还把陆幼青送进了大学。陆幼青认为，正是得了父母那种坚韧品质

的遗传，使他现在能够从容面对如此凶险的恶疾。

陆幼青当年考上的是华东师范大学中文系。他并不是一个循规蹈矩的学生，他不屑于那种死板的教学，所以他常常旷课。他倒不是百无聊赖地钻在被窝里睡大觉，而是一直泡在图书馆里，他的考试成绩并没因为旷课而落下。不过，他的我行我素让他终于受了一个警告处分。那次，他带了毛笔，潜至写有校规的大广告牌下面，调皮地将两条校规的内容做了调整，最后变成："不得穿背心短裤进入教学区，违者没收。"这"违者没收"是用笔从上一条校规里圈出，以箭头延伸下来的。他受到了处分，也因此得到了教训，明白了有些东西是不可以用幽默感来对付的。不过，这个事件倒也预示了他今后从事广告业的一生。还有，陆幼青的商人生涯似乎也是从在校园里开影社开始的。他从小就喜爱摄影，是上海大学生摄影协会的首批会员。那时的大学校园还没有学生经商，陆幼青算是开了风气之先。他开的影社叫"一定好"，专营黑白冲扩印，生意很不错，20 天下来，赚了 200 元钱，和同学去撮了一顿，并买了一辆七成新的自行车。胜利成果到手，"一定好"就关门大吉了。这只能算是短暂的胜利，而 4 年大学，真正让陆幼青获得的人生丰收是和同班同学时牧言谈上了恋爱，并最终将她娶进家门。

陆幼青是那种不太"安分"的人，这从他大学毕业后的经历就看得出来。他先是在上海轻工业局职工大学任教，后来下海，四处闯荡，做过经纪人、羊毛商人，最后运一列车哈密瓜至珠海，没有成功，结果逃回家来。随后，他去了上海宝久广告公司，任职至总经理助理，接着又与朋友合作组建了上海青苹广告公司，任总经理，后来，他又成了北京三鸣集团上海分公司的副总经理。陆幼青是在第一次因癌症动了手术后，开始发起生命冲刺，并取得事业成功的。从陆幼青留下的轨迹中可以看出，他对人生始终采取主动、积极的姿态，用他自己的话说，便是“不要被动地生活”。这就可让我们理解他面对死神时做出的种种选择了。

死神在日日逼近，陆幼青现在已经拒绝治疗，并以每天撰写《死亡日记》来度过人生的最后时刻。对陆幼青来说，这样做，只是选择了一种生活方式。一个人，哪怕是病入膏肓的病人，他也是有权利选择自己的生活方式的，包括选择接受死亡的方式，这是人的尊严。虽然手术、化疗、中医治疗，一直是中晚期肿瘤患者的传统治疗方法，但现在陆幼青按照自己的意愿放弃了化疗。他说：“我觉得太程式化的治疗方法对我病情的好转并没有什么作用，而我还要忍受化疗的巨大经济支出和身体、精神所承载的痛楚。”放弃治疗，并不等于放弃和癌魔的抗争。这是更加惊心动魄的一次精神的较量。陆幼青以撰写《死亡日记》来表明，他不是逃避现实，而是愿意坚强地承担更多的重负。

陆幼青说，中国关于死亡的真实记录太少，所以他想记录下自己一步步走向死亡的历程，记录下生命最后一段时间里心理的变化和对人生的感悟。陆幼青非常坦诚，他说，日记只是一种形式，其实我选择的是一种平和、冷静的与外界沟通的方式；他说，这也是我在生命最后阶段的一种情感的宣泄和排遣；他说，我之所以选择写日记，还因为日记像是打考勤卡，勤奋与否一目了然；他说，我写《死亡日记》的另一个目的，就是要用自己倒数生命的感受告诉读者：不要被动地生活。

只有真正热爱生命、热爱生活的人，才会从容地走向人生的终点，才会死也死得极有尊严。陆幼青给《死亡日记》定下这样的原则，“写我真实的生活。”所以，他并不讳言自己对世俗幸福的追求。

"就是今天你问我：在上海想住哪儿？我会回答你——当然是 3,800 元一天的饭店，那多享受！我已经这样了，为什么不让自己活得舒服一些？"那天，他结束了在海南的出差任务，在五星级的凯莱大酒店的大堂里办理退房手续，突然间，他难以自持。他觉得自己不仅是在退房，也是在向上苍退还曾经向他预约过的、祈求过的下半生的幸福时光。想到即将跟人世间所有世俗的快乐永诀，陆幼青禁不住潸然泪下。他用报纸遮住了脸，几乎用尽全部的毅力才平静下来。现在，陆幼青真正平静下来了。前些天，他的一个老友"指责"他说："说好冬天去澳洲避寒的，又写这种日记，作秀啊？"他平静而幽默地回敬道："今年冬天说不定我不怕冷了，到时候单独秀一场给你，脱衣的。"是的，在生与死超脱、升华之后，一个人可以赤条条来去毫无牵挂了。

太阳永远升起

陆幼青的《死亡日记》在网上一刊出，立即得到了网民们的回应。BBS 上，网民们汹涌而来，留下了无数帖子，他们为陆幼青祈祷，与他进行关于人生的对话，有的还向他剖白被唤醒的良知。有人说："每天追阅你的日记，已成为生活的一部分。你的才华，你的睿智，你的幽默，你的风趣……你的一切一切都那么深深地感染着我。"有人说："读陆先生的日记，仿佛就坐在他的面前，听他讲着一些过去的故事。然而，死亡这个无法回避的现实就在眼前，我们没有办法从死神手里抢回什么。但如果死神能够读到这本日记，死神也会微笑的。"有人说："我告诉了所有自己认识的人，让他们来看看这些日记。感谢陆先生，他让我们认真地思考了一次该如何活着。”

网上的热流迅速铺泻到报纸、广播、电视等各种媒体。《北京青年报》开始连载《死亡日记》的第二天，一位刚被确诊患了癌症的读者便打来了电话：“我是一口气读完的，日记里写的那些对死亡的感受我在这几天也全都体验到了，而陆先生那种对生命的热爱，对家人的眷顾和对生死的豁达又把我从绝望中拉了出来。我忽然觉得癌症、死亡已经没那么可怕了，我会努力过好每一天！”得知自己的日记给同样患了癌症的病人带去了勇气和信心，陆幼青很高兴，这本来就是他撰写这部日记的一个初衷。

想到很可能这是父女俩共同相处的最后一个夏天，所以，陆幼青今年暑假和女儿陆天又在一起的时间格外多。由于陆幼青说过《死亡日记》是他留给女儿的最珍贵的礼物，所以有人问他，这样对她 10 岁的女儿是不是太残酷了。陆幼青说，他不想瞒着孩子，或许在他死亡的那一刻，她会伤心甚至恐惧，但她同时也会很坚强，因为在她知道他的病后，她已经开始学着去面对现实生活了。“我现在写给她的东西，也许她还不太懂，但我相信，凭她的灵性，凭父女之间的默契，她会感悟到我想说什么的。我想教会她更加坚强。”

陆幼青把“坚强”看得很重，因为这是人赖以不被任何磨难摧垮所必需的优秀品格。他自己面对死神就是表现得非常坚强的。尽管他的身体相当虚弱，但他在接受记者采访时，始终精神焕发，坐在椅子上，将身子挺得直直的，侃侃而谈。记者告诉他不介意他躺在床上接受采访，但是被他拒绝了，他说：“我不会躺着的，因为人如果选择了最舒服的方式，也就是选择了离死亡最近的方式。”

真是让人有些难以想象，那“笑对死神”的巨大动力会从这看似“无缚鸡之力”的躯体内渗透出来。那天下午，中央电视台《实话实说》来录制节目，在一个多小时里，陆幼青神采飞扬，谈笑风生，赢得现场观众一次又一次的掌声，人们全然忘记了他是个来日无多的病人。但他们哪里知道，陆幼青是靠着坚强的毅力来完成录制工作的。那天吃过早饭没多时，他就开始腹泻，一连数次，使得本来就很虚弱的他迷迷糊糊地倒在了床上。见情况严重，他的妻子叫来医生给他打点滴。到录制时间了，可陆幼青依旧昏昏沉沉地睡着，只觉得一点力气都没有。猛然间，他神志清醒了过来，摇晃着从床上惊起。这时，天上飘起了小雨，由于拍摄现场选在露天，节目主持人崔永元生怕他淋雨后加重病情，便决定改期。可是，陆幼青看到一切已准备就绪，上百位观众正焦虑地等待着拍摄，他拒绝了崔永元的好意，飞快地进入状态。当他来到录制现场时，自己都惊讶地发现就像跟几分钟前换了个人似的。的确，陆幼青是值得人们敬佩的，因为他让人们看到了一种坚强的人生姿态从死亡渐浓的杀伐气息中傲岸而起。

如今，死神的脚步正在逼近。陆幼青说自己已没有兴趣再去称体重，镜子里的他越来越像是标本，身材渐渐萎缩变形，手臂与大腿瘦弱得不忍卒看，唯一醒目的是脖子右侧红色的肿瘤，它已长得超过了网球。然而，他的神色依然是那么安宁，他的唇边始终挂着淡淡的微笑，他的双眸仍然闪烁着智慧的光芒。陆幼青坚持每天6点钟就起床，由于刚起床时他的脸总是被肿瘤弄得又肿又胀，甚至连眼睛也无法睁开，他只好从冰箱里拿出备好的冰块，用毛巾包起来，敷在脸上。等到吃完早饭，他就坐在卧室里新添置的单人沙发上，开始用笔记本电脑写日记。日子一天比一天难过起来，他写的速度也就一天比一天缓慢起来。他说："现在写这样一篇二三千字的日记，要用去我四五个小时。我躺着，坐着，倚着，以各种的姿势写完它。但是，总会在不知不觉中突然睡去，这一个小时就从生命中溜走了。"

不过，陆幼青还是很平静，没有沉重与低落，和他的日记一样，在日常生活里，照样可以听到他的笑声。他的豁达也感动了妻子，两人总是开着玩笑说，现在过一天就要快乐一天，因为每个快乐的日子都是额外赚来的。陆幼青曾经告诉过别人，他和他的妻子最喜欢的一句话是——"太阳永远升起。"

乐观是一种天赋，不是所有的人在面临死亡时都可以做到乐观和勇敢的。有人问陆幼青，什么是他不惧怕死亡的力量？他这样答道："对生命的一种平静态度。人们怕的其实并不是死亡本身，而是与之俱来的伤痛和病苦，还有对生活的遗憾，觉得自己还没有活够、活好、活畅。而我现在对自己所走过的道路无怨无悔，没有明显的遗憾。假若我的人生之路能够重走一遍，哪怕重走五遍，我也还是这样走。也许，我的生命即将停止，这对我是一种需要，它是上苍的一种安排。"

事实上，无论我们多么豁达开朗，都得直面这样一个现实：人类对死亡的恐惧是与生俱来的。如果将生命量化到只有几年、几天、几小时、甚至几分几秒的时候，你还能用从容不迫的目光注视着死神的降临吗？或许在生与死的悬崖边，我们才能真正看清谁是最懂得珍惜生命的人。

那次在 IRC 里与网友交流时，一位网友这样问陆幼青："最后一天，您想如何度过？"陆幼青回答："如果我能控制，我想坐在太阳底下听音乐。"

我们衷心地希望陆幼青与生命的对话能一直进行下去。

我们虔诚地祈求上苍，能让陆幼青实现自己所有的愿望。

2000 年 10 月

采写手记：

陆幼青的《死亡日记》终止于 2000 年 12 月 11 日，那天清晨，陆幼青走完了他人生的最后路程。事实上，陆幼青在当年 10 月 23 日即以一篇《谢幕》结束了他的“绝境中的歌唱”，11 月 11 日，结集成书的《生命的留言：〈死亡日记〉》问世。虽然当时也有人质疑陆幼青是“沽名钓誉”，出版社则是“拿一个人的生命进行炒作”，可我却始终为陆幼青能在生前看到自己在生命倒计时里写下的文字成书出版而感欣慰。说到底，这是一位父亲竭尽努力留给自己年幼孩子的一份礼物，这份礼物将陪伴孩子长大成人，在这个意义上，陆幼青是圆满无憾的；而我在整个采写过程中，也藉此严肃、认真地思考死亡与生命，我迄今非常感谢陆幼青。

梅梅：我的生命融进了广播

一天，一个亭亭玉立的姑娘对梅梅说："梅梅姐姐，我是听着您的节目长大的。"身材娇小的梅梅连忙羞涩地摆手："别这么说，我都不好意思了。"

其实，如今 30 岁以下的上海人，谁能说自己从没听过"梅梅姐姐"的节目？谁能说在自己 30 年的人生中，"梅梅姐姐"不曾陪伴过你一朝一夕？梅梅在她还是个小学三年级学生时，已成了上海人民广播电台少儿节目的主持人，在这个岗位上，她已工作了近 30 年。岁月流逝，她的第一批听众已为人父母，而他们的孩子却依然

在听她的节目。在听众的心目中，“梅梅姐姐”是永远年轻的，她会永远以那纯真甜美的声音给孩子们讲动听的故事。有个小朋友说，如果哪天听不到“梅梅姐姐”的声音，他会睡不着觉的。

可是，真的有一天，小朋友们突然发现，“梅梅姐姐”在电波中消失了。

他们不安起来。

祸从天降

1996 年，8 月。

夏日的天空如水洗一般的清澈。由上海飞往德国柏林的航班在虹桥机场一跃而起。

梅梅把头倚靠在舷窗边，望着速速退去的高楼大厦，不觉感到一阵轻松。梅梅主持着《百灵鸟》《梅梅姐姐讲故事》《中学生热线电话》《青春太阳》等好几档广播节目，工作节奏非常快，有时真觉得好累，只想有机会给自己放一个长假，好好轻松一下。前阵子，不知怎的，时常感到头晕，丈夫让她去医院检查一下，梅梅说，不用的，可能是太累了，休息休息就会好的。丈夫说，那我们去德国旅行吧，都说了几年了。的确，他们很早就想去德国旅行了，而且那儿的朋友几次为他们办好了手续，可两人不是你忙得脱不开身，就是他忙得抽不出时间，于是一拖再拖。这回，他们算是下定决心了。

柏林。斯普里河两岸的景致极有艺术感。梅梅徜徉在著名的菩提树下大街、勃兰登堡门，想起自己在节目中多次给小朋友们介绍过的席勒、贝多芬等文学和音乐大师，更加心向往之。那几天，她和丈夫几乎把这座欧洲名城都游遍了。梅梅是个性喜自然的人，可能因为主持少儿节目的原因吧，她还保持着一颗童心，她对丈夫说："我想骑自行车到柏林郊外去！"

那天，阳光明媚，一早，梅梅和丈夫就骑车出发了。郊外的空气格外清爽，远处，灰白的山顶在阳光下泛着金色。眼前，有一处低坡，梅梅稍稍用了用力。忽然，一阵眩晕，梅梅来不及刹车，连人带车翻了下来。丈夫急忙跑过去，连连发问，梅梅说没什么，只是有点头晕。他们回到住处，梅梅躺在床上，心想睡一会儿就会好的。可没想到，头越来越晕了，后来，竟至意识都模糊起来。

丈夫心慌了，叫来了救护车。那家就近的医院觉得病情不轻，安排他们转到自由柏林大学附属医院。丈夫陪梅梅坐在急诊室外面候诊。这时，一位 50 开外的女大夫迎面走了过来，她瞥了一眼梅梅，突然，她站定了。女大夫迅速走到梅梅身边，询问了几句。这是一位极富经验的医生，她用沉着但坚决的声音对梅梅丈夫说："你太太得的是视网膜瘤，现在已经引发脑梗塞，必须立即进行脑部手术。不然有生命危险！"丈夫顿时呆住了，他犹豫地问："动手术有风险吗？"女大夫回答："当然。"丈夫又问："那术后有可能恢复吗？"女大夫回答的还是两个字："当然。"

此刻，丈夫多想跟梅梅说说话，他知道脑部手术实在是太危险了，就算成功，也会留下非常可怕的后遗症，极有可能，她从此再也不能回到心爱的主持人岗位了。可是，没有时间了，丈夫帮着医生将梅梅推进了手术室。望着昏迷中的妻子，丈夫的眼里噙满了泪水。

10 多个小时后，手术室的门打开了。梅梅的丈夫冲了过去，疲惫的主刀医生只对他说了一句话："手术很顺利。"

梅梅静静地躺在病床上，很长很长的时间里，她什么也不知道。当她终于醒来的时候，她只觉得自己好像睡了一个长长的午觉，这一觉似乎长得有点可怕……她想用一个形容词，可她发现脑子像个乱放东西的仓库，什么都对不上号。她想伸伸手脚，可她发现再怎么用劲，手脚就是不听使唤。她想开口说话，可她发现什么声音都发不出来……待她慢慢地知晓究竟发生了什么的时候，她自己都惊愕了。

脑手术后的梅梅，留下了可怕的后遗症。她的右手瘫痪了，两脚不能直立，眼睛复视，最可怕的是，她的语言和平衡能力遭到了损害，不会说话，无法准确地表达思想。对一个广播节目主持人，失去了语言，就像是战士失去了武器，还有什么比这更严重的呢？梅梅一下子无法接受如此残酷的现实，她想哭，并且想大声地哭出声来。可她向来是个不愿在别人面前流泪的人，即便是面对自己的丈夫。她一直忍着，直到那天守在病床边的丈夫出去买东西，她才一个人躲在被窝里，任凭泪水打湿了枕头和被单。

梅梅想起了她的小听众，他们有很多时日没听她讲故事了，他们会觉得寂寞吗？梅梅想起了她的外公外婆，她从小是跟着他们长大的，过去是她依靠他们，而现在是他们依靠她了，如今她病成这个样子，以后怎么服侍他们呢？梅梅觉着自己责任重大。她不会翻身，但她有意识地动了动脚趾。还有感觉呢，至少我没有死啊。梅梅擦了擦盈满泪水的眼睛想，既然没死，就得像以前那样积极而认真地投入生活和工作。她决定马上开展康复训练，以坚强和达观的态度击退病魔，她想要创造一个奇迹。

苦战病魔

手术后的第五天，只能进食流质的梅梅就向医生要了一个冰激凌。

梅梅是想以此对大家，同时也是对自己宣布，自己不是什么废人，即使生了一场重病，动了一次大手术，而且还留下了严重的后遗症，但生活在本质上并没有发生什么差别。一切可以从头开始。医生十分赞赏梅梅的想法，说有那么大的勇气和信心，什么奇迹不能创造呢?

梅梅开始了她的康复训练。现在，梅梅又回到了童年，因为她要重新开始学习说话，学习站立，学习走路，学习表达。事实上，对一个成年人来说，这一切比孩子更不容易。孩子的这种学习是从一张白纸开始的，因而顺其自然，从容不迫。可梅梅是曾在一张白纸上画过美丽图画、写过美丽文章的人，内心深处常常会不由自主地唤起今昔的比较，而这种比较显然是痛苦的，在康复训练中甚至会因急躁而形成障碍。每当这个时候，梅梅就对自己说，尽管以前自己的声音很好听，但要是现在经过努力后重新发出声来，即使含混不清，可它的价值也远远超过先前。

梅梅为自己制定了严格的训练计划。为了让右手恢复知觉，她在拉杆上做牵引运动，一开始，她连握拳都不会，每弯一次指头都会大汗淋漓，可渐渐地，她能握拳了；渐渐地，指尖有了痛感；渐渐地，手臂可以弯曲伸直了。为了能站立行走，她让丈夫将她架起来，当两脚接触到地面的时候，钻心的刺痛几乎让她晕厥，但她咬牙坚持住了，并给自己喊着口令，跨出了艰难的第一步。为了锻炼发声，她一方面观察别人讲话，一方面进行喉咙、声带和舌头的协调训练。有一天，她终于听到了自己发出的清晰的声音。虽然这声音是那么的微弱，那么的简单，但这毕竟是个良好的开端，梅梅笑得脸上像是绽放了美丽的花朵。看梅梅这样刻苦地训练以及取得的成效，同病房的人既怜惜又欢喜，大家不约而同地都管她叫“小公主”。

一天，一位中国小伙子捧着一大束鲜花来探望梅梅。他说，他是从朋友那里得知她的消息的，虽然他们素不相识，他却曾经是她的忠实听众。那一刻，梅梅感动极了。自她住院以后，来探望她的人络绎不绝，鲜花将病房都占满了，而他们大多是她不认识的。

她想，这些素不相识的朋友给她送来的不单是鲜花，更是一种力量啊！国内的朋友也让她安心养病，是有许多不认识的人常常给她的外公外婆送饭送菜呢。当然，最让她激动的是每个星期里的那么一个时辰，上海人民广播电台的领导和同事都会在约定的时间给她打来国际长途电话。每当这个时候，她都能听到电话那头一屋子人的声音，他们一个个急切地抢着跟她说话，又是问候又是鼓励，她仔细地听着、分辨着，感到那样的亲切和温暖。她想，她一定要尽快康复，让他们看到一个和过去一样健康、快乐的自己。

尽管右手尚未全部恢复知觉。说话仍然结结巴巴，行走时还不稳当，但梅梅的康复进展依然出乎德国医生们的意料，他们啧啧称奇，说中国人又创造了一项奇迹。梅梅想回国了，她相信祖国医学在康复治疗方面具有更大的优势。

又是一个天空清澈的日子。梅梅和丈夫乘坐中国民航班机由柏林返回上海，他们在上广领导的“命令”下坐在特等舱里。空中客车开始降落，望着地面上的高架道路和鳞次栉比的各色建筑一点点地放大开来，坐在轮椅里的梅梅不禁感慨万分。步出大厅的时候，梅梅深深地吸了口气，而后从轮椅上猛力站起，面带微笑，一步一步缓慢却又踏实地走向迎接她的人们。看见梅梅站立着，并以坚毅的精神和步子走来，所有的人都哭了。

梅梅旋即被送进华山医院接受康复治疗。这时的梅梅比先前更加坚定了决心，争取全面康复，重返岗位。达观而积极的人生态度，使梅梅完全摆脱了最初的沮丧，她以更加豁达的姿态进入新阶段的康复治疗。右手不能写字怎么办？那就用左手吧。梅梅开始练习倒着笔顺写字，那真是别扭极了，但没有多少时间，她倒“习惯成自然”了。平衡不好怎么办？那就练电脑打字吧。别人觉得再简单不过的事，可在梅梅那里就难极了，因为两只手常常各行其事，配合不起来。梅梅乐观地说，我这是打“高低音符”。后来，梅梅索性真的练起钢琴来了。为了克服复视，梅梅学起了绘画，看线条，看色块，看透视，到后来，就能看到立体而清晰的画面了。梅梅开始练习朗诵了。一开始的时候，她无法读长句子，因为既没有力气，思维的“转速”也跟不上，所以常常都是破句；她也读不出四声来，每个音一律都是平声，节奏和速度则更加无从谈起了，可是，梅梅一点都不泄气，她一遍又一遍地读着，反复地进行比较和揣摩。慢慢地，她能够声情并茂地把文章完整地读下来了。

那天，曾和梅梅同住一个病室的德国病友打来电话，当梅梅流利地跟她交谈时，她根本就无法相信，疑惑地一个劲地问：“你真是梅梅？你真是‘小公主’？”电话那头的德国病友哭了，她说：“我太激动了，你已经一点都听不出是个病人了，可恶的病魔已被你战胜了！这是奇迹啊，这是中国人的奇迹和骄傲！”

重返岗位

很早很早的时候，梅梅就说过这样深情的话：“我是电台的孩子，电台影响了我的一生。”是的，梅梅的人生足迹是从电台开始的。她 9 岁的时候，以出色的朗诵被上海人民广播电台选为少儿节目主持人，从此，一下课，她就赶到电台做节目，给小朋友们讲故事、教儿歌，还跟着大记者们去工厂、农村、部队做采访。这样的业余主持从小学三年级一直进行到高中毕业。毕业前夕，电台组织科通知她，不要参加高考了，直接进入电台工作，于是，她成了电台年龄最小的一名职工。

一进电台，梅梅便参与筹办《百灵鸟》节目，并从开播至今一直是该节目的主持人。组织上器重她，也培养她，送她去复旦大学进修，并支持她读完了北京广播学院新闻专业的函授课程。组织上还给了她很多的荣誉，她曾被评为“上广十佳节目主持人”。梅梅的人生注定了是跟广播分不开了。大病初愈之后，梅梅急切地想重新开始工作。

电台再次以温暖的怀抱迎接了自己的孩子。

梅梅上班了。可在她重新坐到话筒前的时候，她发现其实一切并不能一蹴而就，她还将面临新的考验。

梅梅说话的语速再也不能恢复到从前了，一快思维就跟不上，就会感到非常疲倦，随即便会出差错。这样，以前那些绕口令的儿歌就得放弃了。还有，梅梅除了主持少儿节目，还是个出色的配音演员，她在日本电视剧《东京爱情故事》中为女主角莉香配的音颇受好评。可那次，她应邀为一部国产电视剧配音，当导演要求用飞快的语速讲话已对准口型时，她觉得力不从心了。她没有沮丧，她平静地想着调整自己。她根据自己的情况做了一个“自我设计”，比如，放弃配音，转而开拓朗诵。她在节目里试着开设了“小学语文课文示范朗读”，还为电视台录制电视散文，结果反响很好。梅梅很开心，她希望自己能不断地有所发现和开拓。

小朋友们现在又能在电波中听到梅梅姐姐的声音了。他们很高兴，可他们大多不知道梅梅姐姐经历了这么一次生死考验，他们也不知道梅梅姐姐动了脑手术后落下的后遗症其实并不会完全康复，如今，她是以自己全部的热情、全部的智慧在奋力拼搏着，用她自己的话说，便是：“我从来没有像现在这么认真过，我知道我是把生命融进了广播。”

今年“六一”前夕，梅梅去上海市儿科医院的儿童白血病房做了一档特别节目，采访那些幼小的患儿。一个才 3 岁的病孩刚刚退烧，但他精神饱满地坐在病床上给别的孩子唱儿歌，他唱得不太成调，却非常投入，还不时地扮扮鬼脸，引得其他孩子哈哈大笑。在这间笼罩着死亡阴影的病房里，能有这么阳光般明亮的笑声和歌

声，令梅梅很是感动。掉头望去，她看到3岁男孩的父亲坐在一隅暗暗地抹泪，脸上写满了悲伤。梅梅走过去，轻轻地对这位悲伤的父亲说："你看我怎么样？不久前我刚动过脑部手术，差点就离开这个世界了，可我很乐观，现在不是好好的吗？你要相信奇迹会发生的！不要悲悲切切，得让孩子保持健康愉快的心态，这是最最重要的！"

一身牛仔服的梅梅依然那么快乐，充满着生命的活力，当她快步登上广播大厦高高的台阶时，谁也不会相信她曾和死神有过一次激烈的搏斗。虽然梅梅长得娇娇小小，可你会感到她具有超人的力量。她说这股力量来自于无数关爱她、支持她的相识与不相识的朋友和听众，来自于广播这份钟爱的事业。记得躺在柏林病床上的时候，她曾做过一个梦，梦里她在奋力地攀登，而前面山顶上有一颗耀眼的钻石般闪烁的星星。现在想来，她是登上山顶了，并且摘到了那颗星星——重新回到话筒前。她梦想成真。

今年初，当梅梅得知自己荣获"2000年度全国优秀少儿节目主持人"称号的消息时，她再次流泪了。当然，还是没被别人看见。

2001年8月

采写手记：

梅梅是我的同行，我为她的勇敢、坚强、乐观而感动。事实上，在我就职的上海广播电视台，还有不少像梅梅这样忠诚于事业、忠诚于理想的编辑、记者、编导、摄像、主持人、技术人员等，他们在工作中奋力拼搏，不分昼夜，恪尽职守，我的好几位同行倒在了工作岗位上。梅梅是他们的一个缩影，一个代表。我在采写此文时，也因过度劳累，肾脏出了问题，住进了医院，但为了工作，我数次偷偷地溜出医院，终于在炎炎酷暑中完成了任务。这篇报道获 2001 年度全国广播电视期刊通讯一等奖、2001 年度上海广播电视新闻奖二等奖（该奖现并入上海新闻奖）。次年，另一篇报道《看我家电视“变脸”》获 2002 年度中国广播电视新闻奖一等奖（该奖现并入中国新闻奖）、2002 年度上海广播电视新闻奖二等奖。

走进赵文瑄的记忆

入梅后的第二天，是上海今夏第一个35℃的高温日。傍晚的时候，我和赵文瑄约定在浦东见面，先约在金茂大厦见面，后来改在了海龙海鲜坊，那是上海目前唯一的一家水上餐馆。之所以最后选择在那里，是因为坐在有双龙戏珠的船头，既可以零距离地亲近浦江之水，又能将对面外滩的美景尽收眼底。由于是在江边，抬起头来，就有一大片开阔的天空，这在大都市已经很难得了。空廓的视界容易让人放飞思绪，我和赵文瑄一边看着他精心保存的从影以来的珍贵照片，一边慢慢地进入他的人生记忆……

1993·《喜宴》·空中少爷的降落

赵文瑄的笑声是我听到的明星中最为响亮和清澈的。那是只有纯净的孩子才会有的笑声，无所顾忌，无所疑虑。赵文瑄指着这张照片问我，看得出是在哪里拍的吗？我还没有回答，他已经大笑起来。“你看我那时多傻啊，一脸紧张的样子！”赵文瑄告诉我，那是在拍《喜宴》时留下的工作照，地点是美国的纽约，旁边是大导演李安，正在跟他说戏，而他毕竟是第一次拍电影，所以心里紧张得不得了，“你看，我那眼神都呆着呢！”

拍《喜宴》使赵文瑄的人生就此改观。那时，赵文瑄还是中国台湾中华航空公司的空勤人员，人称“空中少爷”。他从明志工专机械科毕业后，先是在西北航空公司做地勤，后来到了华航，转眼间已 8 年过去了。此时，赵文瑄正筹备着继续求学的庞大计划，想先考台湾大学外文系，而后申请赴美留学，主攻西方文学。那天，他很偶然地看到一则广告，说是要找一个会说英语的男主角，于是，就给制片人徐立功写了封自荐信，结果，凭着诚恳的态度和流利的英语，他如愿以偿。其实，赵文瑄一直很喜欢文艺，这几年，借着工作的便利，他在美国看好莱坞的电影，在德国聆听大师的音乐，在英国搜集 Queen 乐队所有的专辑，获益匪浅。

我对赵文瑄说，你从空中降落后，竟落到文艺的稻田里了。赵文瑄接口道：“是啊，还好是丰产田呢。”的确，此后的赵文瑄一发而不可收，10 年来，他已经给我们奉献了许多难忘的银幕和荧屏形象。其实，掰指算一下就知，赵文瑄初上银幕时已是 32 岁的人了，这样的年龄应该不再做梦了，可偏偏赵文瑄的明星梦刚刚开始。有很长一段时间，他不敢承认自己是演员，因为他觉得对表演还没有多少深刻的认识，干上这一行完全是幸运和机会。但是，现在的赵文瑄已经染上戏瘾了，他说他不知道目前除了演戏还能有什么更加吸引他的。我说，还可以去做教师啊，你不是一度很想站到讲

台上去的吗？赵文瑄爆笑起来："那大概我也会像这照片上一样，开始时紧张得两眼发呆。"

1994·《红玫瑰与白玫瑰》·上海亦真亦幻的印象

因为天热，赵文瑄一身短打，T 恤，短裤，凉鞋。赵文瑄是个很随和、诚恳的人，到东到西，从不摆明星的架子，与人有一种自然熟的亲和。他跟人交谈的时候，目光总是注视着你，不会四处游荡。所有的人都说，赵文瑄是有教养的"绅士"一族。此刻，他看着我说："我和上海的缘分还同张爱玲有关呢。"那年，关锦鹏拍摄根据张爱玲小说改编的《红玫瑰与白玫瑰》，定下的男主角是赵文瑄，那一红一白两朵玫瑰是陈冲和叶玉卿。故事是在上海发生的，于是，赵文瑄得以第一次来到上海。

"那时，我住在华亭宾馆。"赵文瑄回忆道，"晚上，从高高的窗口望出去，星星点点的灯火给我以如真似幻的感觉，因为这分明是座充满活力的现代城市，可由于我演的是三四十年代的故事，所以不得不让时光倒流地去尽量捕捉过去年月的气息。当时，我觉得那一带已很现代化了，可没想到，现在我再去华亭时，发现那儿全变了，轻轨、高架、体育场、高楼大厦，陡然升起，真正是日新月异。"

我也看着赵文瑄说："许多人认为，上海是个很洋派的城市，而照片上西装革履的你也很洋气，好像天生就有着上海人的气息。所以，即使是三四十年代的故事，你忽而西装，忽而长衫，也给人一种恍如隔世的感觉，有一种怀旧的味道。"赵文瑄又笑了起来，两边溢出酒窝，“我祖籍可是山东哦，但真的很奇怪，许多人说我像上海人。不过，我倒是相信关锦鹏的说法，他说我不属于这个时代，是张爱玲那个年月里的老上海人，所以，他认定我是张爱玲笔下那个为情所困的振保。现在，你就可以理解当时我从华亭宾馆望出去时，为什么会有似真似幻的感觉了。说实话，我还真的喜欢三四十年代的感觉，感到那时的人和事在戏剧里有一种美感。”

赵文瑄一边指着对岸一一报出外滩建筑物的名称，一边侧过头问我：“我真可以说自己是半个上海人了吗？”我笑而不答。

1999·《大明宫词》·给生活穿上美的纱衣

赵文瑄指着一张照片说：“这大概是我拍戏拍到现在最最漂亮的一件戏服了，所以我特意穿着它拍了照片。”那件戏服是《大明宫词》里的张易之穿的，那人风流倜傥，很是自恋。其实，赵文瑄在《人明宫词》里是扮了一止一反两个角色的，张易之是个反角，他是太平公主的情人，也是武则天的男宠，个性蹊跷，头发披散，穿的是一件纱衣，飘飘逸逸，上面画了国画，还题了一首诗。赵文瑄叹道：“那首诗真是写得龙飞凤舞啊，可其实直到现在我都不知道写的是什么。”

如果赵文瑄没有在我的采访本上留下字迹，我根本不知道他竟有那么漂亮的一手好字。人们都说赵文瑄有文人的气质，事实上，这是他自己磨砺出来的。赵文瑄很小的时候就开始练钢琴、学书画了，这自然属于美的熏陶，因此就不难理解赵文瑄唯美主义的出处了。在他看来，美是生活的要义，美是可以给平凡的生活装上飞翔的翅膀的。所以，在日常生活中，赵文瑄很注重美的营造。

赵文瑄告诉我说，他的家在阳明山脚下，那是四户集合式公寓，他住在楼上，于是，便在屋顶上搞了个露天花园。他把泥土一车车地运到屋顶上，夯实后种上树木和花草。我问都有哪些品种，赵文瑄掰着手指如数家珍，有紫藤，有桂花，有九重葛，有茶花。我想象着那被绿色包围的居所，该是怎样的令人心旷神怡，连空气里都是清香的味道啊。赵文瑄说："我从小就喜欢种点什么，哪怕是一棵番薯，把它种到地里，看它长出绿绿的叶子我就很高兴。"

我说："怪不得你保养得这么好，原来天天呼吸着最清新的空气。"赵文瑄得意起来："那是当然了。所以，每天临睡前，我都会站到屋顶上，在树下做做操，放松放松。另外，我还经常游泳，这对保持形体很重要。我不怎么去健身房练器械的，所以也许看上去肌肉不那么发达，但是我觉得作为演员，形体比身材更重要，那是包含着气质的。比如在舞台上，一个演员由于年龄的关系，或许他的身材已经不那么完美了，但是通过他的气质、形体，你仍然会感到美。"

顺便说一下，《大明宫词》是赵文瑄演的第一部古装戏，而总是能设计出让人眼花缭乱戏服的叶锦添，则是赵文瑄推荐给剧组的。

2000·《孙中山》·演景仰的人能不幸福

我拿起两张孙中山的造型照，那都是赵文瑄扮演的，一张是在《宋家皇朝》里，一张是在《孙中山》里。赵文瑄说："我没想到，自己有机会两次扮演孙中山，那真的是件很光荣的事。曾经有人问我，扮演国父有什么感觉，我回答说，幸福。”

赵文瑄饰演的孙中山，给观众留下了美好的印象。问起他是如何演绎这位领袖人物的，赵文瑄的话出乎我的意料。他说：“在我心目中，孙中山是位保持着童真的伟人，他思想很复杂，但心机很单纯，我力求把这一点反映出来。我告诫自己坚决不做超级模仿秀。其实，有关孙中山的故事，我小时候就读过许多儿童读物。看孙中山写的东西，真的很有一种感召力，他的讲话也真是不厌其烦，或许听他讲话的都是一些普通百姓，所以他总是左一句右一句地比喻、解释，有时会感到有些絮叨，但很亲切，一点都没有架子，可以说是苦口婆心。”赵文瑄告诉我说，他特别景仰孙中山，是受到家庭的很大影响的，他父亲是孙文学说研究学会的会员，终生为孙先生的学说做宣传。

我还是想打听赵文瑄演孙中山有什么秘诀，他想了一会儿说：“大概有三大秘诀：第一，要贴好一副双眼皮；第二，要修好一副漂亮的八字胡；第三，也是最难的一点，要始终保持炯炯有神的目光。”

赵文瑄饰演孙中山

细数一下，赵文瑄已演过近十个历史人物了，我问他还会不会继续演下去，他说肯定会的。我再问他，心里最想演的是谁？他把眼光放出去说：“孔子。”我看到赵文瑄的眼里漾起亮亮的光泽来。他开始跟我说拍孔子的影视剧有多么重要，说孔子其实是个戏剧色彩很浓的人物，说孔子的故事既生动又悲壮，说孔子的理想精神是不分时代永远鼓舞人的。我被他说得也有些感动了，我问道，那你演孔子有什么优势呢？他胸有成竹地说："我在艺术上追求亦今亦古，亦雅亦俗，亦老亦少，亦庄亦谑。"

2000·《星梦恋人》·骨子里透出的浪漫诗意

这是一张富有"童趣"的照片，一只小花猫趴在赵文瑄的肩头，似乎在跟他一起欣赏某个精彩的场景。赵文瑄一边看照片，一边给我讲《星梦恋人》的剧情。这是他出演的第一部现代都市剧，他在剧中饰演的舞台剧作家霍达，在前妻何赛飞和红颜知己宋佳面前摇摆不定之际，又被新新人类姜华敢作敢当的现代爱情撞了一下腰。

被人称作"千面小生"的赵文瑄，几乎在每出戏中都会遇到一场轰轰烈烈的爱情，但让我惊讶的是，赵文瑄出道十年来却从未惹上什么绯闻。他说："我不需要靠绯闻来为自己的事业打强心针，而且我讨厌哗众取宠。"没有绯闻自然是好事，但没有感情生活是可悲的。没等我说完，赵文瑄就急急地宣称："怎么可以没有感情生活呢，我只是认为可以没有婚姻生活的，至少是现在。我一直觉得，婚姻是种缘分，可遇不可求，但不是每个人都能幸运地遇上的，我甚至感到能遇上的是少数人。"

那不管怎样，翩翩君子的赵文瑄是怎样看待感情的呢？赵文瑄很有条理地说道："我对感情的指导原则是两情相悦，这才是该享受的爱情。人有得到爱情的需要，也有分享爱情的需要。有人总觉得找到一个宠他爱他的人才算找到爱情，我倒是希望遇到一个我很甘心情愿去宠她保护她爱她的人，那样我会觉得自己很强大，很有力量。”至于喜欢什么样的女子，赵文瑄泛泛地罗列了几条：要有幽默感，有包容心，没有太大的攻击性，若是女强人，则不能仇视男人。赵文瑄忽然笑起来，说：“其实，喜欢我的人是要有一定的智慧的。”我追问道，有这样的人吗？“曾经有过。断断续续。”赵文瑄回答。我想，事实上爱情中的智慧很难界定，也很难发挥，那么，对期待智慧的赵文瑄，我们也就难以预期他所追求的爱情。

我们要了一个果盘，有西瓜、哈蜜瓜、猕猴桃和葡萄。赵文瑄只选择了西瓜。他轻松地说道：“现在，我是一个人独处。我觉得这是目前最适合自己的生活方式。你也许会问我，会不会寂寞？真的不会啊，我觉得每天的日子都过得滋滋润润，快快活活的。拍戏时就不用说了，平时在家，我会打理得井井有条，那么多从世界各地背回来的书籍、电影、音乐、画册等着我亲近，晚饭后散步回来，我会读荷马史诗《伊利亚特》，弹一曲贝多芬《悲怆》钢琴奏鸣曲的第二乐章。这时，包围着我的是怎样的充实啊！”

看赵文瑄用小叉子吃着西瓜，你会觉得这个优雅的男人骨子里都透着浪漫的诗意，这当然是很迷人的。

2003·《张爱玲传奇》·繁复人生的浮世绘

谁都知道，赵文瑄倾情倾心地演着张爱玲的那个爱人，但谁都不知道——包括制片人，包括演张爱玲的刘若英——为了演好角色，他悄悄地去了趟胡兰成的故乡。“你看，这就是胡家的后人，我和她在一起理蚕茧。你是不是觉得岁月的河水已经将许许多多的往事都冲淡了？”赵文瑄指着照片，这样询问着我。我静静地看着这张照片，可心里却被历史的波涛拍打着，撞击着。

赵文瑄来到浙江诸暨的胡家故地时，没有一个人知道他是谁。他说，他是一个匆匆的过客。胡家故地在江南水乡，所以有几座小桥，都年代很久了，斑斑驳驳的样子。赵文瑄坐在桥上，裹在一片泻下来的绿荫里。四周安静极了，只有流水的哗哗声。赵文瑄想，这样的安静在城市里是没有的，城市里充满着的是喧嚣，而这喧嚣却是有诱惑力的，将当年这里的一个农家小伙引了出去，最终淹没于滚滚红尘。赵文瑄去看了胡家的祖居，已很颓败了，胡家的后人则安静地养着蚕，他们对过去的记忆也已很模糊了。这一趟走访，让赵文瑄想到了许多。回来的路上，又有了一种恍然隔世的感觉。他忽然想到那天是 6 月 9 日，是他 43 岁的生日。

赵文瑄说过，他演《张爱玲传奇》有一种虚荣感。我想，这话是可以这样理解的，因为他很早的时候就读遍了除《海上花》之外张爱玲的著作，因为他对张爱玲的文字有着特殊的理解和感悟，而张爱玲本来是遥不可及的，但现在他竟然可以去演她爱过的人，还被别人以为这个角色非他莫属，于是生出了一份得意来。其实，赵文瑄对这部戏是有些“诚惶诚恐”的，那个永远走在危险边缘、身边红颜不断的男子，并不是一个能轻易诠释的角色。所以，赵文瑄每天晚上都要把第二天说的台词抄一遍，用蝇头小楷抄的，抄成竖排式。有人告诉我，说赵文瑄的包里有“四书五经”，我还以为是什么呢，原来是他抄写的台词。我亲眼看到了，那一刻，我非常感动，我敢说，的确只有赵文瑄才能演成那个让张爱玲为之痴迷的男人。他是独特的一个演员，一个用灵魂演戏的明星。

我对赵文瑄说，你这个台词本是有收藏价值的。他听了，大声笑了，笑得很响，还笑得弯下了腰。那一瞬间，我感到面前这个高高大大的人真正是个大男孩；而且，他的笑是极富感染力的，我也随之大笑起来。

1990年，赵文瑄还在中华航空公司做“空中少爷”的时候，那天，他在台北—洛杉矶的航班上值勤，休息时看到英文杂志上有一篇很有意思的文章，一时兴起就随手翻译了出来，后来又投给了台湾的《世界电影》。一个月后，文章刊登了出来。这篇文章叫《好莱坞明星的肺腑之言》，其中的凯文克林这样说：“做个好演员是一回事，做个名演员又是另一回事，这两种角色往往互不相容，你得小心把自己定位。”我问赵文瑄，13年以后，在你也成了影视明星时，你是怎么小心定位两者的呢？赵文瑄没有回答，只是将脸微微扬起。这时，快要落山的太阳突然从厚厚的云层里露了一下，随后又迅即逍遁，而期待中的阵雨终于没有来。

2003年7月

采写手记：

我做了10年文艺记者，专门跑影视条线，在这10年间，我几乎采访了所有当红的明星，我承认有些采访比较粗糙，那倒不是因为受制于采访条件，可以说，当时我想做哪位明星的独家采访都是没有多少困难的，关键是我自己对明星有所选择。我希望自己的影视报道是有独特个性和独特品质的，我认为，即使是娱乐新闻，也应该具有人文精神。让我欣慰的是，我的追求和努力得到了众多读者的认可，他们说我的影视报道“独树一帜”。

花儿为什么这样红

2003 年 2 月 24 日上午 10 点 03 分，我国新疆喀什地区巴楚—伽师一带发生 6.8 级强烈地震，伤亡惨重。

地震发生的时候，巴楚县克孜勒库木小学的师生们正在操场上做早操。突然，阳光刺眼地跳了一下，随即大地剧烈地抖动起来，低沉而恐怖的隆隆声从脚底下蹿出，转眼间，校舍便轰然倒塌。

“地震了！”

师生们惊恐地大叫着，紧紧地围拢到了一起。二年级的班主任颤声说道：“如果晚几分钟，做操的同学回到教室，那后果真是不

堪设想！”班主任说着，再次环顾了像惊吓的小鸟般围在身边的学生，忽然，她发现怎么不见日孜旺姑丽和另外一个同学的身影，她焦急地大声问道：“谁看见日孜旺姑丽了吗？”一个学生说，日孜旺姑丽今天没来学校。

班主任的心骤然又抽紧了。

此刻，日孜旺姑丽在哪里呢？会不会……

她被埋在了废墟底下

9 岁的日孜旺姑丽是个美丽的维吾尔族小姑娘，她有一双明亮的会说话的大眼睛。日孜旺姑丽喜欢穿红颜色的衣服，远远望去，就像是绽放在天山深处的一朵红色雪莲花。日孜旺姑丽家有 3 个兄弟姐妹，她排行老大，底下还有个 4 岁的弟弟和 1 岁的妹妹。别看日孜旺姑丽小小的年纪，但她非常懂事，是爸爸妈妈的好帮手，常帮着照顾弟弟妹妹，扫地洗碗，喂养家里的 3 头牛和 9 只羊。日孜旺姑丽书也读得好，学习成绩在班里一直名列前茅，上回考试，语文和数学都得了 100 分。

平时，日孜旺姑丽一般都在早上 8 点半左右起床。因为新疆地处西部，比北京要晚几个小时看到日出，所以，那时天也只是蒙蒙亮。这一天，日孜旺姑丽没能像以往那样早早地起来。其实，她隐隐约约地知道差不多到点了，但她觉得头晕晕的，她挣扎着想睁开眼睛，可一点没有力气。日孜旺姑丽生病了，正发着高烧。她昏昏沉沉地睡了过去。

日孜旺姑丽不知道，此时此刻，一场灾难性的大地震正悄悄地降临。

蓦然间，天摇地动。日孜旺姑丽迷迷糊糊地睁开眼来，只觉得整个屋子在旋转，还发出“吱吱嘎嘎”骇人的撕裂声。不等日孜旺姑丽反应过来，房梁坍塌了，木头柱子、泥瓦砖块齐唰唰地迎面扑来。日孜旺姑丽立刻本能地转过身去，拉上棉被，脸朝下，把身子紧紧地佝成一团。可是，那根粗大的房梁还是直直地砸在了日孜旺姑丽的背上，她一下子失去了知觉，脑子里空白一片。

地震发生的时候，日孜旺姑丽的父母正在屋子外干活，他们刚想冲进屋子救出 3 个孩子，房屋已在刹那间塌陷了。尘土飞扬。日孜旺姑丽的爸爸和妈妈围着废墟，扯着嗓子大声呼喊孩子们的名字。听见哭声了！那是最小的妹妹！爸爸妈妈冲到哭声处，合力搬开塌落的窗框。还好，那窗框斜斜地靠在一根吊绳上，而小妹妹的摇篮刚巧位于下方的空档。爸爸妈妈继续喊着大女儿和小儿子的名字。忽然，他们听见了小弟弟的哭叫声。他们用手扒开废墟，看见小弟弟被压在了房门下边，那房门已断成了几截。小弟弟被救了出来，可他的腿骨折了。妈妈抱着他，忍不住哭了起来。

余震开始了。

大地在隆隆的轰鸣中再次撕开千百条狰狞的口子。

爸爸火急火燎地围着废墟打转，一声声地叫着日孜旺姑丽的名字，那呼叫声因为夹带着哭泣而在颤抖。

此时的日孜旺姑丽被埋在了废墟的最底下，背上还压着那根沉重的木柱子房梁。她晕晕乎乎地听见爸爸在呼叫她，但那声音仿佛来自很远的地方。她想回应爸爸，却又觉得喘不过气来。她难受得哭了，泪珠子啪嗒啪嗒地滚落下来。可才一会儿，她就用手捂住了嘴巴，她不想让爸爸妈妈听见她在哭，不然他们会难过的，而

且现在还不清楚他们是否也像她一样埋在了废墟里。日孜旺姑丽想，她得知道爸爸妈妈的情况，要是他们受伤了，她要去救他们！这样想着，日孜旺姑丽猛地吸了口气，用尽全力翻过身来。只听“哗”的一声，房梁倾斜着滑落开去。

爸爸听到废墟里又是一阵声响，吓得脸色愈加惨白，他生怕再次的塌陷会将日孜旺姑丽埋得更深。他顾不得频频的余震，想钻进废墟堆里。妈妈将弟弟妹妹暂先放在空地上，也赶过来相助，她用手一点一点地将废墟扒开一个大口，不一会儿，手上便全是血了。

“丫头，你在哪里？你回答一声啊，爸爸来救你了！”爸爸一遍遍地呼喊着。

听见了！日孜旺姑丽清晰地听见了爸爸的呼喊！她赶紧大声地问道：“爸爸妈妈，你们都出去了吗？”这个埋在废墟里的 9 岁小女孩，最先想到的是自己的父母！知道爸爸妈妈安全了，日孜旺姑丽这才说：“爸爸，我被压在底下了！”她的声音从废墟下传出来，又沉又闷。爸爸一边嘱咐她别动，一边让妈妈赶快去叫邻居。

余震还在继续，平均每小时达六七十次之多。

为了救出日孜旺姑丽，同样遭受危难的邻居们赶来了，大家齐心协力地移掉大块的土块和横梁，为防再次塌陷伤到日孜旺姑丽，邻居们小心翼翼的，一点不敢有任何闪失。

终于，日孜旺姑丽从废墟下被挖了出来。重新见到阳光，日孜旺姑丽禁不住失声大哭，爸爸妈妈也搂着她哭了起来。突然，日孜旺姑丽感到背脊一阵剧痛，她身子一晃，差点跌倒。爸爸妈妈扶住她，一迭声地问她怎么了，她轻轻地摇了摇头。日孜旺姑丽抹着眼泪，问起弟弟妹妹的情况。妈妈又哭了，说小弟弟的腿骨折了，正等着救治。日孜旺姑丽一听，焦急起来，要爸爸妈妈立刻去照料弟弟。

这一急，背脊又是一阵剧痛，日孜旺姑丽差点叫出声来，但她咬紧牙关，硬是忍住了。日孜旺姑丽想，现在，房屋倒塌了，弟弟又受了伤，爸爸妈妈一定很难过，不能再让他们为自己担心了。所以，她做了个决定，不把自己的伤情告诉父母。见日孜旺姑丽紧皱眉头，爸爸关切地问她哪儿不舒服，她挺了挺背说，没什么，好像感冒了。妈妈摸了摸她的额头，发觉有点烫，也就相信了。日孜旺姑丽催爸爸妈妈赶紧去照看弟弟。

等他们一走，因剧痛蓄积的眼泪，顿时大颗大颗地从日孜旺姑丽的眼眶里滚落下来。

忍痛去上震后第一课

巴楚—伽师一带发生强烈地震的消息为世界所瞩目，灾情发生后，当地驻军和武警部队火速赶赴灾区投入救援工作，中国国家地震灾害紧急救援队也携带救援装备，乘专机飞赴灾区抢救伤员，这是紧急救援队组建两年来首次赴地震灾区实施救援行动。

救援队员像天兵一样降临受灾最严重的巴楚县。

日孜旺姑丽抱着小妹妹坐在开裂的地上，看着倒塌的房屋，想着小弟弟受了重伤，她的眼睛里满是忧伤。

几位救援叔叔来到日孜旺姑丽跟前，他们关切地说："小姑娘，这样坐着会受冻的，我们马上帮你家搭好帐篷。"日孜旺姑丽点了点头。一位手臂上戴着红十字袖章的叔叔问她："你和你妹妹没受伤吧？"日孜旺姑丽依然点了点头，然后将手背放到额头上。"红十字"叔叔明白了什么，给她量了体温，又给她配了药。

帐篷很快就搭好了，"红十字"叔叔让日孜旺姑丽赶快躺下休息。忽然，日孜旺姑丽拉住"红十字"叔叔问道："我们学校什么时候再上课呢？我想去上学！""红十字"叔叔告诉她，他们正在搭建"帐篷学校"，估计两三天后就能恢复上课。日孜旺姑丽脸上露出了一丝笑容。

可日孜旺姑丽没有躺下，她想，余震还在继续，盖新屋得花一阵时间，看来这个帐篷要住上一段时日了，那就布置一下吧。日孜旺姑丽跑到外面，从田野里采了一把红色的野花，而后又从废墟里捡了个破瓶子。当她把插满红花的"花瓶"拿进帐篷时，她感觉灿烂的阳光也跟了进来。阳光里的花儿更加红了。

爸爸妈妈陪弟弟去临时救护站了，日孜旺姑丽决定在他们回来之前，把该做的家务事做一下。她哄着妹妹，待她睡下后，就去喂牛。日孜旺姑丽家最值钱的东西就是那几头牛羊和一辆木板推车，现在，羊儿都死了，牛也只剩下两条，其中的一条还受了重伤，奄奄一息。日孜旺姑丽走了很长的路，打来一捆草，她走到受伤的牛跟前，一边喂着一边跟它说悄悄话："牛儿，你一定很难受吧，我也一样。我就跟你一个说，我背上很疼呢。可我们都要忍住啊，总会一点点地好起来的。你答应我，多吃一点草，好吗？这是我从很远的地方打来的呢。"

这时，班主任老师匆匆赶来了。一见到日孜旺姑丽，老师就重重地吁出一口气来，她一把搂住日孜旺姑丽的肩膀，眼泪“唰”地流了下来：“我可急坏了，班里点名少了两个同学，校长下了命令，一定要知道你们的下落！”虽然被老师这么一搂，背脊又刺痛了一下，但日孜旺姑丽愿意被老师这么搂着，她感到非常温暖。

日孜旺姑丽问老师：“班上的同学都好吗？”老师说，地震时在学校里的同学都好。老师告诉日孜旺姑丽，刚才先去了另一个没来上课的女同学家，非常不幸，她已罹难了。日孜旺姑丽听了，一下子哭了起来。老师抹着眼睛，拍拍日孜旺姑丽的肩说，很快就会恢复上课的，我们要用实际行动让全国人民放心，我们会重建家园的！日孜旺姑丽重重地点了点头。

2003 年 2 月 27 日，震后第三天，“帐篷小学”开学了。

那天清晨，虽然帐篷里一片漆黑，但日孜旺姑丽早早地就醒了。她想，今天的开学意义不同往常，她要早点出门，不能迟到。听见声响，爸爸问日孜旺姑丽：“丫头，你那么早起干啥？”日孜旺姑丽说：“我睡不着了，我要早点去学校。过会儿，我先到河里打点水，再去喂喂牛，你们多睡一会儿吧。”

日孜旺姑丽走出帐篷。天还很黑。地震后，这里就断了水电。正值冬天，寒风呜呜地鸣叫着，要是救援队不送来毛毯，这晚上真不知道怎么过。粮食也没了，昨天，救援队给每家每户发了几个馕，可日孜旺姑丽只咬了几口就舍不得吃了，她想省给弟弟，让他多吃点。日孜旺姑丽从河里打来了水，准备好好地梳洗一下。她仔仔细细地擦了脸。河水凉凉的，刚触到皮肤时，不禁打了个寒战。日孜旺姑丽把毛巾挪到后边的脖颈，突然，抬手间，后背一阵刺痛，她禁不住“哇”地大叫一声。

爸爸从帐篷里冲了出来，忙问日孜旺姑丽怎么了。她痛得人僵立着，不能转身也不能蹲下，但她连连摇头说没什么，只是闪了下腰。爸爸说，你还是躺下休息吧，不要去学校了。日孜旺姑丽说，这不行，震后第一天上课是一定要去的。爸爸拗不过她，他知道日孜旺姑丽最爱读书了，成绩又好，不是吗？学校多次奖励给她钢笔和练习本呢。爸爸说，那我就送你去吧。

爸爸牵着日孜旺姑丽的手，两人在晨曦中慢慢走着。日孜旺姑丽穿着红色的棉袄，在尚未退尽的夜色中呈现着温暖和希望。看着一片片倒塌的房子、开裂的土地，爸爸发出一声声沉重的叹息。日孜旺姑丽攥紧爸爸的手说："爸爸，你别难过，我们可以再盖一间屋子，再养几头牛几头羊，小弟弟的腿也会慢慢长好的。"爸爸摸了摸日孜旺姑丽的头说："你真是个懂事的好丫头。"

日孜旺姑丽远远地便看见了一溜连在一起的帐篷，她的心跳加快起来。她想，这一定就是我们的"帐篷学校"了。

的确，学校在受灾后暂时移进了帐篷里。克孜勒库木小学有 6 个年级，每个年级一个班，现在基本上是一个年级一个帐篷。时间还早，很多学生像日孜旺姑丽一样早早地就到校了。天太冷，孩子们捡来一些木条，并用砖块垒成一个简易灶，烧火取暖。来校的学生越来越多，小小的火塘被围得水泄不通。日孜旺姑丽悄悄地站在人群中。

"当！当！当！"上午 10 时 30 分，挂在树上的铃铛响了起来。学生们立刻拥到帐篷前的空地上。"升国旗！唱国歌！"校长话音未落，学生们齐唰唰地把手举过头顶。在大家合唱的国歌声中，一面崭新的五星红旗和阳光一起升了起来。这是在特殊日子举行的升旗仪式，不知谁先"呜呜"地哭了，结果每个师生都泪流满面。

震后第一课开始了。日孜旺姑丽坐在二年级的帐篷里。地震前班上共有 29 名同学，现在少了一个。帐篷里有 8 张课桌，分成两排，女同学一排，男同学一排。每张课桌有的坐两个人，有的坐三个人。帐篷里没有电灯，只有一个小窗户，仅透进一点点阳光。如果站在第四排课桌后，讲台上老师的脸就有些看不清了。日孜旺姑丽睁大眼睛，专注地看着黑板。

先上语文课。今天教新课文《树是我们的朋友》。上课前，老师先问了几个问题："我们学校美丽吗？地震是怎么回事？"学生们都抢着举手回答。老师点了日孜旺姑丽的名。日孜旺姑丽站起身说："地震就是地底下震动了。"几个男同学哧哧地笑了起来。日孜旺姑丽继续说："地震真不好，把我们美丽的学校震塌了，现在我们只能在帐篷里上课。不过，帐篷学校也是很美丽的！"老师带头鼓起掌来。

半小时后，开始上数学课。老师在黑板上写下"9×（3+4）＝？"并要大家在本子上运算。学生们纷纷拿出练习本。这些练习本真是五花八门，有的是用账册改装的，有的是用其他纸张装订起来的。日孜旺姑丽的本子最漂亮，因为这都是学校奖给她的。一个学生叫了起来，说是没带削笔刀，老师就走过去，用自己的小刀帮他削笔。又一个同学说，她没有橡皮擦了。日孜旺姑丽听了，把自己的橡皮擦递了给她。那同学用后要还，日孜旺姑丽摆了摆手，说送给她了。日孜旺姑丽的包里还藏着一块香橡皮，过去她真舍不得用呢。

11 时 55 分，下课的铃铛声响了。男同学们一下子冲出帐篷，而日孜旺姑丽则和其他两个女同学继续讨论一道数学题。等到她们走出来时，男同学们竟在凹凸不平的地上打起了篮球。他们奔过来奔过去地抢着球，虽然没有篮圈可投，但他们还是玩得很疯，笑容灿烂的脸上，一点看不到地震带来的创伤。男孩们的乐观也传染给了女孩们，她们拥到一张乒乓球桌前。那乒乓球桌的桌板是一块起伏不平的铁皮，“球拍”则是两块木板，而乒乓球则已经瘪了。日孜旺姑丽拿起球拍，和另一个女同学对打起来。

忽然，日孜旺姑丽扔下球拍，猛地抓住了身边的一棵小树。她咬紧嘴唇，只觉得剧烈的刺痛从背脊弥散开来。

她的左后肋骨断了

日孜旺姑丽慢慢地转过身来，两只手紧托着后腰，缓缓移动脚步。

同学们看日孜旺姑丽扭歪了脸，连忙问她怎么了，可她依旧咬着嘴唇摇了摇头。

这时，救援队员招呼同学们吃午饭了，他们送来了馕和烧开的热水。孩子们呼拉拉地围了过去。日孜旺姑丽走不快，落在了后面。随救援队员一起来的还有两个记者叔叔，他们是从上海赶来灾区采访的。小个子叔叔叫秦红，大个子叔叔叫王杰。听说“帐篷学校”今天要上震后第一课，他俩特地赶了过来。他们见到日孜旺姑丽扶住腰僵硬地走路的样子，不觉感到很纳闷。

于是，两位叔叔走到日孜旺姑丽跟前，亲切地询问道：“你是不是不舒服啊？怎么走路不利索呢？”见着陌生人，日孜旺姑丽埋下头去，一句话都不说。小个子叔叔拍拍她的肩膀说，你别害怕，我们是上海来的记者，你有什么困难可以告诉我们。大个子叔叔指了指她的腰，再次问道，你没在地震中受伤吧？日孜旺姑丽抬起脸来，眼睛里现出信任的目光，可她还是轻轻地摇着头，她想，连自己的爸爸妈妈都没告诉，更不能让上海来的叔叔为她担心了。

就在这时，日孜旺姑丽的爸爸来了，他放心不下女儿，午休时特意过来看看。记者叔叔便和他拉起了家常。问起他们家受灾的情况，日孜旺姑丽的爸爸说，就是小儿子的腿砸断了，两个女儿化险为夷。他指着日孜旺姑丽说："她已经死过一次了，全身埋在了废墟里，是被大家从废墟底下挖出来的。"日孜旺姑丽的爸爸这样说着，记者叔叔心存疑惑地追问道："日孜旺姑丽一点没有受伤？"爸爸说："我女儿命大，一根房屋横梁砸到她的背上，可她正好盖着棉被，所以除了皮肤有点擦伤外，没有大碍。"

两位记者叔叔异口同声地说："不能掉以轻心，一定要到医院去检查一下！"经记者叔叔这么一提醒，日孜旺姑丽的爸爸倒也警觉起来，"好像是有点问题，我看她常常托着腰，会不会……"日孜旺姑丽拉住爸爸的手臂，不让他说下去："我真的没什么，就是后背有时会痛，可我能够忍住的！"

日孜旺姑丽这么懂事，让记者叔叔很是感动，他们想，这么一朵娇嫩的小花，才从废墟里逃生，可不能再有任何闪失了。他们联系了一辆汽车，不由分说地让日孜旺姑丽的爸爸将她抱上车去。汽车在开裂的土路上颠簸了好一阵，找到了解放军派出的"高原劲旅"救援卫生队。

卫生员们见来了一辆车，立刻飞奔过来，将日孜旺姑丽扶进了帐篷。

卫生员让日孜旺姑丽在病床上躺下。日孜旺姑丽乖乖地仰面躺了下来。卫生员一边询问情况，一边仔细地给她做检查。卫生员摇摇日孜旺姑丽的手脚，她都说不疼。卫生员开始用"胸廓挤压法"

检查胸腹部，当双手在她腰部轻轻挤压时，日孜旺姑丽顿时痛得叫出声来。但是，她马上就用手捂住了嘴，她想，不能这样叫，不然，爸爸和叔叔们都会难过的；还有，老师说过，人要坚强，不能动不动就哭鼻子什么的。卫生员让日孜旺姑丽翻过身来，当他们为她做背部检查，沿着脖颈往下探查时，疼痛难忍的日孜旺姑丽终于支撑不住，第一次为自己的伤痛大哭起来，成串成串的泪珠儿簌簌落下。

检查的结果是，左后肋骨骨折，背部和前胸部软组织广泛挫伤。

卫生员当即给日孜旺姑丽做了治疗，他们叮嘱她要卧床休息半个月。

不料，那一声哭出后，日孜旺姑丽便收不住了，回去时，她哭了一路。爸爸和记者叔叔都安慰她，可她哽咽着说："本来我不想告诉你们的，可检查时太痛了，我没能忍住……卫生员叔叔让我躺半个月，那我就无法去上课了，拖下了功课可怎么办呢……还有，如果我不能起床，就不能帮爸爸妈妈做家务了，也不能去喂牛了，我好想那条牛的，它和我一样也受了伤……"

记者叔叔把日孜旺姑丽父女俩送回了家，临走前，他们每人给日孜旺姑丽捐了100元钱。日孜旺姑丽又哭了。小个子叔叔逗着她说，别哭啦，你再哭，眼睛都要哭没喽。可她不管，还是自管自地哭。大个子叔叔拿着相机也来逗她，说要把她哭的样子拍下来。日孜旺姑丽一听，急了，连忙用手擦去眼泪。忽然，日孜旺姑丽问大个子叔叔："你真要给我拍照片吗？那等我一下好吗？"说着，日孜旺姑丽仔细地扎好头巾，还从口袋里掏出一样东西，涂在指甲上。大个子叔叔问这是什么，日孜旺姑丽说是"红花油"，用红色的花汁做成的。这真是一个爱美的小姑娘啊，当她把 10 个涂上红颜色的手指甲放到阳光下，土黄色的一堆堆地震后的废墟，像是飞起了一片火红的蝴蝶。

日孜旺姑丽这些天来第一次笑了，笑得那么腼腆却又开朗。

记者叔叔们走了，车子开出很远后，他们无意间回过头去，蓦然发现日孜旺姑丽站在一块高地上向他们挥着手。已经看不清她的脸了，只有那件红色的衣服特别耀眼。恍然间，随着车子的流动，那顽强地生长在高原戈壁的红色雪莲花一朵一朵地绽放开来，把震后满目的哀伤推到很远。

2003 年 10 月

采写手记：

当摄影记者王杰将他在新疆巴楚县地震灾区拍摄的现场照片发给我看时，我一下子被一位在太阳底下伸出 10 个涂着红颜色手指甲的女孩吸引住了。王杰告诉我，她是克孜勒库木小学二年级女生日孜旺姑丽，她在地震中被埋在废墟地下并被一根房梁砸断了肋骨，但她在被救出后，为了不给家人和救灾人员“添麻烦”，一直瞒着自己的伤情，其表现超出一个 9 岁孩子的承受力。日孜旺姑丽的善良、坚强、勇敢和达观让我深受感动，我跟王杰说，我一定要采访这位女孩，把她的故事告诉更多的人们。在采写过程中，我愈加认识到，很多时候，孩子远远胜过大人，大人在很多地方要向孩子学习。

小斗士在儿童节倒下

2001 年 6 月 1 日。

新世纪第一个国际儿童节。

就在中国的小朋友欢庆自己节日的时候，在非洲南端的南非共和国，一个年仅 12 岁的孩子却静静地倒下了。

他是一个普通的黑人孩子，却受到了全世界人民的关注和钦佩。

他是一个不幸的艾滋病患者，但他更是坚强而勇敢的小斗士。

得知他被艾滋病夺去生命的消息后，联合国秘书长安南于当天发表讲话，对他做出了高度评价，称他的事迹感动了世界上无数的人。

这个孩子的名字叫恩科西·约翰逊。

一

1989年的一天，那天的天气特别闷热。躺在破旧的陋屋里的黑人孕妇昂赫兰拉·卡马洛忽然肚子疼痛起来，豆大的汗珠从她瘦削的没有血色的脸上一颗颗地掉落下来。她是个艾滋病人，现在又要生孩子了，她浑身无力，直觉得天旋地转。疼痛难忍的卡马洛被人送进了医院。孩子终于生下来了，医生告诉她，是个男孩。这个男孩的哭声特别响亮，仿佛是向世人宣告他极强的生命力。卡马洛的脸上闪过了一丝做母亲的喜悦。可是，这喜悦稍纵即逝。

卡马洛不久前听别人说，她的孩子很可能一出生就是个艾滋病病毒携带者。她战战兢兢地问医生："我的孩子会不会这样？"医生的回答是冷酷的："极有可能。"卡马洛怀着一丝侥幸说："也许我的孩子很幸运呢？"医生说："但愿如此吧。我们马上会对孩子进行检查，隔几天将检查结果告诉你。"

医生问卡马洛："孩子的父亲呢？"

卡马洛茫然地摇了摇头。

"那给孩子起什么名呢？"

"恩科西·约翰逊。"

几天后，医生告诉虚弱的卡马洛，检查报告出来了，恩科西没能成为幸运者，而且他最多只能活9个月。巨大的恐惧顿时将卡马洛淹没了，她颤着嗓子叫道："可怜的恩科西，是我把厄运带给你的，你是无辜的啊！"

卡马洛神思恍惚，她害怕邻居知道恩科西是个艾滋病病毒携带者后，会对她说三道四，她更担心病情日益严重的自己无力抚养恩科西，哪怕他只能活9个月。那天，她一早起来，一动不动地坐在恩科西的身边，呆呆地看着他。恩科西是那么瘦弱，真可谓皮包骨头，他的小嘴嘟起着，好像是要说话的样子。卡马洛的眼泪忽地掉落下来。她慢慢地起身，往澡盆里放水，接着为恩科西好好洗了个澡，然后又喂他喝了瓶牛奶。

做完这一切，卡马洛轻轻地抱起恩科西，亲了亲他的脸庞，在他耳边轻声说道："可怜的小恩科西，我要把你送到难民点去，你不要怪妈妈，我也实在是没有办法了。以后，妈妈会常常来看你的，那时你会认得我吗？……"

卡马洛一路哭着，将恩科西"扔"在了难民点。

就这样，作为难民点里最小的难民，命中注定厄运缠身的恩科西开始了他的难民生活。可想而知，难民的生活是没有多少保障的，谁也没将瘦瘦弱弱的并携带艾滋病病毒的恩科西当回事，他的冷暖饿饱也没有多少人在意，反正他也活不了几个月。但是，小恩科西却显示出了顽强的生命力，9 个月过去了，他的心脏仍在嗵嗵地跳动。小家伙看上去软软的，好像没有一点气力，但他慢慢地可以坐直了，有一天，他竟然神奇地站立了起来。

恩科西学会走路了。恩科西学会说话了。恩科西学会唱歌跳舞了。恩科西像个活泼的小天使，给气氛郁闷的难民点带来了许多的欢乐。卡马洛经常去看他，但她有时只是远远地望上一眼，她不想给恩科西造成什么压力。而对自己的身世和病情一无所知的恩科西，则将难民点当成是自己本来的家了，一天到晚在难民点里奔进奔出。可是，尽管大家很同情这个可怜的小家伙，但为了不致染病，其他的难民对他总是避而远之。小恩科西眨巴着眼睛，他不知道他们为什么要这样避开自己。

有关恩科西的消息，不知怎么从难民点里传出去了。有一位叫基尔·约翰逊的普通白人妇女，赶远路来难民点看望恩科西。

喜欢化浓妆的约翰逊是个心地非常善良的妇女，她的脾气有点急，激动起来时还会用手拍桌子，别看她大大咧咧的，可她心特别好，特别软。她一见恩科西，就怜悯地将他紧紧地抱在怀里，一边叫着："可怜的孩子！"一边眼泪簌簌地往下掉。恩科西依偎在约翰逊的怀里，他感到从未有过的温暖。在他想来，只有妈妈才会这样紧紧地抱他，所以，他喃喃地叫了起来："妈妈！"约翰逊答应着，把他搂得更紧了。约翰逊问他："你想不想我常常来看你，给你带好吃的东西，给你带好玩的玩具？"恩科西笑着，一个劲地点头。

果然，约翰逊以后常常来难民点看望小恩科西。每次来，她都不忘带上礼物，这让恩科西开心得很。有一天，约翰逊要回家去了，突然，恩科西攥住她的手臂说，你就别回去了，每天在这里陪我吧。约翰逊听了，心里震颤了一下。

那天晚上，约翰逊翻来覆去地怎么也睡不着，她的眼前尽是恩科西小小的身影，她发现自己已经放不下他了。她想，恩科西实在是太可怜了，像他这样两岁不到的别的孩子，哪个不是在妈妈的怀里，被疼着爱着，一个个都是心肝宝贝，恩科西却享受不到这一切。约翰逊在黑夜里睁大了眼睛。她从恩科西想到了正在南非泛滥的艾滋病，想到了事实上在南非每天有约 200 名携带艾滋病病毒的婴儿降生，而这些孩子一出世就被凶恶的死神给盯上了。想着想着，约翰逊猛地从床上坐了起来。她的丈夫被惊醒了，连忙问她出了什么事。约翰逊说："我想好了，我要将可怜的恩科西带回家来，我要让他享受到母爱，享受到家庭的温暖！"

"你是不是在做梦？"丈夫不解地问道。

"没有，这是我的决定。我想，我们应该为这些可怜的孩子做些事情，并呼吁更多的人去关注他们，帮助他们，给他们以爱心和温暖！”约翰逊用坚定的口吻说道。

丈夫没再言语。他知道，妻子想好了的事是一定要去做的。

第二天，约翰逊便找到恩科西的母亲卡马洛，告诉她想把恩科西领回家去，做他的养母。病得越发虚弱的卡马洛一口答应了，她想，恩科西去约翰逊家肯定要比在难民点好。她流着泪拜托约翰逊要好好对待孩子。约翰逊握住她的手说：“你放心，我会对恩科西尽到一个做母亲的全部责任的！”

就这样，小恩科西在他两岁生日前，来到了基尔·约翰逊家。

约翰逊收养艾滋病病孩的消息像风一样传开了，人们怀着对小恩科西的同情，怀着对约翰逊的敬意，纷纷前来慰问和探望，连总统夫人也来了，一时间，鲜花摆满了屋里屋外，他们希望恩科西能摆脱病魔，希望约翰逊能将爱心持续到底。见到有那么多人来看他，小恩科西开心极了，他奔过来跑过去，还不时地为客人表演小节目，天真活泼的他越发叫人怜爱了。

现在，小恩科西有了一个天天陪在身边的妈妈了。他苍白的脸上有了许多笑容，他对约翰逊说：“妈妈，我们永远永远都在一起，好吗？”

约翰逊抱起他来，连声说：“是的是的，我们永远在一起，你会好起来的，你会长成一个真正的男子汉的！”

约翰逊在心里为恩科西祈祷着，她多么希望自己的爱能驱走病魔，希望恩科西能有长长的美好的未来啊。

可是，医生在为恩科西检查后告诉约翰逊，看来他最多只能再活 6 个星期了。

约翰逊呆呆地愣在了一边。

二

约翰逊不相信恩科西会这么快地死去，他一出生的时候，医生不是也说他只能活 9 个月吗？可是他顽强地活到了现在，他已过了两周岁的生日！约翰逊拍了一下桌子，大声地对恩科西说："我不相信，你也不要相信，我们都拿出勇气来，让人们看看，你是有强大的生命力的！"

恩科西懵懵懂懂地点着头，他相信妈妈的话是没错的。

约翰逊是个普通的妇女，她没有万贯家财，连手上戴着的钻石戒指都是假的，她却有金银换不到的爱心。虽然没有钱给恩科西买昂贵的药品，但她悉心为他制订了一套"调剂疗法"。约翰逊比画着对恩科西说："妈妈的这套疗法土归土，但肯定是有用处的。第一呢，是调剂饮食，多吃维生素，增强抵抗力；第二呢，是调剂心理，尽量不让你感到自己是个病毒携带者的压力。"她问恩科西："你能配合妈妈吗？"恩科西想都不想，就大声地回答："能！"

那天，恩科西在床上玩，陪在一边的约翰逊看着报纸，突然，她兴奋地叫道："小恩科西，有人发明了治疗艾滋病的鸡尾酒疗法了。嘿，妈妈也会做鸡尾酒的啊！"

恩科西眨眨眼睛："什么叫鸡尾酒啊？"

约翰逊想了一会儿，说："鸡尾酒就是五颜六色的有香味的酒，很好喝的。"

恩科西缠着约翰逊说："妈妈，我也要喝这种彩色的香酒！"

约翰逊笑了，说马上就去做。

约翰逊真是个巧手，只见她用榨汁机榨了满满一杯鲜黄色的橙子汁，然后，再在上面放了几片绿莹莹的黄瓜，最后，在杯口嵌上一颗红樱桃。她拿了根吸管递给恩科西，恩科西馋极了，不用吸管，大口大口地喝了起来。约翰逊一边笑，一边鼓掌，说：“这叫幸福鸡尾酒，全是维生素，小恩科西喝了，病就好啦！”

恩科西咕嘟咕嘟地把“幸福鸡尾酒”喝了个精光，他抹着嘴说：“妈妈，以后你每天给我做一杯鸡尾酒吧！”

约翰逊一个劲地点头：“好呀好呀，我说我会做鸡尾酒的吧，现在你相信了哦！”

“妈妈，你真好，你真伟大！”恩科西放下杯子，撒娇地扑进了妈妈的怀里。

6个星期过去了，恩科西非但没有死，相反，在约翰逊的细心照料下，他的病情稳定了下来，连医生都啧啧称奇。

一年，二年，三年……恩科西渐渐长大了，尽管他依旧是那么瘦弱，但他的大眼睛里透出的却是明朗和清纯。

但是，恩科西的长大是注定要付出代价的。以前，他毕竟还小，并不十分清楚自己的遭遇，而现在他开始慢慢懂事了，于是，他的大眼睛不能不直视残酷的现实。

有一天，恩科西上街去玩，忽然，他看到一群人在对着他指指点点，他不明白这究竟是怎么回事，还以为人家是在跟他打招呼，邀他一块玩呢。他朝前紧跑几步，不料，那些人如同见了猛兽一般转瞬逃走了，还慌慌张张地叫着：“艾滋病来了，快跑开！”这是恩科西第一次真切感受到人们对他的恐惧，而这样的恐惧连他自己都觉得害怕。

恩科西闷闷不乐地回到家里。约翰逊看他神色不对，问他碰到什么事情了。恩科西一把攥住她的手臂，用颤抖的声音说：“妈妈，你告诉我，为什么他们那么怕我，见了我就要逃？他们还说艾滋病来了。艾滋病是什么呀？艾滋病很可怕吗？我是艾滋病吗？”一连串的问话让约翰逊有点不知所措。她猛地一拍桌子，问那些人是谁。恩科西直摇头。

约翰逊的脑子里进行着紧张的战斗：要不要把真实情况告诉恩科西呢？毕竟他还那么小啊，他能承受住吗？可是，就算隐瞒，有朝一日他终会明白的，这时他会不会更加不堪打击呢？还是把真相告诉他吧，哪怕这是非常残酷的事，因为让他有勇气面对现实对他更有好处，他的身体是软弱的，可他的精神应该是坚强的！

约翰逊把恩科西揽在怀里，一五一十地把所有真实的情况都告诉了他。恩科西泪如雨下，他不知道自己竟然有着这样的身世！他在轻轻地发抖，约翰逊紧紧地抱住他：“小恩科西，你害怕了吗？”他轻轻地点头。约翰逊把他搂得更紧了。

“小恩科西，别怕，你在妈妈的怀里，妈妈不会让你轻易死去的。听见了吗？”

“听见了。”

“你不是已经活过来了吗？你还会继续活下去的，你会慢慢长大，长成一个男子汉，到那时你还要帮助妈妈呢。小恩科西，你长大了想做什么呢？”

“妈妈，我还没有想好呢。可我真的会长大吗？”

“会的，一定会的，现在你已经 6 岁了，眼睛一眨你就会长到 16 岁、26 岁的。可我也要让你知道，你在成长的道路上会遇到非常非常大的艰难的，你要做好准备，碰到任何打击也决不趴下！”

恩科西搂住约翰逊的脖子，擦了擦眼睛说：“妈妈，我答应你，再难再难我也决不趴下，可你也要答应我，你永远不会离开我，永远和我在一起！”

约翰逊也擦着眼睛说："我答应你！"

母子两个抱成了一团。

转眼又是两年过去了。时间到了 1997 年。

现在，恩科西已能坦然地面对自己，面对他人了。他对自己说："除了我是一个艾滋病病毒携带者，我同样是个健康的孩子。"这样的认识和信念，使他在许多挫折面前保持了勇往直前的精神面貌。可这一年连续发生的两件事，让他差点失去了勇气和信心。

第一件事，是他的亲生母亲卡马洛被艾滋病夺去了生命。尽管卡马洛在他出生不久就将他"扔"在了难民点，可她并没有忘记自己的承诺，她经常拖着病体去那儿看望恩科西。在约翰逊将他收为养子后，她也大老远地去看过他。有一段时间，恩科西对她有看法，他总觉得她不该将他生下来，也不该将他"扔"到难民点。可约翰逊告诉他，卡马洛这样做，是出于无奈，也是出于对他将来的考虑，她没做错什么。约翰逊说："她还是你的妈妈，她如既往地爱着你，现在，她快要离开这个世界的时候，看到你又有了爱你的新妈妈，她会高兴和放心的。"

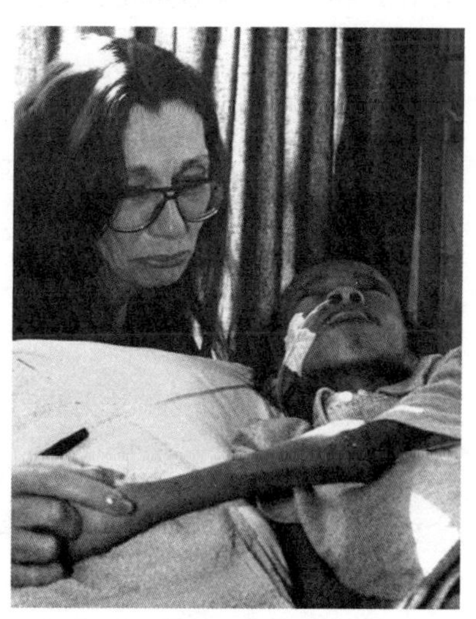
恩科西和养母约翰逊

约翰逊的话解开了恩科西的一个"情结"，每次卡马洛来看他的时候，他总会扑到她的怀里，一口一个地叫着"妈妈"。有两个爱着自己的妈妈，恩科西感到自己是世界上最幸福的人。他知道卡马洛已经危在旦夕后，天天为她祈祷，希望上苍不要夺走他的妈妈。他以虚弱的身体，久久久久地跪在那里，约翰逊哭着拉他起来，他就是不肯。他相信上苍会听见自己的祈祷的。可是，噩耗还是传来了。这使他难过极了，他连着几天躺在床上，神情呆滞地望着天花板。

突然，隔壁屋子里发出一阵叮叮咣咣可怕的声音，他紧张地竖起了耳朵。

“现在，你做个选择吧，要么放弃恩科西，要么我们离婚！”这是约翰逊丈夫的声音。

“难道我必须在两者间做出选择吗？”这是约翰逊的声音。

“是的！是的！我早就受不了了！你现在全部心思都花在了恩科西身上，一点不管这个家，不管我！”约翰逊的丈夫勃然大怒。

“你的心眼太小了，你和恩科西我都要管的，可他是个病孩，我得多用心些，难道你就不能理解？”约翰逊发火了，一边说，一边拍着桌子。

“好啊，竟然说我不理解，那我就不想理解下去了，你现在就做个决定吧，要我，还是要恩科西？”

“那我告诉你，我对恩科西发过誓，永远不离开他，如果你一定要我做选择，那么，这就是唯一的选择，我要对恩科西兑现自己的承诺！”

“砰——”约翰逊的丈夫摔门而去。身后的约翰逊嘤嘤哭泣。

恩科西的心也要碎了，他从床上爬起来，走到隔壁屋子里，一下子抱住了约翰逊：“妈妈，都怪我不好，是我惹爸爸生气了，我不愿你们分开！”

约翰逊还在哭泣，不知过了多长时间，她突然意识到恩科西已不在身边了。她一惊，打开所有的房门，都没有了恩科西的身影。

此刻，恩科西正蜷缩在街边，他已做出决定，不再回约翰逊家了，他情愿再到难民点去。他想，约翰逊妈妈已经为我做得够多了，不能再继续连累她了。可是，可是自己从此就没有妈妈了，一个也没有了。没有妈妈的爱，没有妈妈的帮助，生活将会变成怎样呢？恩科西越想越感到可怕。失去了妈妈，还有什么支撑的力量啊！我哪儿也不去了，上苍，你也让我去死吧！恩科西想着，哭着，迷迷糊糊地晕倒了。

心急如焚的约翰逊在街边找到了恩科西。她一边摇醒他，一边不断地说着："小恩科西，妈妈不会食言的，走，咱们回家去。我可以没有丈夫，但我不能没有你！你答应过妈妈的，你也不能离开我的！"

约翰逊抱起恩科西回家去，一长串的泪珠从恩科西的眼角滚落下来。

三

相依为命的约翰逊和恩科西坚守在了一起。

又是一年过去了。

恩科西已经 9 岁了，到了上学的年龄。

每天一早，恩科西都会坐在窗前，看别的小朋友背着书包上学去。他多想也跟他们一样，去读书，去学习。他问约翰逊："妈妈，我为什么不能去上学呢？"约翰逊想了想，回答道："因为你有病呀。"恩科西追问："有病的孩子就不能上学？你不是一直跟我说，我在精神上是个健康的孩子吗？我不怕累的，我也要上学！”

约翰逊摇了摇头，她想，身体吃得消吃不消还在其次，最最主要的是，哪所学校肯接受一名艾滋病病毒携带者呢？

恩科西见约翰逊摇头，便走过去，用手扳住她的脸：“妈妈，当初你有勇气把我接到家里，现在你也应该有勇气将我送进学校啊。”

约翰逊握着恩科西的手，严肃地说：“恩科西，你能上学不是一件容易的事，看来我们还得进行一场斗争呢。好吧，既然你有这样的要求，我们就去试试，争取自己的上学权利。”

母子两人商量了半天，最后选定了约翰内斯堡的一所公立小学。

校方根本没有想到恩科西会走进他们的学校，将艾滋病视若洪水猛兽的他们，一时间尴尬得手脚忙乱。他们先是不顾公民的隐私权，要求恩科西在入学申请表上注明自己是艾滋病病毒携带者，随后又以国家没有艾滋病孩子入学的相关规定为理由，公开拒绝了恩科西。

小恩科西用发抖的声音质问校方：“你们这不是歧视吗？我虽然是个艾滋病病毒携带者，但我也是一个跟所有人一样的普通公民，而且我还是一个无辜的受害者，我一定要捍卫自己的权利，我要和别的小朋友一样去上学！”

面对恩科西的抗议，校方转而召开由其他学生家长参加的秘密会议，企图将拒绝恩科西入学的责任推到学生家长们的头上。他们原本预料所有的家长都会支持校方的决定，但没有想到，竟有一半的家长不同意校方的决定，他们认为恩科西同样具有受教育的权利。尽管这样，校方依然坚持自己的决定。秘密会议举行后不久，一位正直的家长将此事通报给了一家报社。

记者赶到了约翰逊家里。小恩科西说着说着委屈地哭了，他对记者说："你把我的事情写出来吧，我不仅要上学，还要让所有的人知道，他们对艾滋病病人的歧视是不对的。艾滋病病人也是人，他们理所应当得到社会的关心和帮助！"

记者的报道发表了，恩科西的呼吁打动了无数的人们。在政府部门和新闻界的干预下，3 个月后，恩科西终于拿到了入学通知书，成为南非第一个在校的艾滋病患者。在恩科西赢得就学权利的同时，一场关于如何对待艾滋病患者的大讨论也在全国范围内开展了起来，艾滋病问题引起了全社会前所未有的极大关注。这场大讨论取得了两项积极成果，一个是减少了社会对艾滋病患者的负面看法，另一个是公众发起了一场为恩科西捐款的活动，让他用这笔捐款设立一项基金，用以帮助更多的人们。恩科西和妈妈约翰逊想了好久，决定将这项基金命名为"恩科西之家"。后来，这项基金正像恩科西希望的那样，成了众多因患艾滋病而遭家庭遗弃的病人自己的"家"，他们在这里组成特殊的家庭，相互关爱，寻回已经失去的家庭的温暖与爱意。

赢得就学权的胜利，使恩科西成了一名令人关注的小社会活动家，他对约翰逊说："妈妈，现在我知道了，像我这样不幸的孩子还有不少，我也要帮助他们。"

2000 年 7 月，第 13 届国际艾滋病大会在南非东部港口城市德班举行。得知这个消息后，恩科西想去大会上做个发言。他把自己的想法告诉了约翰逊。约翰逊非常支持他："你把想要说的话告诉妈妈，妈妈帮你用电脑打出来。"

恩科西歪了歪头，他问约翰逊："妈妈，我该从哪儿说起呢？"

约翰逊说："就从你自己开始吧。"

恩科西又问："我从来没有上台发过言，到时见到那么多人看着我，我会害怕吗？"

约翰逊回答："不用怕，那时上台发言的不是你一个人，因为你代表的是全世界患有艾滋病的孩子！"

恩科西重重地点了点头。

开会那天，恩科西早早地就来到了会堂，他穿着一身得体的小西服，那是约翰逊特意为他新买的。他看上去是那样孱弱，身材矮小，骨瘦如柴。他静静地坐在一边，因为他实在是太不起眼了，以至于参加会议的大人们都没注意到他。可是，当他走上讲台，用稚嫩的声音发表感人肺腑的演讲时，所有的人都震惊了。

"我的妈妈被艾滋病夺去了生命，而我一出生就是个艾滋病病毒携带者。我现在已经 11 岁了，这 11 年来，我走过的道路太艰难了。我觉得现在很多的人对照料艾滋病患者漠不经心，可艾滋病患者最最需要的正是帮助和关爱。实际上，艾滋病患者跟普通的人或者普通的病人并没有两样。人们害怕艾滋病患者，可他们不理解艾滋病患者内心的恐惧与害怕。

"据我所知，1999 年，全世界新增艾滋病病毒感染者 540 万人，其中 62 万为儿童。在这一年中，全世界死于艾滋病的人数为 230 万，而其中 50 万为儿童。我在此希望政府向携带艾滋病病毒的孕妇提供艾滋病药物，使她们不再把病毒传给自己的孩子。孩子们对病毒的抵抗力太弱了，他们很快就会死去。我认识一个被抛弃的小男孩，他后来与我们生活在一起，他的名字叫迈基。他到我们那里后，无法呼吸，喘不过气来，不能吃东西，他是那么虚弱，后来，我妈妈不得不把电话打到福利机构，把他送进了医院，而他进去后就再也没有出来。小迈基是那么可爱的一个小男孩，我认为，政府必须做一些事情，因为我不希望其他的孩子也像迈基那样死去。

“在大家的帮助下，现在我们有了个‘恩科西之家’，住在这里的人们都是被他们的亲人赶出家门的患者，他们失去了一切，没有吃的，没有爱，没有任何支持。我觉得人们不应该对艾滋病患者另眼相看，我们和正常人一样应该是平等的，我们都是人，没有任何不同。我认为现在是让人们意识到这一点的时候了。

“我是多么希望自己能跟其他的南非人一样身体健康，希望艾滋病魔能被驱赶得无影无踪，希望这个世界上的每个人都身心健康，希望这个世界上再也没有任何疾病！我多么希望自己能活下去啊！”

恩科西的发言掷地有声，充满感情，令每一个与会者动容。他们的心情非常沉重，但也为有这样一位艾滋病小斗士而感到欣慰。南非前总统曼德拉高度评价了恩科西的发言，说他的一番话触动了千千万万人的心，为推动关注艾滋病的事业做出了自己的贡献。“我相信，有一天，人们将艾滋病视为耻辱的偏见会因他而改变。”

恩科西走下讲台的时候，数千与会者向他报以热烈的掌声。恩科西走着走着，忽然小跑起来，因为他看见坐在底下的约翰逊正在向他挥手，他猛地扑进了她的怀里，并小声地说：“妈妈，你曾经问我长大了做什么，现在我可以告诉你了，等我长大了，我要做一个周游世界的艾滋病问题老师，到全世界演讲，让更多的人了解艾滋病人，不畏惧艾滋病人，对艾滋病有深刻的认识，我要世界上的人们彼此理解。”约翰逊抹着眼睛笑了。

恩科西的名字迅速传遍了全世界。接着，他又去美国参加了另一个关于艾滋病的会议，他同样在会上做了深情而又勇敢的发言。

他再次赢得了人们发自内心的掌声。

可是，这个时候，凶狠的艾滋病悄悄地向他逼近了。

四

恩科西回到南非后不久，病情开始恶化。

那天，约翰逊忍住眼泪，对恩科西说，她得送他去住医院。发着高烧的恩科西说，他先得去一次学校。约翰逊答应了他。

恩科西来到了曾经拒绝过自己的学校。他坚持要上完课再去医院。或许他预感到这很可能是自己最后一次上课了，所以他听得格外认真。老师提问的时候，他举起了手。可他没能回答出问题，同学们善意地笑了，他自己也笑了，他挠挠头皮说："老师，我只是想听你再说一遍。"恩科西来到这所学校后，凭着自己的善良和幽默，最终为老师和同学所接纳，大家成了好朋友，在他需要帮助的时候，老师和同学都纷纷向他伸出了援助之手。

离开学校时，恩科西悄悄地凑在约翰逊耳边说："你知道我为什么要在住院前再去一次学校吗？我是为了向老师和同学表示我的谢意。"

恩科西住进了医院。年底的时候，因为病情几次严重发作后，他的大脑受到了损伤，由此陷入了半昏迷状态。听到恩科西病重的消息后，人们从四面八方赶到医院去探望他。尽管全身疼痛难忍，可每当有人来看望时，恩科西总是强抑痛苦，对探望者微笑。他不愿把痛苦带给别人，他要让人们永远记住他的笑容。

时间跨入了 2001 年。到 5 月初的时候，恩科西已快不行了，他连续地腹泄，不停地抽搐，瘦小的身躯一天天地萎缩。虽然被病魔折磨得不成样子了，但他仍想对前来看望他的人展现笑脸，可这时的他连微笑的力气都没有了，他的嘴唇抖动得厉害，最后连话都不能说了，只能轻轻地握一下约翰逊的手。医生们通知约翰逊，恩科西的生命已进入了倒计时，也许是 6 个小时，也许是 6 天，也许是 6 个星期。

医院停止了对恩科西的治疗，约翰逊将他接回在约翰内斯堡郊外的家中。

回家的路显得那样漫长而艰难。看着昏迷中的恩科西，回想 10 年来他们母子俩共同走过的路程，约翰逊禁不住泪如雨下。她觉得恩科西实在是太可怜了，因为在他得知自己的身世之后，死亡的恐惧时时在压迫着他，而他毕竟还是个幼小的孩子啊！记得那天在国际艾滋病大会上发言后，当记者采访他的时候，他坦白地告诉记者：“一想到我自己未来某一天的葬礼，我就打心里感到害怕。我现在想的比较多的是，我还有最后活下去的机会吗？今天会是我的最后一天或者我的最后一年吗？”恩科西对生的渴望多么强烈！约翰逊想，恩科西是可怜的，但他更是了不起的，面对死亡的威胁，他更多的是为天下的艾滋病患者而奔走，为捍卫他们的尊严和权利而呼喊，用自己的声音唤起人们对艾滋病患者的关注和爱心。

6 月 1 日，当地时间早晨 5 时 40 分，与病魔抗争了 12 年的恩科西在睡梦中离开了这个世界。他走了，他是握着妈妈的手走的，所以他走得非常平静。虽然他最终没能战胜病魔，但凭着惊人的毅力和顽强的斗志，他毕竟成为迄今世界上存活时间最长的艾滋病患者。

恩科西临终的时候，病魔将他折磨得只剩了 5 公斤的体重。望着病床上他那小小的遗体，约翰逊悲痛欲绝，她喃喃地说道：“孩子，你已经跑完了自己的比赛，你尽力了，你唤起了许多人，也给艾滋病患者带来了希望。孩子，我知道你受人爱戴，但想不到你能造成如此重大的影响，我为你感到骄傲，你是位英雄。孩子，是你改变了我的人生，教我懂得了宽容与爱，我要深深地感谢你……”

6 月 9 日，在约翰内斯堡，来自世界各地的数千名各界人士为恩科西举行了隆重的葬礼。大厅里悬挂着恩科西的像片，他的那双眼睛格外明亮和清澈。纪念条幅上写着他的一句名言：“爱护每一个感染艾滋病的孩子和孤儿！”

联合国秘书长安南说，恩科西已经成为艾滋病患者权益的捍卫者，他的去世使世界在同艾滋病的斗争中失去了一个勇敢的声音。

南非前总统曼德拉说，一个人究竟该如何面对挫折和灾难，恩科西就是榜样。

联合国艾滋病联合规划署执行干事彼得·皮奥说，恩科西的去世，使我们痛失了一位与艾滋病斗争的英雄。全世界为抗拒艾滋病蔓延而斗争的人们将永远怀念他。

整个葬礼持续了 3 个小时。之后，载有恩科西灵柩的灵车从教堂缓缓出发，前往墓地下葬。这时，被“恩科西之家”救助的小病友们，再也无法控制自己的悲伤，他们大声地哭喊起来：“恩科西，我们爱你，我们舍不得你走啊！”

2004 年 5 月

采写手记：

正如南非前总统曼德拉所说：“我相信，有一天，人们将艾滋病视为耻辱的偏见会因他而改变。”这个“他”是一个 12

岁的黑人孩子，是一个母婴传染的艾滋病病毒携带者，是一个当时是世界上存活时间最长的艾滋病患者，但他更是一个为艾滋病患者争取权益、消除社会歧视的斗士。我为这样一个勇敢的孩子而感动，他向世界传达的是一份爱，而人类因爱而得以衍生，可如今权力、金钱却让爱饱受摧残。留住这份爱，便是留住世界和人类的未来。

卢浮宫的地下密室

卢浮宫是法国最大的王宫建筑之一，位于巴黎市中心塞纳河畔，1793 年 8 月 10 日，在推翻君主制的周年纪念日，法国“国民公会”决定把昔日的王宫辟为国立美术博物馆；同年 11 月 18 日，卢浮宫博物馆正式向公众开放。卢浮宫博物馆艺术藏品达 40 万件，其种类之丰富，档次之高堪称世界一流，是全球最著名的三大博物馆之一。

或许人们对卢浮宫已是印象深刻，甚至熟门熟路，但是，卢浮宫有一个极其重要的地下密室，却极少有人进去过。你知道这个地方吗？你知道里面是干什么的吗？现在，我们就带大家深入探访这个神秘的所在。

隐秘的地下工作室

在卢浮宫广场，有一条不为人注目的暗梯，沿梯向下，一直通到地下十几米深处。此时，一道黑色的安全门兀立眼前。打开厚重的安全门，原来，里面是卡鲁塞尔实验室，它是法兰西博物馆研究与修复中心（CRRMF）的分支机构。卡鲁塞尔实验室建于1995年，面积5,000平方米，拥有50多名科研人员和专家，除了为卢浮宫内的藏品提供技术保护和进行科学研究，每年大约还有2,000件艺术品从世界各地送到这里，各门类的专家为它们细致“会诊”，并利用世界上最尖端的科学仪器进行检测、修复。

实验室里有两台“震撼”级的“巨无霸”机器。一台是长26米、重10吨的阿格莱元素分析加速器。这台粒子加速器无须抽取样本就可检测出一件文物的化学成分，比如一件古代宝石，如想知道其成分、产地，显然不可能从中取出一块样本进行检测，“阿格莱”在这种情况下就可以大显身手，它能够发出一束质子蓝光直接照射宝石，当质子进入目标时，它们与分子中的电子产生“冲突”，受激分子发出X射线，依据这些射线就可以判断宝石的成分，并最终确定产地。

实验室另一台透明的立方体机器是衍射计。衍射计可以用来分析原子组合的方式，最后通过电脑屏幕显示结果。这台机器在“古埃及化妆品”的检测、鉴定过程中起到了不可替代的作用。1999年，CRRMF的科学家们发现了一些远古时代的小化妆罐，他们利用X射线检查，又发现这些小罐里有用铅做成的脂粉。衍射计分析了脂粉的原子分布情况，确定了脂粉的准确成分是黑方铅矿、白铅矿、羟氯铅矿和角铅矿的混合物，而后两种成分在自然状态下很少存在，由此确定化妆罐

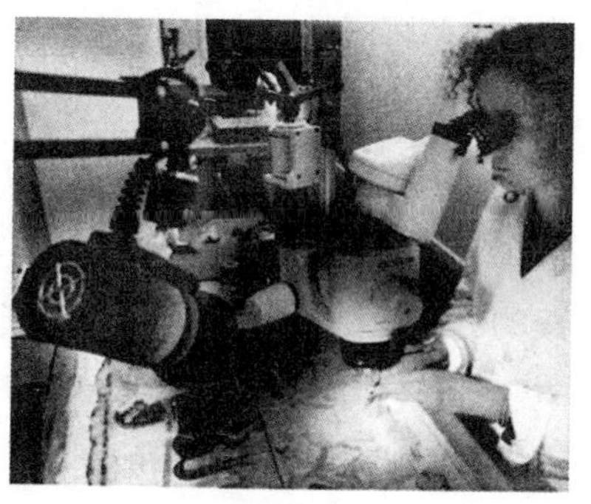

的残渣是两千年前埃及人利用化学方法制造出来的脂粉和睫毛膏等，同时，这也证实了法老时代的埃及已经出现了真正的化妆品制造工业。

《蒙娜丽莎》的微笑背后

卢浮宫博物馆有三件镇宫之宝，油画《蒙娜丽莎》便是其中之一。《蒙娜丽莎》为意大利最伟大的画家达·芬奇所作，该画高77厘米，宽仅53厘米，从1503年起，达·芬奇为这么一幅不大的油画整整花了4年的宝贵时间，实为稀世珍品。今天，人们驻足卢浮宫德农馆欣赏《蒙娜丽莎》时，无不为画中人那神秘的微笑而倾倒。

但是,《蒙娜丽莎》却是命运多舛。

1911年8月21日，卢浮宫闭馆清理内务，此时，三个清洁工模样的人从一间贮藏室走出，来到《蒙娜丽莎》面前，熟练地解除各种装置，从画框中取下画作逃之夭夭。虽然有关部门竭力保密，但消息仍不胫而走，一时间,《蒙娜丽莎》被盗的新闻震惊了世界。盗窃《蒙娜丽莎》的是以修补古画为业的肖德隆和专卖赝品的伐尔菲诺，他们买通曾为《蒙娜丽莎》做陈列柜的意大利玻璃匠裴路加，并在裴路加参与下合谋盗走了这幅名画。不久，这三个窃贼卖出了好几幅假《蒙娜丽莎》，当时，至少有六名美国人均以30万美元的价格各自买到一幅《蒙娜丽莎》，他们都确信自己买的那幅是真品。1913年12月11日，裴路加在试图把卢浮宫的《蒙娜丽莎》卖给佛罗伦萨的一位画商时被捕。

尽管《蒙娜丽莎》失而复得，但画作究竟是真是假，还是搅得天翻地覆。当时，尚没有 CRRMF 这样的机构，也没有卡鲁塞尔实验室，但是，卢浮宫内从事古画鉴定的专家们，凭借自己的专业功夫，很快便对形形色色的“《蒙娜丽莎》”做出了权威的判断：那些以 30 万美元卖出的均是赝品，而裴路加被捕时带在身边的那幅《蒙娜丽莎》真的来自卢浮宫——他们在画的背面找到了一般人所不知道的正确的卢浮宫编号，而且他们还检查了画上的龟裂纹，也即颜料上的裂纹，这可以当作年代久远的画作的“指印”来鉴别真伪。

真是在劫难逃，1956 年，有人向《蒙娜丽莎》投掷硫酸，致使画像的下半部分被损坏。这可忙坏了古画修复专家，为了修复被毁的部分，他们用了数年的时间才完成此项工作。修复的同时，专家们还通过技术手段去除了画上的一些陈年污斑。CRRMF 建立之后的这些年来，对《蒙娜丽莎》采取了更为严密的保护措施。卡鲁塞尔实验室的科研人员发现，由于《蒙娜丽莎》每年吸引了 600 万游客观看，致使画作现在对最轻微的气候变化都有所反应。因此，他们将《蒙娜丽莎》放置在了恒温的玻璃罩子内，并用一个半人高的栏杆隔离游客。2003 年，在卡鲁塞尔实验室的建议下，卢浮宫出台了新规定，禁止人们对《蒙娜丽莎》进行摄影，而以前，游客们一直被允许在不使用闪光灯的情况下对卢浮宫内所有艺术品摄影留念。

今年，卡鲁塞尔实验室的专家们又要为《蒙娜丽莎》忙碌起来了。近日，CRRMF 和卢浮宫博物馆联合发表声明，宣布即将把《蒙娜丽莎》移往卢浮宫一间特别修缮过的展览室中，而在这之前，还将对该画进行一项具有双重目的的检查，一方面进一步了解画作的原材料，另一方面评估此作品目前的脆弱状态。声明指出，历经 500 年，最近这一名画出现了某些“令人感到不安”的变化。声明透露说：“《蒙娜丽莎》画面褪色严重，用来固定《蒙娜丽莎》画框的细杨树条现在出现了变形，这种变形今后很有可能拉扯画布，从而对整个画面产生严重的伤害。”卡鲁塞尔实验室今年将成立一个专门的研究小组，准备制定有效的挽救措施，尽一切可能消除上述隐患，全力留住《蒙娜丽莎》那动人的微笑。

阿波罗长廊再现辉煌

2004 年 11 月 27 日，卢浮宫博物馆中的阿波罗长廊经过长达 3 年的修复，重新向公众开放。那天，法国总统希拉克亲自到场祝贺，并向 CRRMF 及其卡鲁塞尔实验室的科学家们表示敬意。

阿波罗长廊始建于 1661 年，其内部装修是法国路易十四时代宫殿内部装修的代表作之一。阿波罗长廊的修建格外精益求精，全部装修工作直到 1851 年才告完成。阿波罗长廊占地 600 平方米，地面到天花板高达 15 米，金碧辉煌，气势恢宏。长廊四周墙壁和天穹上画满了壁画和顶画，色彩鲜明，气势宏大，极富装饰性，这些画都出自于像德拉克洛瓦这样的艺术大师之手。阿波罗长廊里的大厅一间连着一间，这些大厅组成了一条直线，而间与间都有拱形的天花板相连。站在长廊的这一边，朝前面望去，气派又庄严；在另一端的拱形天幕下面，高高地站立着一尊雕像。

但是，因为年代久远，且游客络绎不绝，阿波罗长廊显出了疲累之态：壁画上的金粉剥落了，艺术挂毯蒙上了灰尘，有些地方的地板塌陷了……为了让阿波罗长廊再显辉煌，2001 年，卢浮宫博物馆决定关闭修复。这一任务自然落到了卡鲁塞尔实验室的专家们的肩上，虽然最后中标担任施工的是一家意大利的公司，但所有的修复计划则是由卡鲁塞尔实验室的专家们承担的。阿波罗长廊在历史上有过多次修复的记录，最近的一次则在 50 多年前，可每次修复上色使得原始质地难以辨认，如今，专家们要求在修复时重新展现其原先的面貌。为达到这一要求，专家们利用 X 光、紫外线、红外线、低射光线等对长廊里的物品素材进行检测，而后解读特殊痕迹与数据。卡鲁塞尔实验室里有一台直立 X 光片显示器，专门用来研究图画的 X 光片，研究人员用其探索图画的每一层色料，并可轻而易举地追踪画家的绘画过程，比如，重叠的地方与初稿会一目了然，而先前修复的痕迹也显露无遗。

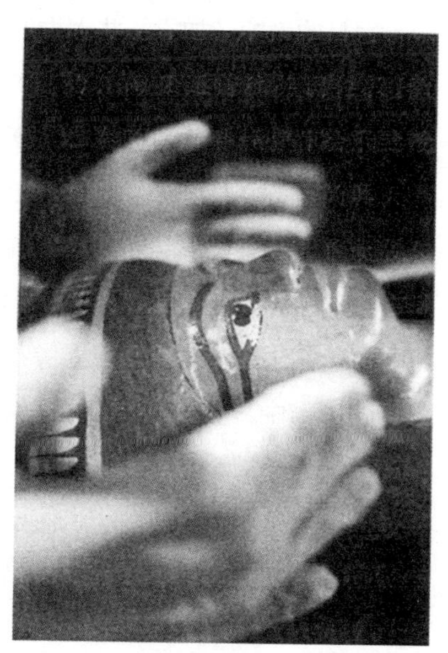

正是倚仗这样的技术，卡鲁塞尔实验室的专家们非常细致、具体地列出了每一项修复的内容，其中包括降低墙面画层的蚀度、消弥雕镂接口处的裂缝、清除柱石表层剥落氧化的痕迹，还包

括“清洗”105 件廊内装饰品、28 幅哥白林挂毯，整修所有的雕塑和镀金突饰，修复和油漆镶木室内地板。3 年多时间的精心施工，使阿波罗长廊恢复了昔日的美丽容颜，卡鲁塞尔实验室的专家们实在是功不可没。

让徐悲鸿的油画重见天日

这些年来，卡鲁塞尔实验室在国际博物馆界声誉卓著，专家们不仅承担着卢浮宫艺术藏品的保护工作，还为世界各地的博物馆提供帮助。去年，修复专家娜塔丽·宾卡斯夫人应中国徐悲鸿纪念馆的请求，带领她的助手们，经过一段时间的艰苦工作，使国画大师徐悲鸿的一批珍贵作品重见天日。

岁月的磨蚀，加之一些人为的原因，徐悲鸿的许多作品都已遭到不同程度的损坏，再不抢救就来不及了。像《愚公移山》，这是徐悲鸿生前所作的最大的一幅油画，长约 5 米，宽近 2 米，而且也是徐悲鸿作品中人物形象最为齐全的，一共描绘了 10 个人物，有男孩，女孩，年轻妇女，青年、中年和老年男子，每个人形态各异，神情各不相同。《愚公移山》画于 1940 年，当时正是抗日战争最艰苦的时期，该画表达了中国人民不畏艰险、奋勇直前的精神，在徐悲鸿的创作中具有重要的地位。但是，这幅巨作却在 1966 年遭到严重毁坏，它被错误地卷了起来，不仅卷得太小，而且还卷反了，以致现在无法打来，因为一打开，上面的颜色就会全部脱落下来。由于中国国内油画修复的技术人员、设备、材料都极为匮乏，情急之中，徐悲鸿纪念馆想到了卢浮宫卡鲁塞尔实验室的修复专家。

娜塔丽·宾卡斯夫人接下了这份意义重大的工作。其实，整个法国一共只有不到百位的修复专家可以为国家博物馆修画，而娜塔丽·宾卡斯夫人是其中的佼佼者，她在油画颜色脱落部位的添色非常准确，曾经历时4年，成功地主持修复了保存在卢浮宫内的最大的一幅油画——创作于意大利文艺复兴时期的世界名画《戛纳的婚宴》。

油画修复是一个复杂的过程：首先要清洗作品上的灰尘、油污，把已变黄变暗的亮油层去掉；加固已经变得脆弱的依托材料；把开始脱落的颜色固定回去；再遵循可逆性原则对已脱落的部分进行填补；如果这幅画以前被补过，还要把以前补过的洗掉重来；最后重新涂上亮油。娜塔丽·宾卡斯夫人在卡鲁塞尔实验室里写就了修复计划书，她决定分三次完成全部修复工作。她说："在中国遇到的问题和我们在法国遇到的问题是一样的，就是都是面对前几个世纪的油画，修补涉及画的依托材料的加固，画面油彩脱落的修补，还要去掉灰尘和表面已经发黄、情况已经很恶化的光油等。我们会尽最大的努力恢复它们的原貌。"

如今，在娜塔丽·宾卡斯夫人和她的助手们的努力下，卷起近40年的《愚公移山》终于被重新展开。同时，徐悲鸿的另外3幅油画作品《蜜月》、《抚猫人像》及《叔梁纥》的修复也有不小进展。今年，所有修复工作将全部完成，届时，这4幅焕然一新的名家名作将正式对外展出，让人们一睹其风采。当然，大家是会记住在遥远的法国那些工作在卢浮宫地下密室里的专家的。正如有人说的那样："他们的发现有时会改变历史。"

2005年2月

采写手记：

许多人亲眼目睹过意大利画家达·芬奇的《蒙娜丽莎》、中国画家徐悲鸿的《愚公移山》等杰出的作品，却不知道这些珍品是经过专业人员的精心修复才得以展现在人们眼前的。我想通过此文让人们见识这些同样杰出的专业人员，这是一次尝试，令我鼓舞的是得到了读者的良好反响。10年过后，一部《我在故宫修文物》的纪录片引发轰动效应，人们认识到文物修复技艺的薪火相传是多么重要，无论是在卢浮宫的地下密室，还是在故宫不为人知的深处，那些专业人员兢兢业业练就的“手上功夫”，是对这个时代已经淡漠的工匠精神的呼唤和发扬。

走过独木桥之后

人们都将上大学看成是通往未来的必然大道，所以，每年在那“黑色的七月”，无数参加高考的学生挥汗如雨，奋力一搏，就为拿到一张大学入学通知书。在人们长期以来的观念中，考大学就是众人争挤“独木桥”，只要进得门去，便是无忧无虑的“阳光道”了。于是，一些大学生松懈了下来，不再好好用功，逃课、睡懒觉、迷恋网络、四处赚钱……临到考试时，脑子一片空白，结果大红灯笼高高挂。不可思议的是，他们还不把这当回事，以为总能混过去。

但是，2005 年 1 月，上海大学宣布，清退不及格科目比率过高的 71 名学生，这不啻一声震耳的警钟，让人们在震惊之余不能不严肃地正视和自省，也对未来的大学生们做出了警示——即便过了“独木桥”，也不意味着从此就是“阳光道”，勤奋、努力、独立、自觉不在高考一时，应当贯穿一生。

现在，让我们走近几个被大学清退的“迷思者”，从他们那里，我们应该可以吸取许多教训。

迷思者 1　小郑："再也没有 007 了"

小郑是被上海某大学清退的大二学生。

说起来，小郑至今都很自豪，他毕业于上海一所著名中学，高考时考出了 500 多分的好成绩。小郑从小学到中学，一直都是学习尖子，用他母亲的话说，"他读书从来没有豁边过"。那时，曾有人问小郑，你读书读得那么好，最重要的原因是什么？小郑想了想，说，我不读好也不行，因为我妈妈盯着呢，所以，我很早就给妈妈起了绰号，我暗地里叫她 007。

小郑说的是实话。

小郑有个对他盯得非常紧的母亲。这是从小郑刚上小学时就开始的：母亲为小郑制定了严格的作息制度，起床，上学，做回家作业，就寝，一切都按时间表进行；母亲还实行严格的检查制度，对每天要做的功课实时监督，实时验收。小孩子总有些拖拖拉拉，母亲就专门买了一只闹钟，时时提在手里。那闹钟是老式的，两只铁

铃像耳朵一样露在外面，铃声特别响，第一声总会吓人一跳。早上，小郑还在梦里头，六点一刻一到，母亲就将闹钟提到他耳边，旋钮一拉，小郑就惊跳起来。吃了晚饭，小郑想休息一会儿，趁母亲正在洗碗，就偷偷地打开电视。不一会儿，他正看得起劲，突然，耳边铃声大作，他只好乖乖地坐到写字桌前，摊开一摞课外作业。久而久之，虽然有时被母亲盯得很烦，以至还给母亲起了 007 的绰号，小郑却习以为常了，而且，慢慢地，他甚至有了依赖性，不到听见母亲的催逼声，不到听见那刺耳的闹钟铃声，他就不会主动地看书、做作业。

一次，家里来了客人，说到小郑的学习，母亲半是得意半是嗔怪地说："他是算盘珠子，我要拨一拨，他才动一动，好像是为我读书一样。"小郑听了，想了一下，觉得自己还真有点像是为母亲读书呢。到高考的时候，母亲更加厉害了，提在手里的闹钟就像秒表一样，分分秒秒都追在后面盯住他，连他的同学有时也会起哄："007 来啦！"难怪后来在小郑考上大学后，母亲这样对人家说："要是我盯得不紧，他能考上大学吗？"

小郑上大学的第一天就觉得哪里不对劲，想来想去，终于发现，原来母亲不会再来盯住他了。"再也没有 007 了！"这一发现，让小郑顿时手足无措，他原先一直是在母亲的监督之下开展学业的，如今，没有母亲在后面追着盯着，他倒不习惯了。于是，一切犹如发条般松了开来，紧张不起来了。什么上课啊，做功课啊，没有母亲的督促和检查，小郑什么都随随便便了，直至跟不上进度，考试频亮红灯。

上海市杨浦区妇联主任王莉静认为，从小郑的故事中，我们看到，还在他小的时候，他母亲对他的教育就出了偏差。孩子由于自控能力薄弱，所以是需要督促的，但督促只是一种方法，不是根本目的，根本目的是要培养孩子的自觉精神，培养他的独立人格。小郑在母亲的盯人战术下，虽然完成了中小学学业，但面对更多地要靠“自觉革命”去展开的大学学业却迷失了方向，也迷失了自己，因为他没有人格上的成熟，缺乏独立品格，说得形象些，在一定程度上他还没“断奶”呢。事实上，大学不可能对学生采取“紧盯式教育”，学会自主学习应该是学生的一种基本能力。更加令人担忧的是，让母亲“抱”进大学的小郑，将来又如何在社会上立足？对这个问题，做学生的要思考，做家长的也要想想。

迷思者 2　小马：“把过去没睡的觉补回来”

小马胖嘟嘟的，两只眼睛看上去惺惺忪忪，一副没有睡醒的样子。据小马大学里的同学说，刚进大学时，他精精瘦瘦的，大家还开玩笑地说他身上怎么净是骨头。

问小马什么时候开始胖起来的，他慢吞吞地说：“进了大学以后，我天天都要睡懒觉，一天天地就睡胖了，人也变懒了。”胖胖的小马读到大学三年级时，被学校清退了，原因竟然是他根本不想上课。

小马对自己的“精瘦时代”还记忆犹新。那时，为了考上大学，他在高中的最后一年几乎天天只睡四五个小时。每天，除了老师布置的功课，小马还要看大量其他的高考辅导书，这样，时间实在不够用，他只好牺牲睡眠。每到夜半时分，瞌睡袭来，他就不断地用冷水洗脸，以至冬天的时候脸上都生了冻疮。高考前的一两个月，小马索性就不躺到床上睡觉了，看书累了，就伏在桌上睡一会儿。缺少睡眠，变得越来越瘦的小马，却还整天念叨着要学古人的样子，“锥刺骨，头悬梁”。那时，支撑小马如此勤奋、刻苦的动力只有一个，这就是要考上大学！小马对自己说，考上大学就一劳永逸了，那时，我要好好地睡觉，把过去没睡的觉统统补回来，每天不睡到太阳西斜不起来！

小马如愿以偿地考进了大学。他觉得浑身轻松，再也没有什么压力了。他真的像以前说的那样，开始补觉，而且一补就不可收拾。小马每天都要睡上十来个小时，最要不得的是，他天天上午都睡懒觉，起床后直接去食堂吃午饭。由于他上午常常不去听课，功课便越来越赶不上趟，学习成绩直线下降。学习不好是一个方面，人也变得越发懒散了，做什么事情都提不起精神，既不肯出体力，也不肯动脑筋，整天哈欠连天。光睡不动，小马很快就发胖了，像是恶性循环，越是胖越是不想动越是懒，结果连连创下“最新纪

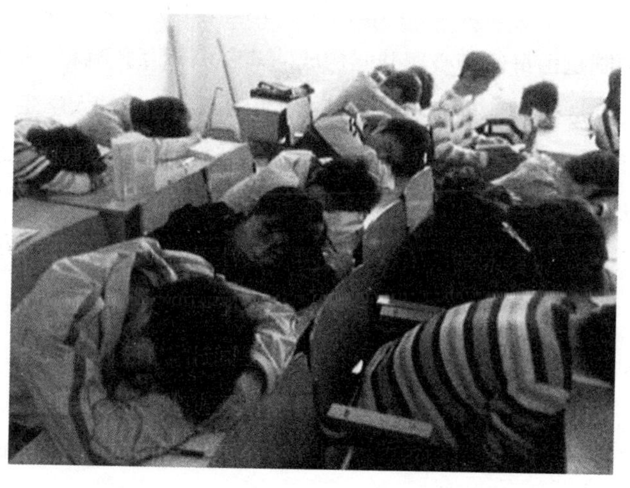

录”：饭碗一个星期不洗，袜子两个礼拜不换……有同学劝他说，你躺在床上也可以看书嘛，他说看不进，只想看不动脑筋的小说书。学校给他一年的机会，希望他重振精神，每天都要按时上课，把学习搞上去。但是，小马已经懒散得根本不想上课，最后学校只能请他走人。

小马不是没有勤奋过、刻苦过，但是，他没有懂得，勤奋和刻苦是应当贯穿人的一生的。小马错误地以为考上大学就万事大吉了，其实，这只是人生刚刚起步，要走的路还长着呢；考上大学也并不是如小马所想的一劳永逸了，接下来的学业绝对是需要更加用功的。由于小马将人生目标定得太低，看得太浅，所以，他的勤奋，他的刻苦只能维持一段时日，一旦自以为达到了目标，就会松懈下来，并一泻千里。

台湾著名心理学家张怡筠博士说，从另一个层面看，小马在中学阶段牺牲睡眠的方法是不足取的，这非但危害到人的身体健康，还对人的心理状况产生不良的影响。事实上，小马后来的贪睡、懒散已表现为一种心理疾患，在精神上击溃了小马自身的意志。人的健康机制是由身体和心理共同构成的，它们相互影响着，制约着，而发胖则是整个机制失衡的一个结果。因此，未来的大学生们一定要合理安排学习时间，保证充足的睡眠，让身体和心理一起处于健康的状态，不然，它们很容易会同时衰落。

迷思者 3　小杨：“读书应该就像逛超市”

小杨被成都某大学清退了，校方的解释是，他以所谓的“个性化”拒绝学校制定的课程。小杨则至今还理直气壮地说：“读大学就应该像逛超市，想买什么就买什么，想读什么课程就读什么课程，不对胃口不感兴趣就不读，要尊重个性。”

小杨一看就是个很有个性的人，留一头长发，戴一副浅黑的墨镜，说话说到激动时便慷慨激昂，手还一甩一甩的。显然，这是一个“叛逆青年”。小杨很赞赏国外的教学方式：“看看人家中小学是怎么上课的吧，教室里的课桌椅是围成一圈一圈的，老师上课就是开讨论会，一点都不逼迫学生看自己不喜欢看的书。而我们呢？课桌椅永远是一排一排的，上课时还不让学生做做小动作、说说废话……”不知是怎么形成的概念，在小杨看来，大学应该是开放式的，实行学分制，学生完全根据个人爱好选择课程，对什么有兴趣就进修什么。小杨甩一甩手，再次说道：“读大学就应该像逛超市，要尊重个性，不能强迫人家买什么。”

正是因着这样的概念，考入大学后，小杨就自说自话起来。学校是实行学分制的，选修什么课程、用多长时间研修相对都比较宽松，这很对小杨的口味，但是他想走得更远。比如，他想跳出学科的界限，自己想读什么课程就读什么课程，不想读的就全部放弃。于是，小杨根本不按学校规定选择必修和选修的科目，而是随心所欲地想听什么课就去听听，不想听的连教室都不进去。小杨是计算机系的，他却不去上《微积分》课，说是早已自学过了；他也不选修《自控原理》，说是枯燥乏味。他只按着自己的兴趣去听课，在各个系之间穿来穿去。小杨的口头禅是“好玩”，他选择课程的标准也是“好玩”——做“网络警察”挺好玩，便去上《信息安全》课；分析人的心理很好玩，那就去听《心理学概论》；现在炒房很好玩，于是去听《房地产营销》课。小杨选择课程还有个特点，就是常常心血来潮，那兴致来得快去得也快，《遗传学》《拓扑学》《结构力学》，都只听了一堂课。

由于专业课经常缺席，学校几次向小杨发出警告，他却只当耳旁风，还振振有词地说：“现代人知识面要广，我这是多元发展。”平时不听课，考试时临时抱佛脚铁定无济于事，结果，小杨的专业课大多不及格。

上海大学副校长周哲玮指出：“学分制、选课制、短学期制，这些措施使得大学的节奏变快，也使大学成为‘知识超市’。但是，读书毕竟不等于逛超市，可以那样随意游荡，学生与学校的关系也不是那种顾客与商家的简单买卖关系，学生要受教育、接受专业训练，学校要培养出适应社会需要的人才。”

从小杨听过的课来看，他真的是兴趣广泛，同时也凸现出他强烈的个性。但是，大学毕竟不是超市，每个专业系科都有它自身的规律，有它自身的课程设置，不可能毫无规范，让学生想读什么课程就读什么课程，这肯定会乱了套的，整个教学秩序会失控。对小杨而言，不是不能选修自己感兴趣的课程，也不是不能跨专业听课，但一个基本前提是必须完成本专业课程的学习。一个学生再怎么有个性，兴趣再怎么广泛，在学习上也必须有所收敛，必须纳入专业、系统、规范的轨道，不能太随心所欲。再说，现今社会对专业化的要求很高，如果光凭兴趣听课，这里抓一把，那里抓一把，术无专攻，那会直接影响到将来的工作，所以必须处理好个性化与整体性的关系。

迷思者4 小方："大学就是演练场"

小方如愿以偿地考上了大学广告学专业。小方在高中时就立志将来要做个出色的广告人，他能画能写，有一次看到一个化妆品牌征集广告方案，他跃跃欲试，花了整整一个星期，做出了自以为得意的方案，虽说最终没有被录用，却得了个鼓励奖，拿到了一笔奖金。这是他第一次赚钱，感觉非常好。考大学的时候，他就想，有了广告专业的学历，广告公司就会对他更加刮目相待，那他的机会也就更加多了——他可是专业人才哦。

在小方看来，大学就是一个演练场，可以为将来多多操练，多多准备。因此，进了大学后，他决定"多实践多赚钱"。小方认为，说到底，读大学就是为了将来找工作，要是现在就能开始工作岂不很好，这就比别人领先了一步。现在什么单位招聘都要求有几年的工作经历，与其到时因为这一点而被拒绝，不如从现在起就积累工作经验，何况还有钱"进账"呢？何乐而不为？于是，小方到各家广告公司去打工。反正不用支付工资奖金，做一个项目给点钱，那些广告公司也乐意接受这样的"廉价劳动力"。小方忙乎起来了，今天帮这家公司拍广告片，明天帮那家公司写广告创意。事实上，人家并不会重用还在读书的学生，所以，小方的工作大多是打杂，打打灯光，联络联络，最多写写文案，也只是将人家的创意化为电子文档而已。这些琐碎的事情却很花费时间，要么是白天干活，这样就不能去上课了；要么是开夜车，连夜赶工，到了白天睡意朦胧，哈欠不断，脑子迷迷糊糊的，这样也不能去上课了。逃了一次课，很容易便会有第二次、第三次，到后来，小方基本上是打工多读书少了。

更有甚者，一天到晚在社会上转，小方眼睛里看到的耳朵里听见的都是“生意”，看着别人赚钱心里自然痒痒，结果，他又迷上了股票。因为广告公司里的电脑大多一直挂在网上的，所以，小方时常一边写文案，一边用 MSN 跟人聊天。有一次，他遇见了一个“网上操盘手”，此人向他传授如何在网上做股票，聊着聊着，他就陷了进去。从此，小方更加忙了，半小时一小时地就要上网查询，一会儿买一会儿抛。他还是那句话：“大学就是演练场，现在练练好，将来到社会上就不怕了。”或许，小方自己也没料到，由于他把心思都放在打工赚钱上，不知不觉间他已经无力完成学业，等待他的是一张清退书。

上海大学教授李白坚是这样看待小方这个“迷思者”的：“他的想法是很片面的，对一个学生来说，当然需要实践经验，但绝对不能偏废理论学习，而且理论学习的比重应该占更多些，因为大学说到底是要提高你的专业技术知识，培养你增加本领，为你的将来提供武装。在小方眼里，大学只是一块敲门砖，但要明白，没有学到应有的知识是敲不开门的。小方说他在外打工是一种实践，但由于没有深刻的专业理论知识的指引，那种实践更多的是简单劳动的重复，没有质的进步。其实，小方说是在实践，但他很难找到真正具有创意的工作，要知道，所有公司需要的人才都是不但要有实践经验还要有扎实的理论知识。事实上，大学也是很重视实践的，所以总有一段时间让学生出去实习。在学校的安排下，前期好好读书，后期去第一线实践，那是最合理的。说到赚钱，那就放到毕业之后吧，那时会更加从容。”

迷思者5 小陆:“跳一跳就够着了”

小陆是个很要强的女孩子，自考进北京一所大学后，她依旧保持着勤奋、刻苦的学习态度，她不逃课，不睡懒觉，也不迷恋网络，不热衷于校外打工，但是，她却被清退了。

小陆是被退大学生中的一个特例。

在远离学校的一家茶室里，小陆懊悔不已地说：“我很后悔，没能合理安排好学习。学校规定一学期至少选修 15 个学分，我一口气就选了 30 多个学分，结果应付不过来了。”小陆从小学开始就被父母、老师灌输这样的观念：“跳一跳就够着了，不跳够不着。”所以，她总是比别人超前一步，三年级时就看四年级的书，人家到中学才考英语二级，她小学六年级时就考出来了。进大学后，小陆依旧想“跳一跳”，给自己加压，她早早地就做出了一长串的计划——要在两年半里修完全部四年课程；要在三年级时考出英语六级；最后一年要全力以赴准备考研究生。一年级上半学期，小陆比别的同学多选了一半的课程，她每天起早贪黑，在各个教学楼里奔来奔去。没多久，她就开始发现有点力不从心，但她想，咬咬牙就能挺过去。结果，期末考试时，有两门不及格。这对小陆是个很大的打击，放寒假时，她不回家，一个人成天待在寝室里暗暗掉泪。

如果小陆就此审时度势，进行自我调整，那她可能会马上走出自设的困境，但是，她却没有这样做。在无尽的自责中，小陆选择继续“跳跃摸高”，她非但不给自己减压，反而在下学期再次加倍选课。小陆认为前次的失利是因为自己还不够努力，于是，她重新制定作息时间，把每天的睡眠从七个小时再次减到六个小时，把每晚十二点的就寝时间延后到凌晨一点。小陆依旧穿梭在各个教学楼之间，这堂课一完便马不停蹄地去听下一堂课。小陆没有想到，她这样做其实是陷入了一种恶性循环，体力透支带来精神不济，精神不济带来神思恍惚，神思恍惚就无法听课。如今，回忆起当时的情景，小陆说："那时，我在上课时根本听不清老师说些什么，只觉得耳边仿佛有赶不走的蚊子在嗡嗡叫着。到后来越发严重了，连眼睛都开始迷糊起来，看老师的板书重重叠叠的。"结局让小陆再次沮丧不已，这回，她全线亮起了红灯，而且以后再也回不到正常的状态了。

著名女作家、妇女问题专家曹又方认为，小陆的失败在于"拔苗助长"和"操之过急"。什么事情，尤其是读书这码事是个循序渐进的过程，不可能一蹴而就，比如在不知道一加一等于几的时候就学微积分，显然是不行的。其实，这是一个很简单的道理，但恰恰被小陆忘记了，她想比别人学得更多更好些，但她的计划大而无当，没有量力而为，没有按照客观规律办事，结果一切都事与愿违，所谓"欲速则不达"，最后注定要碰壁。在这件事上，我们看到传统的旧观念给小陆带去的伤害，因为正是"跳一跳就够着了"这样的"训诫"，让小陆背负了巨大的压力，希冀"一跳而起"，成全所有人对她的期望。不要相信会有什么奇迹，读书就是应该一步步来的，这样才会读得扎实，读得从容，读得快乐。

此刻，坐在茶室里的小陆看着窗外的天，发出一声叹息："唉，这两三年像是做了场噩梦。我的确是个迷思者，'跳一跳就够着了'这样的观念让我迷失了一切。我要告诫未来的大学生们，一定要从我这儿吸取教训，一步一步地走路，循序渐进，千万不要再重蹈覆辙。"小陆呷了口茶，轻轻地说："我不会跌倒了不爬起来，我要努力，我要再考一次大学。”小陆再次将目光投向窗外。窗外的天，高阔而辽远。

2005 年 6 月

采写手记：

有人说中国式的教学进阶模式是“中小学压力深重，进了大学一身轻松”。的确有不少学生考进大学后就松懈了下来，而且由于制度不严，还能混个毕业文凭。所以，清退制度正儿八经地实施后，在社会上引起很大的震撼。我觉得，一方面，我们要从被清退的学生身上吸取教训，另一方面，也应该反思那种“中小学要拼命学，考上大学后就随你便”的颠倒了的观念。这次采写，难度最大的是找到那些被清退的学生，好在我的真诚得到了他们的信任，我在听他们讲自己的事情时，也很想帮他们一把，所以我又采访了几位相关人士，请他们对被清退的学生进行“开导”。

一本最豪华书籍的悲喜历程

沉没在大洋，焚毁于战火

世界上没有一本书会像它这样让人悲叹绝望，也这样给人以温暖和希望；世界上没有一本书会在经历如此悠长的岁月后，依然让出版家和读者追索不已，传承的薪火从来不曾死灭——这本书便是由英国书籍装帧艺术家弗朗西斯·桑格斯基于1911年制作完成的豪华版《鲁拜集》。

这是世界出版史上最为豪华的一本书，迄今为止，在超过一千多个版本的《鲁拜集》中独树一帜，熠熠生辉。《鲁拜集》是12世纪波斯诗人奥玛·海亚姆的四行诗集，优美的诗句中蕴含着惊世骇俗的思想。自1859年爱华德·菲兹杰拉德将其译成英文后，从此名声大震，各种版本纷纷出炉，自成一体。其中最为著名的版本是1884年美国波士顿霍顿·米福林公司出版的对开本，由画家兼作家伊莱休·维德绘制插画并装帧设计，当时只印了100本。

考察一部世界出版史，便可发现，书籍装帧艺术的发展经过了相当漫长的阶段，一开始，只是一个“灰姑娘”，并没有得到足够的重视，直到 19 世纪末，由于新技术、新工艺的出现，同时受到英国艺术与工艺运动的影响，才终于登堂入室，获得了其在整个书籍出版环节中应有的地位。正是在这样的背景下，两位初出茅庐的年轻书籍装帧师弗朗西斯·桑格斯基和乔治·萨克利夫雄心勃勃地创立了桑格斯基与萨克利夫手工书籍装帧公司（桑–萨公司），意欲大展身手。

有一天，桑格斯基在伦敦萨瑟伦书店闲逛，一眼看到了那本插图版《鲁拜集》，就此停下脚步，他立刻下决心要以该版《鲁拜集》装帧出一部世界上最最豪华的书来。1909 年，桑格斯基开始了他的辉煌工程，显而易见，他被《鲁拜集》中散发的浪漫的神秘主义色彩和东方风情所打动，他尤其喜爱作为东方元素的孔雀，既喻示高傲自珍和尘世的浮华，也表现出对天堂的惊鸿一瞥。两年之后，当这本拼接嵌入 4,967 块各种颜色的羊皮，烫有 100 平方英尺的金叶脉络，镶嵌 1,050 颗各种宝石的《鲁拜集》问世后，当即引起轰动，被命名为《伟大的奥玛》，被认为达到了书籍装帧艺术的最高峰。

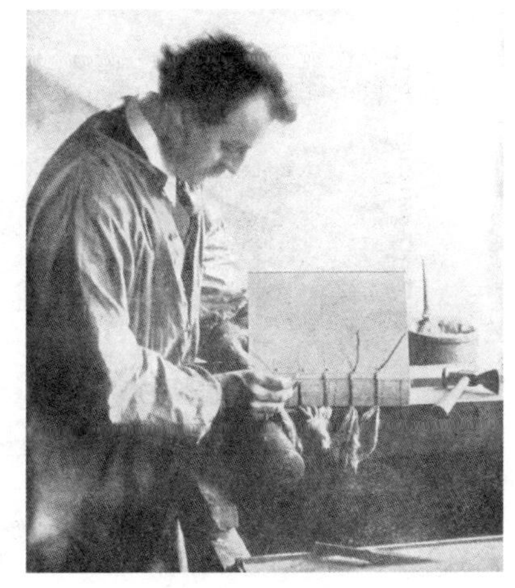

桑格斯基

但是，这本富丽堂皇，美不胜收的豪华之书却是命运多舛，悲剧横生。

1912 年 3 月 29 日，被桑格斯基标价为 1,000 英镑的该书，在索斯比拍卖会上竟然以 405 英镑的低价为美国纽约商人加布里埃尔·维斯拍得，令尽心尽力的制作者们黯然神伤。豪华版《鲁拜集》于 4 月 10 日踏上了前往美国的旅程，而搭载它的同样是当时世界上最为豪华的邮轮泰坦尼克号。4 天之后，泰坦尼克撞上冰山，在 3 个小时内迅速沉没，那本装在橡木盒子中的《鲁拜集》也随之沉入大西洋底。当时出版的《书籍装帧月刊》这样写道："当代最豪华的书，与最豪华的邮轮一同沉没于汪洋之中，这也许是它最好的归宿。"

得知如此噩耗，桑格斯基痛心疾首，但他意志坚定，仅仅 10 天之后，《每日电讯报》刊登桑－萨公司的声明："再造一本这样的书。"但是，意外的事情发生了，两个多月后，年仅 37 岁的桑格斯基为救一位落水妇女而溺水身亡。

1924 年，萨克利夫的侄子斯坦利·布雷进入桑–萨公司做学徒。1932 年的一天，他在公司档案中发现了豪华版《鲁拜集》的设计图和烫金版，于是，他下定决心，继续桑格斯基的梦想。他独自用了

桑–萨公司

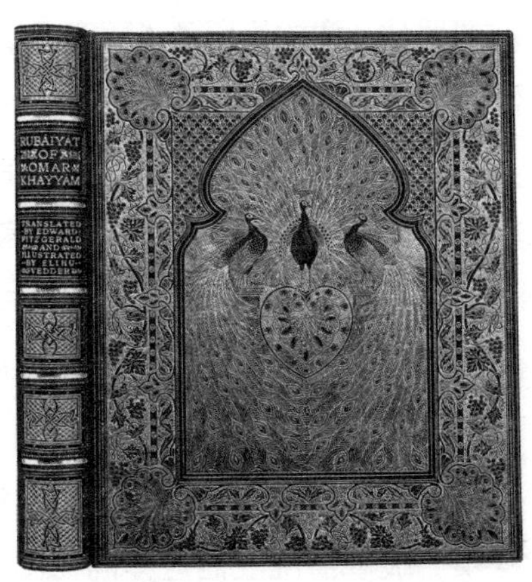

桑格斯基于1911年制作完成的豪华版《鲁拜集》封面

7年时间，终于重新制作完成了此书。当时正值二战爆发，布雷将它放入一个金属箱子里，藏于地下室中。后来，公司遭遇德军空袭，地面上的熊熊大火将密封后藏在地下室的《鲁拜集》烤成了焦炭，这本豪华之书再次蒙难。但正如后来收购了桑-萨公司的英国SSSZ书籍装帧公司总经理罗勃·谢泼德所指出的，尽管豪华版《鲁拜集》可能再也无法重见天日，但它依然是对一种卓越艺术创造力的礼赞，依然被公认为代表了书籍装帧工艺的最高成就。

中国书人的希望之旅

2014年仲秋的一个黄昏，中国读书界有名的“书虫”杨小洲踱着散漫的步子，像100多年前的桑格斯基那样，走进伦敦那家从维多利亚风格的绿色橱窗里透出奶黄色灯光的萨瑟伦书店。仿佛时光倒转，他同样在一幅嵌在镜框中的彩图前停住了脚步。这幅有三只蓝色开屏孔雀的彩图正是沉入大西洋底的世界上最华贵的《鲁拜集》的封面，由SSSZ公司参照桑格斯基当年留下的照片，利用电脑技术复原而成。他俯身细看，叹为观止。当店主告诉他此图可随购买罗勃·谢泼德所著《随泰坦尼克沉没的书之瑰宝》限量版一书附送，他毫不犹豫地买了下来。

杨小洲回国后便将此番邂逅告知了海豚出版社社长俞晓群。俞晓群是位有理想、有情怀的出版家，近年来，面对纸质书籍受到电子出版冲击的现况，深感若要守护阵地，必须要重视书籍装祯，以纸质书不可替代的精美与电子出版物抗衡，但目前中国尚缺此种艺术，所以他近年来致力于西方书装研究，力图能有所作为。他听了杨小洲的叙说后，当即决定让杨小洲再度出使英伦，摸清《鲁拜集》版本情况。他这样问杨小洲："你拿回了豪华本《鲁拜集》的封面，那么，这本书的'书芯'是什么样的呢？是否还有存世呢？"这不啻一个非凡的引导。

回访伦敦萨瑟伦书店的杨小洲按着俞晓群的要求，不仅搞清楚了那本豪华版《鲁拜集》的"书芯"正是1884年美国米福林公司出版的对开本插画版，而且还戏剧性地在书店秘不示人的一只书柜底部的暗柜里，寻获到了当时限量出版100本的带有画家伊莱休·维德签名的唯一一本存书。杨小洲后来在《伦敦的书店》一书中动情地写道："一百多年来她安静地守候在萨瑟伦书店暗柜中观花开花落，看水流情长。"面对如今已陡然升值的书价，俞晓群在电话里只轻轻地说了三个字："买回来。"

于是，一直为世界所关注和期待的豪华本《鲁拜集》在中国开始了它的后续故事。

举重若轻的俞晓群决定出版完整叙述豪华版《鲁拜集》传奇经历的罗勃·谢泼德所著《随泰坦尼克沉没的书之瑰宝》中文版，同时决定为深层次展开书籍装帧艺术的学术研究，邀请谢泼德前来中国举办名为"英国19世纪书籍装帧艺术及其高峰"的专题讲座，时间定于 2015 年 3 月中旬，在北京国家图书馆和上海思南公馆分别举行两场。正所谓“好事多磨”，就在中国方面一切准备就绪，只待飞机落地，苏格兰风笛响起时，不料，去过世界众多国家的谢泼德在伦敦希斯罗机场登机时受阻，因为他竟然不知道应该事先去中国使领馆办理入境签证。这下可好，原先的计划都被打乱了，真是令人哭笑不得。好在已是“势不可当”，最终，谢泼德顺利成行，于 3 月 31 日和 4 月 1 日分别在上海和北京开讲，听众踊跃。谢泼德在讲座中说道：“豪华版《鲁拜集》的意义不仅在于捕捉到时代美学的的精髓，也恰好站在了当时书籍装帧的转折点上。”

在俞晓群和杨小洲看来，如今出版业也正处于一个转折点上，当年，豪华版《鲁拜集》的诞生，深受英国艺术与工艺运动的影响，，而这一运动的主旨在于试图改变文艺复兴以来艺术家与手工艺人相脱离的状态，弃除工业革命所导致的设计与制作相分离的恶果，强调艺术与手工艺的结合，主张恢复手工业传统，反对机器美学。现今，电子技术的迅猛发展，使纸质书籍面临前所未有的挑战，但纸质书籍并不是只能消极地等待被电子书淘汰，它完全可以凭借其特有的审美功能遗世独立，而书籍装帧艺术正是重要而可靠的一大保证，今天的纸质出版既赋予书籍装帧更多的责任，同时也赋予了书籍装帧艺术更大的发展空间。谢泼德也认为，网络、电子书的兴起其实对传统书籍装帧艺术具有推动作用，因为均质化的电子阅读使得人们对纸质书的外观要求更高。

正是基于这样的认识，中国出版人做出了令世界为之激动的决定——海豚出版社将与 SSSZ 公司合作，再度制作豪华版《鲁拜集》，其“书芯”即为 1884 年美国米福林公司出版的伊莱休·维德插画版，形式依旧是硕大的对开本，而其装帧设计将会承继桑格斯基的金碧辉煌，再现其原来的壮观风貌。在俞晓群的指挥下，中国书籍装帧师们已经开始工作，据杨小洲透露，他们借助电子显微镜和电脑分析技术，发现了先前所有文档都没有记载的一个秘密：桑格斯基豪华本《鲁拜集》的“书芯”中的插图，并不是铅印的，而是运用类似拓印的方式所实现的64幅石版画原作的本态，因为上面既没有印刷颗粒，也没有网纹，只有拓印所留下的压痕。

我们有理由期待这次东西方书籍装帧艺术家的别有意义和价值的文化合作，有理由相信人类的阅读会薪火相传，而有美感，有温度，可以真实触摸和拥有的纸质书籍将永不沉没。

2015 年 4 月

采写手记：

我有幸见证了这本“出版史上最为豪华的一本书”在中国的再度打造，不仅在国内亲眼目睹俞晓群和他的团队的不懈努力，而且还前往英国伦敦拜访了 SSSZ 公司和罗勃·谢泼德，在泰晤士河畔静静体会和感受一本书的奇特命运，同时对人类文明的结晶——书籍的昨天、今天和明天感慨万千。在伦敦街头，我去寻找了全世界读书人心中的圣地“查令十字街84号”，当我踮起脚尖，用手指轻轻滑过那块铜质铭牌时，热泪盈眶。中文豪华版《鲁拜集》于 2015 年 9 月由海豚出版社出版。

818路，最美公交线

818路，是行驶在上海浦东新区的一条公交线，东起陆家嘴金融中心的泰东路渡口，西至世博园区的后滩。我在2017年春暖花开的四月，悄悄地一个人专门去乘坐了一趟，真的感受到这条于2016年12月被上海市交通委员会授予的“上海十大最美公交线”，不仅有着一路美好的风景，最为可贵的是，服务体验也和暖温馨，让我看到了车队职工们具有的美好心灵。

“元老”奚培青

我最早的时候，是去位于浦西重庆南路上的上海巴士第四公共交通有限公司工会采访王玉梅的，她在818路车上工作多年，是上海市劳动模范，但她却很真诚地跟我说，还是写写现在的818路，写写现在还坚守在岗位上的那些人吧，他们很不容易。

我想也是，说实话，如今愿意将自己的理想付诸做一名公交车上的司售员的并不多了，好高骛远是这个浮躁时代的通病，而找一份待遇好、工资高却并不太辛苦劳累的工作，也是不少人的追逐，尽管在我看来并不靠谱。听说818车队的司售员每天工作时间很长，也不能好好地吃上一顿饭，天天必须从家里自带两餐，趁着发车前的间隙，用微波炉转一转，匆匆地吃上一口；不少人家住川沙、奉贤等地，离车队相距很远，有一位住在南汇滴水湖的售票员，单趟就需两个多小时，所以为了赶上4点50分发车的头班车，每天凌晨三点钟就得顶着星斗出门上班，真正是一日做到头，“从鸡叫做到鬼叫，从今朝做到明朝”。或许是自己的人生经历所致，我对这样本分、朴实而坚持着的劳动者总是满怀敬意。

于是，我让王玉梅把818车队所隶属的第四车队党支部书记王则安的电话给我，我对他说，我要去一次你们那里，我很想见见那些令我尊敬的818路车队的职工。王则安答应我后，我当即就赶去了。第四支队在浦东德州路边的一所毫不起眼的房子里，我犹犹豫豫地找了一圈。王则安很热情地接待了我，可是，那天，我并没有见到我想见见的人——因为他们都在自己的岗位上，车子在不断地运行中，我没有可能也不能让他们停下工作来接受我的采访。

后来，在 818 路线长陆荣强的帮助下，我见到了被称为“元老”的司机奚培青。

个子不高的奚培青是专门在休息天里赶来与我见面的，这让我心存不安，我为自己打扰了他的休息而对他说抱歉，可他却反过来安慰我，让我不由得联想起他平日里一定也是这样善解人意的。我第一眼见到奚培青就特别感动，原因是我看到了一个有尊严的人。奚培青穿了一件非常正式的西装，打上赭红色的领带，面貌干净。我忽然想到，818 路的“最美公交线”的称号其实是有许多的内涵的。

被称为“元老”的奚培青，其实才四十出头，但他的的确确是 818 车队的元老级人物了，这么些年下来，连他开过的车子都换过六七种了，车型从单门到二门再到三门，牌子从春洲到牡丹、上绕、申沃、友谊直到现在的大宇万象。奚培青在 1999 年便进了车队当驾驶员，那一年他 22 岁。由于他看上去长得比较瘦弱，他的母亲不放心自己的儿子去开那么大个头的公交车，所以，便决定陪着儿子上班。那时候，818 路车尚未改制，还在承包时期，于是，奚培青和母亲做了搭档，一个开车，一个售票，母子两人守在一辆车上，整整一年。当奚培青跟我说着他和母亲相伴在 818 路车上工作的情形时，我想象着一辆“母子号”车在长长的浦东南路上行驶，将一位位乘客接上又送下，没有人会怀疑这辆承载着母子亲情的公交车，肯定是天下最温暖，也最安全的车子了。事实上，那时候，奚培青和母亲每天说的最多的话都是有关工作的，而每一次发车前，作为售票员的母亲都会关照驾驶员儿子：“注意安全！”我很想穿过岁月，坐一次母子搭档的 818 路车，这也真是一道美丽的风景了。只是，奚培青的母亲现在已经过世了。

可是，母亲的关照声，至今仍然在奚培青的心头每天响起。他始终牢记，安全运营是公交车司机的最大职责，因此，他要求自己必须像熟悉自己的孩子一样熟悉车子。每次出车前，他总会仔细地检查一下车辆的状况，以保证不将有安全隐患的车子开上马路。我在问奚培青具体有哪些安全因素时，他的回答让我有些惊讶，他说，驾驶员的心态是其中的重要一项，不然，始终保持每小时 50 公里的车速就很困难。我想当然地说，那就保持好心态呗。奚培青放低声音说，有时候，要做到这一点并不容易。有一次，他的孩子生病，他牵挂着，心情有些低沉，这时，突然有个乘客跑到他的身边，大声嚷嚷说自己有急事得赶路，可他开的车却慢腾腾的，令他不爽。奚培青跟他说，车速是有规定的，不能因为他一个人就超速，从而影响到一车人的安全。那人开始出言不逊，骂起山门来，还骂得非常难听。这下，奚培青觉得心里的火被点着了，他真想一脚用力加大油门——我比你还着急呢，恨不得开得比飞机还快，早早回家去！但是，奚培青硬是咬着牙让自己平静下来，他想他不能这么做，乘客再怎么催促，再怎么骂他，他必须得保持良好的心态，保持车速。为了工作，他做到了。我想我自己，还有其他的许多人，大概都做不到如此平心静气，所以我认为奚培青很了不起。如今，“元老”奚培青在 818 路开车已经 18 个年头了，他从未发生过重大安全事故，没有一次因心态不稳而搅乱过美丽的风景。

“小妹”张瑜华

我和张瑜华见了两次，采访却只能算一次，因为分了“两场”——张瑜华出车一圈回到终点站，我见缝插针地与她交谈，不多会儿，她又出车了，于是，等到她下一圈跑完后再接着采访。在我看来，张瑜华的平凡人生也是这样的，在 818 路车队，一圈又一圈，一天又一天，从胆小的小姑娘变成了开朗的 35 岁的母亲。不过，在车队，大家都喜欢管她叫“小妹”，事实上，即使是在她做售票员的车上，乘客也这么叫她。

张瑜华是 2005 年进入 818 路车队的，至今，说起她还是“小姑娘”时发生的一件事情，她依然觉得惊悚不已。

那天夜晚 10 点多钟，在泰东路渡口起点站，一辆 818 路即将发车。正值寒冬，刺骨的北风在黑夜里更加肆虐地呼啸着，等车的人们尽管都穿着厚厚的衣服，但依旧冻得缩头缩脑，所以车门一开，便都急急地登上车来。车厢里开着空调，暖融融的，刚才还蜷缩着身子的人们，一下子感觉暖和起来。临关车门的时候，张瑜华看到一个中年男乘客被人搀扶着送上车子，可他上车后，搀扶他的人自己却走了。男乘客摇摇晃晃地朝最前面一排空着的位子走去。张瑜华想，这个男乘客是不是有点喝醉了。

虽然起点站乘客不多，但张瑜华知道，只消过一个站，车子开到商城路站后，乘客便会蜂拥而上，而且还都是年轻的姑娘们——

因为那里商厦集中，此时正是打烊时分，下了班的女售货员们会成群结队地坐车赶回住处。车子开始靠站了。果然，站牌下，乘客如潮。818 路是浦东唯一的有着三扇门的公交车，虽说方便乘客上下车，但是，车门多、车身长也加重了售票员的工作量。售票员的座位位于中门，因此，每一站的到达，都意味着售票员必须在车厢内至少前后跑动一次。这真的是一个服务性极强的岗位，看到有行动不便的乘客，得扶上扶下，上下班高峰时段则得在拥挤的车厢里穿来穿去地售票，还时常会被不理解的乘客埋怨责难。

六七十个姑娘们一拥而上，车厢里立时便满满当当了。

忽然，先前上车的那个男乘客从座位上站立起来，摇摇晃晃地在人群里挤来挤去，显得焦躁不安。或许暖风一吹，酒精化作了热量，张瑜华发现他的脸色红红的，这么冷的天里，他的额头居然冒出了汗珠。张瑜华走过去，关切地询问他是否不舒服，可他却不搭理，顾自操着外地口音嘟嘟囔囔。

车子继续向前方开去。突然，车上的姑娘们全都尖叫起来，张瑜华抬头望去，不由得也失声大叫。令她完全不曾料到的是，那个喝醉酒的男乘客竟然一边走一边脱衣服，不一会儿，已一丝不挂了。那时的张瑜华也是个年轻胆小的姑娘，哪里见过这种场面，立刻就闭上了眼睛。一车的姑娘们一边尖叫，一边全都朝车尾一侧拥去。

车子颠簸了一下。

这时，驾驶员奚培青已经发现了车厢里的情况，为了保证安全，他果断地决定，立即靠边停车。他大声地喊了一下张瑜华。这一喊，顿时让张瑜华头脑清醒过来，她迅速地配合奚培青处理突发状况。

车子靠着路边停了下来，车门关上，双跳灯打开。张瑜华竭力让自己保持镇定，组织疏散车上的乘客。全车乘客又站在暴烈的寒风中了，很快便有人情绪失控。张瑜华一方面安抚惊恐的乘客，一方面与奚培青一道拦车，将所有的乘客分批地一一送上后续开来的 818 路车子。

这个时候，醉酒失态的男乘客在车上呕吐起来。张瑜华顾不得难为情了，也顾不得酸臭，和奚培青一起为他披上衣服，擦净呕吐物。不一会儿，男乘客像小孩一样哭开了，在奚培青打 110 报警的当口，张瑜华不断地安慰他，终于让他平息了下来。

一晃，“小妹”张瑜华在 818 车队工作 12 年了，今天，她也已是一个老练的售票员了，不久前刚刚拿下公司售票员技术比武的第一名。在等候下一班车发车的间隙，我问她后来是否又碰到过别的奇奇怪怪的事情，她说真的还不少呢。我追问道，那你都是怎么处理的？她想了一下，随后突然奔跑而去，原来是车子要开了，她边跑边掉头简单地回复我，只用了四个字：“服务至上。”我看见了日光下的她奔跑着的美丽身影。

“大师”叶军

818 车队出了一位“大师”。

“大师”名叫叶军，是车队的机务员。他年龄不大，刚刚四十出头，可大师向来是不论年龄大小的，只看有没有大本事。在见到叶军之前，我问了他的同事——调度员李妹君：他是不是真的很有本事？李妹君一边笑，一边猛点头。

叶军其实一点都没有“大师”的派头，不过，他显然很有“气场”，因为在我与他交谈的不长的时间里，他的手机铃声几乎没有停过，而且一通电话，他就立刻气势轩昂地说马上过去处理，俨然像个将军。

叶军确实很忙，作为机务员，818 车队里 22 辆车子的任何状态都必须时刻在掌控之中。叶军的本事就在于车子若有问题，只要不是必须大修，他基本上都能自己解决。说实话，这也是被逼出来的，因为定点的两家汽车修理厂实在太远了，一家在浦东的川沙，一家在浦西的漕宝路，如果每每有毛病都送去修理厂，那就太耽误运行了。

其实，叶军是新近被提拔为机务员的。先前，叶军也是 818 路的驾驶员，从 2001 年起，整整开了 15 年的车，而且开成了公交行业的“服务明星”，这为他担任机务员的新职打下了最为坚实的基础。他懂车子，他觉得车子就像自己家里的人，就像他的兄弟，车子哪里不舒服，出了问题，他很敏感地能在第一时间感觉出来，小毛小病就不去医院看了，他自己给车子修理一下，若是生了大病，他比谁都着急，赶紧送往修理厂，而且一步也不想离开，他要听明白修理厂的诊断，他要掂量一下他们有没有误判。叶军告诉我说，自从当了机务员，他天天都觉得如履薄冰。我完全明白他说的状态，因为这是一个有责任感的人，一个可以交付使命的人。叶军说，公交车不是一般的车，开出去后就得为乘客的性命负责，所以，每一辆车子都不能带病运行。

好在叶军除了有驾驶员的实践经验，他还有理论基础。叶军毕业于职业技术学校，学的专业是汽车修理，所以，他了解汽车的性能，能对车子生出的毛病进行诊断和治疗。不过，叶军认为自己的专业知识还不足以担负起机务员的职责，在他看来，一个好的机务员，还需要有更加广博而全面的知识，因此他必须自觉地好好地去补课。比如消防方面，他之前不是个内行；比如现在的操作系统都已经智能化了，而他对电脑程序还少有研究；又比如车队很可能引进新能源车，所以他得未雨绸缪……叶军就是这样，给自己开出一串需要重新学习与进修的课程，他很努力，不断地给自己施压，潜心钻研，他真心实意地想做到“干一行，爱一行，钻一行，精一行”，他想做得更好。

在我与他交谈时，我看了一下表，最长的一次交谈也只有 6 分钟。手机铃声才落又起。一个电话打进来说，有辆车子歪斜了，他一边朝我摆手，一边说“马上过来，马上过来”，飞也似的奔出门外。

我索性跟了过去。

只见一辆车子歪着身子。报修的司机在一旁说，可能是气囊坏了，还说这是个大毛病，应该送到修理厂去。叶军不说话，围着车子走了一圈，随后蹲了下来，左看右看，接着，他就躺倒在地，仰面钻进车下，仔细察看。好一会儿，他站起身来说，没有大问题，只是高低阀坏了。他说，不用送修理厂的，他自己来修。

报修司机对我说，修理厂看到叶军这位“大师”也很买账的。我问为什么，他说，因为他技术好啊。他说这些时，我捕捉到他脸上闪过一丝神秘的笑容。我盯住他的脸，这下，他干脆大笑起来，说：“人家修理厂还说他很抠门，拆下的零件也要拿回去，因为他要为车队省钱，拆下来的零件修修好，以后再派上用场。”

我问正在干活的叶军，是不是这样，他可能正集中心思，没有听清，有些文不对题地回答我说：“保障出车力，减少维修率。”我想，他还真是时刻“如履薄冰”啊。这时，歪斜的车身已经重新挺直起来，车身的流线很是美丽。

美丽的清单

见过奚培青、张瑜华、叶军等人之后，我又一次悄悄地一个人坐上了 818 路车。或许认识了这条公交线路上的一些职工，这使我有一种特别的亲切感。坐在车上，望着窗外，一路经过昌里路、清流中学、中华艺术宫、浦东游泳馆、南码头、塘桥、八佰伴商城、世纪大道、东方医院、上海证券大厦、东方明珠塔……居住区、大商厦、旅游点、运动场、办公楼、医院、学校，应有尽有，仅说风景，已是名副其实的最美线路，何况还有让乘客领受到的服务之美。我想，“品牌意识”如今已深入人心，那是源于人们认识到在这个日新月异的世界，能够脱颖而出，能够立足于林，能够百战不殆，依靠的不是花里胡哨的炒作，而是过硬的质量，是建立在人们心中的良好口碑。在这个意义上，818 路从 1996 年设立后，不管领导层换了几茬，却一致始终不懈地坚持创建品牌线路，真是富有前瞻性和创新性，也是车队鲜活的生命力的所在。20 多年以来，818 路已然成为上海公交品牌线路的标杆和形象代表，连续八年被评为“上海市公交品牌线路”，荣获“上海市工人先锋号先进集体”称号，2016 年荣获“五星级上海公交品牌线路”，并涌现出市劳动模范、市文明安全驾驶员、行业服务明星、优秀售票员、优秀调度员等众多先进人物，这一切并不出于偶然，完全是必然的结果。

巴士第四公司第四车队的党支部书记王则安，统领后滩、益江、泰东、鹤雷“四大军区”的第四车队队长丁发林，以及 818 路线长陆荣强，都不是那种夸夸其谈的人，当我分别向他们了解 818 路车队的事迹时，他们告诉我的都是实实在在的数据，的确，没有什么比这些数据更有说服力的了，而我们现在恰恰生活在一个大数据时代。

也许，比起讲故事，那些数据有些单调，甚至抽象，可其实这些数据本身就是一个个生动的故事。

我考虑良久之后，决定放弃以文字描述的方式来写这篇报告文学的结尾，我想把那些清晰的一目了然的数据资料做成一份清单——对 818 路车队的员工们来说，他们平时就是靠着它来做好自己的本职工作的，而对我们来说，这是理解的凭借，也是美丽的注脚：

818 路线路概况：泰东路渡口首班车时间为 5:30 分，末班车时间为 23:40 分；通耀路耀龙路（后滩）首班车时间为 4:50 分，末班车时间为 23:40 分。全程上行为 12.5 公里，设 18 站；下行为 11.2 公里，设 17 站。经过的交通信号灯 32 个。最高时速限制为 60 公里。单程平均行驶时间为 40 分钟左右。

818 路服务理念：十米车厢，家一般的温暖。

818 路服务特色：“二、四、四服务法”，即驾驶员做到“两个严格”——严格按交通法规行驶，严格按服务规范运作。售票员做到“四心”“四勤”——对待乘客要热心，帮助乘客要诚心，服务乘客要耐心，照顾乘客要细心；勤招呼，勤疏导，勤走动，勤用心。

818 路岗位规范：驾驶员行车安全“三少”——少急刹，少变道，少高速；节能操作“三法”——慢起步，缓提速，轻操作。售票员服务操作“三规”——车边迎客，站立操作，移动服务；“三多”——多问一声，多看一眼，多走一步。

818路问责制度：“三责”——敢于负责，严格问责，大胆究责；对违章员工“四不放过”——思想上无认识不放过，无改进措施不放过，管理不吸取教训不放过，没责任追究不放过。

2017年4月

采写手记：

我一直想，如今人们总是抱怨世风日下，道德沦丧，但在社会的运转中，人们也不得不承认还是有善良的人，有坚守的人，而且他们就是我们身边最最普通的人。这或许也是我们依然对未来抱有希望的依据吧。我认识818车队这些普普通通的人后，我真的非常崇敬他们，他们对生活、对工作都踏踏实实，认认真真，他们内心简单却又充实，我很想写写他们，让更多的人认识他们。没有想到的是，这篇报道采写后不久，2017年年底，上海公交系统实行重组，818路车队被撤销了，但我相信，曾经有过的这条“最美公交线”会通过我的文字留存下来。

这里只相信阳光

车子一进入浙江宁海境内，便下起了大雨。而1613年5月19日，《徐霞客游记》开篇，地理学家、旅行家和文学家徐霞客记述当天自己由宁海县城西门出城时，写道："云散日朗。"走进一个村子后，我询问路边遇到的一位村民："你知道'三十六条'吗？"他看着我，当即憨厚地笑了，说："这里的人谁都知道啊，不知道不行的！"我又问他，对你来说，这"三十六条"意味着什么？他想了想，然后回答："阳光。"

我去浙江省宁波市宁海县做有关当地《宁海县村级权力清单

三十六条》(后称《三十六条》)运行工作的实地踏访，临行前，我在微信里告诉了不少朋友。我说，那个《三十六条》是一份权力清单，有了这份清单，所有的村干部再也不能为所欲为了，甚至可以说，他们已经没有权了，一切涉及权力的运作都要受到村民瞪大眼睛的监督，不能自说自话，不能暗箱操作。他们听我说后，一个个都给了我笑倒的表情包。一位资深人士直接发给我一条微信："你太天真了。"我明白，我说的没有人相信。

事实上，我也将信将疑。

在去宁海之前，我做了一些案头准备工作，尤其是将《宁海县村级权力清单三十六条》仔仔细细地读了一遍。这份《权力清单》是由具体牵头主抓这项工作的宁海县纪委快递给我的，只是一本巴掌大的可以装进口袋的薄薄的小册子，连封皮在内也只有三十六页，却涵盖了重大事项决策、项目招投标管理、资产资源处置等村级公共管理事项方面的十九项权力，以及村民宅基地审批、计划生育审核、困难补助申请、土地征用款分配等村级便民服务事项方面的十七项权力，并且每一项都有详尽的一目了然的权力运行流程图。一句话，村干部哪些该做，哪些不该做，该做的怎么做，一清二楚。读完《三十六条》，我望向天空，天色阴沉，雾霾深重，我脑子里第一个冒出来的想法是，如果真的可以做到这样，那么，权力的运行就拨开

沉霾，完全裸露在阳光之下了，被套上“紧箍咒”后，那长期以来我们连听都已听麻木了的“村霸”横行、贪得无厌的状况岂不就此终结？

雨过天晴。

我拐进岔路镇湖头村。这个村特别好认，就在省道甬临线的边上。那里有一块巨石，上面写着“湖头村”三个鲜红色的大字。进入村子，扑入眼帘的便是一条水声哗哗的河流。村民们告诉我说，这条河名叫枫湖，从前的时候，河边还有枫树林，东晋著名的道教学者、医药学家、炼丹家葛洪就曾在河边踱步，然后遁入远处的深山。枫湖旁有一栋明显是新盖的楼房，那是村里的“综合楼”，既用于办公，同时也是村民的活动室，我看到不少老人在里面打牌。我还看到有人在大堂里忙碌着，打听了一下，原来是有户村民准备在大堂里为初生的婴儿办个“百日宴”。至于那个大戏台，可以想象逢年过节时戏班子来唱大戏时的盛况。

就是在这座综合楼里，我第一次见到了湖头村村委会主任葛更槐。

葛更槐四十多岁，一看就是个身强力壮的人。说实话，这是出乎我的想象的，因为如今农村的青壮年几乎都在外面创业，忙着挣钱，少有顾及乡村老家的。其实，葛更槐同样如此，他多年在外闯荡，也有自己的一份事业。可偏偏他在 2013 年 12 月回到村里，来竞选村主任了。

我直截了当地问他：“你参加竞选的根本动机是什么？”这位走南闯北，身上多少沾有一些江湖之气的葛洪的后人相当坦诚，他说：“一是为族人长脸面，二是为朋友谋利益。”我追问道：“那你是夹杂着私念的？”葛更槐说：“我不否认。我的一些朋友希望我当村主任后，把一些基建项目给他们。”

葛更槐选上了村主任，他想做的第一件事就是把综合楼这个项目拿下来。其实，盖综合楼这件事已经说了许多年了，连村主任都换过五六任了，但就是没有盖起来。事实上，也没有村民不同意盖综合楼，都认为这是一件好事，可一旦真开始启动，牵涉到拆迁的那十几户村民却一个个都不肯签字画押了。

一心想搞项目的葛更槐不明就理，像前任一样到一户户人家去磨嘴皮子，并且许诺拆迁补偿费用可以再提高，但还是没人接他的茬。葛更槐不明白了，你们不就是想多要些补偿款吗？但既然自己都答应了，可为什么还是拒绝呢？终于，有个村民把狠话撂给了他：“你们村干部想的不就是拿项目做人情捞好处吗？我们心里太清楚了，所以，我们绝对不会让你们干成！”听了这话，葛更槐心里发毛，脸上也快挂不住了。可这是一个 380 万元的项目，他的那些朋友正等着他“发包”呢。这一次，他无论如何都要弄成功。

可就在此时，《三十六条》推行了。那是 2014 年 2 月，距葛更槐当选村主任不到两个月。在这之前，县委书记褚银良则发出过预警：“今年全国县级以上财政安排各项农村扶持资金就达上百亿元，最大一个村今年有上千万元的扶持资金到账，村一级权力如果没有规范和监督，一定会产生滥用现象，最终滑向腐败。”出乎葛更槐意料之外的是，湖头村是《三十六条》第一批试点单位。他彻夜无眠。

当综合楼的建造再次被提起时，形势已经不一样了，不再是葛更槐一个人可以说了算的了——不仅是葛更槐这个村主任，每一个村民都拿着《三十六条》的小册子，一一对照着，谁都不能走歪。按图索骥，整个流程必须经过这些环节：首先要过“五议决策法”

这一关，也即由村党组织提议，接着两委联席会议商议，后交党员大会审议，待村民代表会议决议后，公示三天，再由两委会实施决议；所有的预决算、监理、公开招投标都得交由县镇公共资源管理机构委托第三方进行；组建村专项工程管理小组对工程实施全程监管；财务公开，账目层层审核后通过乡镇“三资”管理服务中心进行转帐支付；而每一个环节都必须进行公示。

葛更槐觉得每走一步，他手上的那个村主任的权力就给削掉了一层，直至最后他清楚地看到事实上他已没有什么权力了。这样的感觉让他沮丧，在他先前的经验里，村干部们向来都是那么有权有势。

这是一次让所有的人都终生难忘的学习和实践民主的过程。

葛更槐经受着凤凰涅槃般的浴火重生。

那天，在财务报销公示之前，他将自己用于公务招待的香烟和餐费全部抹去了，他不想再报销一分钱，因为他不愿被村民们的眼睛盯得如同芒刺在身。从那之后，湖头村就再也没有公款招待费这一开支项目了。

葛更槐拿着《三十六条》走进拆迁村民家。他说："现在你们放心了吧，以前那种村干部私底下叫人来做工程的事，现在完全行不通了，招投标统统公开，每一分钱的去向你们统统掌握。"同时，葛更槐拿着《三十六条》对他的那些朋友说："你们看，这清单里规定得清清楚楚，不是我一个人可以说了算的，我做不了主了，想帮你也帮不上。"

办事一透明，村民们的疑虑消除了，朋友们也不再来为难他了，葛更槐得到了村民的信任和支持，结果，多年都没有盖成的综合楼终于建起来了。

葛更槐现在可以睡上安稳觉了，经过万般的纠结、挣扎，经过自己与自己的较量、战争，那些曾经有过的私念早已在另一种精神上的成长中变作齑粉。在枫湖桥上，他望着流动的河水对我说："《三十六条》就是'老法师'，让村干部办事有章可循，村民监督也有据可查，样样都公开透明了，我们想腐败也腐败不了。一句话，这就是还干部一个清白，给群众一个明白。"

葛更槐告诉我，他正发动他的那些朋友捐款，在村里的葛洪纪念馆旁边种上一片枫树。他跟所有的人说得很清楚，没有任何利益可沾，完全属于集体。我想，或许他想以此留一个他的人生的纪念吧。其实，在我看来，这更是农村基层政治生态走出"人情关"和"人治关"而得以彻底改变的历史纪念。

我离开宁海之前，特意又去了一次湖头村，我想去看看那片已经成林的枫树。风轻轻地掠过，日光透过树枝洒下来，枫湖荡漾。

那天，我坐在宁海县图书馆里看书。这家县图书馆坐落于柔石公园内，望着不远处的柔石雕像，我不由得想起这位左翼作家写下的名篇《为奴隶的母亲》，那是一个典妻的悲剧故事。我的思绪拉了开去，说实话，千百年来，生活在社会底层的普通百姓向来是没有什么权力的，那么时至今日，将村官的“小微权力”关进制度的笼子，除了铲除“小官巨腐”的滋生土壤，是否也意味着真正将权力还给村民呢？

我去越溪乡大陈村，是为了见识一个人。据说这个人每个月的第一个星期二早上，都会穿上老式蓝呢子中山装——这是他最正式的衣服，只有在最正式的场合才会穿上，一丝不苟地扣好最上边的风纪扣，然后到村里的祠堂去开会。据说这个人曾经直截了当地对村干部说：“虽说你们是村干部，但权力不是你们的，决定应该听我们的。”

这个人名叫陈先良，我就是在村里的祠堂里见到他的。大陈村的祠堂位于村子中央，既是陈氏家族的精神寄托之地，也是大陈村的政治中心，村委会就设在祠堂里。不过，2014 年之前，陈先良很少踏足这里。

陈先良出生于 1942 年，是位七十多岁的老人。陈先良算是大陈村最有文化的人了，他当过兵，见多识广，后来在一所中学当了二十年教师。我在与陈先良交流的时候，发现他很是沉稳，给人以庄严的感觉，他眼睑有些混浊，投射出来的目光却是清澈的。时值初秋，他穿了一件深绿色的外套，不是听闻中的老式蓝呢子中山装，但里面衬衫最上边的一粒纽扣同样紧扣着。他告诉我说，他每月正装出席的是党支部的组织生活会。但他只是一名普通的党员，而且早前他跟村里的干部几乎不来往。陈先良说，他在学校的讲台上说了多少年“人民群众当家作主”的话，但其实并不上心，因为这与他亲眼目睹的事实相去甚远，他很少同村干部们说话，虽说都是邻里，鸡犬之声相闻，但他觉得心里边与他们的距离整整隔了一个县城。有人说他这是清高，其实，是他看不惯那些村干部的作派，他也不想与他们为伍，他有自己的尊严。说来，也不是陈先良一个人这样，许多村民见到村干部都是躲着走。

以前，村干部们的权力实在是太大了，而且没有人可以监督他们，他们才是村里的“主人”，想怎么样就怎么样，老百姓根本就无权过问。举个简单的例子：每年春季里有两个月，村里总要选派一名山林防火巡查员，在山里划定的区域内来回巡逻，检查隐患，当然是每天有补贴的。但说是选派，先前却从来不征求村民的意见，都是村主任一个人说了算，让谁去就谁去，结果，一个村主任就选派了自己的父亲。问题是，谁都知道村主任的父亲有腿疾，平时连行走都有困难，不消说进山巡查了，说穿了，就是白拿那份补贴。可村民完全没有说话的份，即使敢怒也不敢言，事实上，一旦习以为常便连怒也没有了，便自觉自愿地弃置了自己的“主人”身份和地位，权力在握的村干部决定一切便成了天经地义的事。虽然这个例子不是大陈村的，但陈先良认为这里原先的村干部不过是小巫见大巫。

可是，现在有《三十六条》了，而且还建立了社情民意发现机制、群众诉求办理机制、权力监督约束机制和干部作风保障机制“四位一体”的基层治理体系，村干部不能自己说了算了，什么都要放在阳光底下。不需要搞什么号召，不需要喊什么口号，当每一件事都必须明明白白地进行公示时，那真的就与过去不一样了。村里的公示栏前，很快就聚集起村民来了。心里早已冰凉的陈先良也出了门，走到了公示栏前，他眯起眼睛细细地看着，看了很久。后来，当陈先良往回走时，他感觉到心里热乎起来，脚步也轻快了许多。

陈先良一改往日的冷漠，他穿起自己最为正式的衣服，以这样的方式最有尊严地走进了祠堂。陈先良说："我年轻的时候就盼着人民能够真正地当家作主，村里的事情由村民们来讨论，来做决定，现在终于盼到了。"《三十六条》将还权于民落到了实处，老百姓可以扬眉吐气，堂堂正正地坐回原本属于他们的主人位子了。

大陈村 100 亩海塘的招标又开始了。按照《三十六条》，每一个步骤都必须进行公示。对于海塘招标这事儿，以前村民普遍心里腹诽得很，认为问题多多，说是招标，可实际上就是暗箱操作。这 100 亩海塘，以前有谁承包、承包年限、承包费用，村民们一概不知，一切都是村干部说了算。最低的时候，这 100 亩海塘一年的承包费只有每亩 80 元。现在，已将《三十六条》背了个滚瓜烂熟的陈先良把项目招标的所有程序都摸得一清二楚，因此，每一个步骤公示时，他都一一监督，一一追问，不留一点疑惑。陈先良凭什么可以这样做，除了是一名普通的党员，他甚至连村民代表都不是，但是，《三十六条》赋予每一个成年村民参与决策和监督的资格和权力。整个招标过程透明得如同清水，什么都放在了台面上，清清楚楚，如果有人胆大妄为，想在其中做些手脚，那真是连门都没有，稍有风吹草动，就会被村民像剥洋葱一般层层盘疑。

2014 年，大陈村 100 亩海塘的招标最后以每亩 3,558 元落下帷幕，这笔收益完全归村民所有，到时候会公开账目，并打入他们的银行卡中。

陈先良的脸上洋溢着满意的笑容。他认为，在这之前，即使他这样一个“文化人”都从来没有享受过村里决策、监督的“政治待遇”，不要说其他的村民了。如今，上了年纪的，抑或是年轻人，都已有了新的“习以为常”，他们手里攥着《三十六条》，走到哪里都会理直气壮地说：“我们不需要‘为民作主’，因为我们会‘当家作主’，村干部都是我们选出来的，他们要做的事就是为民服务。”

对宁海的政治生态，2014 年显然是个分水岭，《三十六条》的实施重新发现了村庄里的主人，他们不是村干部，而是每一个普通的村民——他们有尊严，有话语权，被平等地对待和尊重；他们参与村务，拥有实际的知情权、决策权和监督权；他们懂得并学会了将先前习以为常的麻木、自弃和奴性从内心深处清除出去。

我跟陈先良聊着的时候，从他身上感受到庄严之尊，这是一种当家作主的主人才有的姿态，就像他自己所说：“不被认可是主人，那就活得没有尊严，活得低声下气，反过来也就纵容了胡乱运用权力，纵容了腐败的滋长。现在是我最期待的生活，受人尊重，心情舒畅，风清月朗。”

这天，我看到陈先良又站在公示栏前，他身上穿的衣服每一粒钮扣都扣得很是严谨，他还是眯着眼睛细细察看着——村里一项水环境整治工程项目开始了。

南宋时，宁海出过一位丞相，名叫叶梦鼎。他身在朝中，看到一众官宦恃权横行，贪得无厌，因此，提出过许多修明政治的主张，力图革除弊端，予民生息。叶梦鼎始终强调要循规蹈矩，无有规矩不成方圆。在盖苍山的东麓，胡陈乡岙里王村的蜿蜒山道上，可见一个山洞，洞高 16 米，深 12 米，犹如岩壁张开的巨口，春夏时常有云雾缭绕洞口，故名“归云洞”。据《宁海县志》记载，此为叶梦鼎少年时代读书处。我相信那个时候的叶梦鼎，已经开始了他振邦兴国的诸多思考。

设在县前街 18 号宁海县政府大院里的县纪委，即使晚上也经常灯火通明。我与县纪委书记李贵军认识后，方知他自己的家在宁波市里，他一般周末才回家一趟。

李贵军本来就是个读书人，大学本科是在兰州大学念的中文系，硕士研究生上的是复旦大学新闻学院。不是所有的读书人都爱思考，并将自己的思考付之实践的，但李贵军却思考和实践两者通融。他的工作札记《村治》已经写到 4.0 版了，在那充满思考和实践记录的文字里，可以找到他是如何成为《三十六条》的倡导者和组织者的答案的。

我在与李贵军的接触中，感受最深的是他的人文理想和情怀，是他对普通百姓的关切和尊重，他有一颗悲悯之心，他向往一个更加公平和正义的社会。这与他曾经当过记者和长期在基层工作不无关系。李贵军在《宁波日报》农村部做记者时，一直在乡村跑新闻，后来，他又担任过舟山市普陀区副区长，他去过的村子不计其数，黝黑的肤色看得出经过日晒雨淋，所以他深知最为底层的村民的疾苦以及需求，也深知农村的复杂和问题的所在。在他出任宁海县纪委书记之后，他对同侪们说，打苍蝇当然是需要的，但是，根本性的工作应该是铲除苍蝇滋生的土壤；他认为马路上的红绿灯，既然是人人必须遵守的规矩，每个人都概莫能外，那么，村级管理可否也能设置这样的红绿灯呢？如果谁都能遵守规矩，红灯停，绿灯行，这样的话，村干部就不会滥用权力，也不敢贪赃枉法，而老百姓也能够堂堂正正地抬头挺胸地走路。

李贵军带着纪检干部们开始了设置“红绿灯”的工作，但这简直是一项浩繁而硕大的工程。事实上，国家有关村务工作的法律法规和政策非常之多，可谓事无巨细，但老实说也呈现一种散沙之态，在农村的实际工作中，从村干部到村民，谁也无法一下子将这些法律法规和政策摆得清清楚楚，援引困难，执行起来自然大打折扣了。所以，李贵军要做的第一件事就是将所有相关的法律法规和政策捋上一遍，然后进行整合，根据实务列出相应的“红绿灯”规则。2014 年初，在县委的统一部署下，县纪委会同县组织部、政法委、法制办、公安局、民政局、农林局等二十多个涉农部门，深入村庄，开了上百次会议，访谈了上千名群众，广泛听取村干部和村民的意见和建议，收集和汇总了村级组织和村干部权力事项，统共有六十余项之多，其中涉及村级集体管理四十余项，便民服务二十余项。那些天，李贵军仿佛重新做起了记者，天天泡在村子里做调研。

汇总整理后的各项法律法规和政策打印出来了，竟然有整整 248 页。面对这样厚厚的一本书，李贵军感叹不已：如此“厚书”对村干部和村民来说真的太不实用了，即使翻翻都很麻烦，而他们真正需要的是简便易行，一看就懂，容易操作的像“红绿灯”规则一般简明扼要的“干货”。所谓“大道至简”，越简明的东西，越容易执行，也越容易监督。看着“厚书”，大家无从入手地问李贵军该怎么办。李贵军轻轻一语：“便民，利民。”于是，县纪委再次会同全县涉农职能部门和强农惠民单位，和广大村民一起，通过上下联动、反复酝酿和协商，专题研究村级组织和村干部权力事项，厘清村干部权力边界，梳理村级事务权力清单，最终，出台了《宁海县村级权力清单三十六条》，一本巴掌大小、连封皮在内只有三十六页却管用、务实、好操作、易携带的小册子，代替了让人望而生畏的厚书，而且基本实现了村干部小微权力内容的全覆盖。事实证明，自《三十六条》运行以来，还没有村民反映所需办理的事项在《三十六条》内找不到依据。

这样一个“化繁为简”的过程，在李贵军看来，不仅是把散落在各种文件堆里的“干货”找出来，而更重要的是学会如何尊重普通百姓，尊重他们的民主权利和意志，如果眼里没有他们，那制定出来的法律法规和政策会使他们看不懂、不明白，也就很难被理解被执行，既谈不上捍卫自己的尊严和权益，也谈不上对村干部进行有效的权力监督，一句话，便民，就是利民。

“我们还得继续加油！”李贵军对大家说。于是，在文字的基础上，又绘制出了45张权力运行流程图，明确每项村级权力事项的名称、具体实施的责任主体、权力事项的来由依据、权力运行的操作流程、运行过程的公开公示、违反规定的责任追究等六个方面的内容，确保村级权力运行一切工作有程序，一切程序有控制，一切控制有规范，一切规范有依据。这个流程图一出来，村民们个个叫好，说是非但一目了然，而且还能对号入座。尤其是涉及为民服务的权力事项，让村干部知道依法能做哪些、怎么去做，而且必须做到一次性告知、限时答复、按时办结；同时也让村民清楚明了办事的程序、需要提供的资料、具体找什么人办、多长时间办好，这样就可防止村干部推诿扯皮，提高服务效率和群众满意度。

先前，“编织制度和权力的笼子”这样的话对我而言非常抽象，现在却是很形象很具象的一幅画面了，那就是李贵军和他的团队向村民交出的《三十六条》。在李贵军夜晚依旧灯火明亮的办公室里，他这样对我说道："要靠民主与法治，通过编织制度的笼子，来限制权力、制约权力，破除违规用权、产生腐败的体制机制。抓住村干部权力运行监督这个关键，就抓住了农村治理的牛鼻子。把权力运行的盖子揭开，一切就都在阳光之下了。阳光是透明的，也是普照的。"

那天，我乘坐高铁回上海，在 G7588 车次上，我收到李贵军发来的一条消息：《宁海县村级权力清单三十六条》已按要求正式送达中央全面深化改革领导小组。

2017 年 5 月

采写手记：

这是一次计划外的采访，结果成了我记者生涯中的一个"里程碑"。我是抱着将信将疑的态度去宁海的，结果，却在那里前前后后待了两年半，我为今天的农民正在做的这件将权力关进制度的笼子，建设新的基层政治文明生态的事情而备受感动和鼓舞，我认为其意义可以毫不夸张地说会影响到整个中国农村乃至整个社会未来行进的方向。如今，宁海县这一制度创新工作被写入了关于乡村振兴战略的中央一号文件，并被认为是提供了中国社会基层民主政治的理想样本，为依法治国、实现基层治理现代化树立了典范。我结束工作回到上海后，有一天，收到一份快递，那是岔路镇湖头村颁发给我的荣誉村民证书，这在我所获得的荣誉中是最特别的，也是我最珍惜的。此文获"2018 年度第二十七届上海新闻奖一等奖"。

一路坎坷后抵达的安宁

前些天，我和朋友王琪一起去华东师大一村，探望 90 高龄的著名翻译家王智量先生。那日，天高气爽，流动的白云将都市的喧嚣推远了许多，在我一个台阶一个台阶地攀爬智量先生居住的那幢没有电梯的老公寓时，我想，一个人需要走过多少的坎坷之路后，才能终于看到平坦。在我到达位于四楼的智量先生的寓所时，我不禁吁了口气：我们一直念兹在兹的一份安宁是多么的来之不易。

斗室亦生辉

智量先生的寓所有 3 个房间，以前他每天待得时间最久的是他的书房，他一直是个“读书狂”，他许多藏书的背后可以说出一段故事来，而他那些脍炙人口的译著以及原创小说也多是在书房里写就的。可是，现在，他去得最多的不是书房，而是那间会客室。会客室朝北，是 3 间房里最小的一间，真真确确的“斗室”，所有的空间全部都被填满，仿佛都少有落脚的地方了。但是，智量先生如今喜欢在这里休憩，或是坐在桌子前，或是仰靠在沙发上。他在这里看看书，写写字，望望窗外。在我看来，他这样的移步，其实是他的人生状态的转变，他已从繁忙的工作转到了安宁的休闲。而小小的空间是给人以包容感和安定感的。

此刻，智量先生坐在长沙发上，我则坐在他的对面，我的椅子旁边是张桌子，桌上除了书和什物，还放了整整两排各种各样的瓶子。见我有些诧异，智量先生告诉我说，那是 20 来种“补品”，每天都要吃的。这是他妻子给他配好了的，他绝对相信他的妻子。

智量先生称他的妻子为“吴妹娟老师”。在我们与智量先生交谈间，吴老师也过来坐下了。前不久，她出去买东西时，不慎被电动车撞了一下，受了点伤，所以她一边按揉着还在疼痛的臂膀，一边说，前一阵，智量先生听从医生的话，去医院住了一段时间，可她却不以为然，认为其实不用住院，而且智量先生住院后反倒还瘦了，气色也没以前好，因此，她决定由自己来对智量先生进行健康

2018 年 11 月 26 日王智量和妻子吴妹娟在家中

调理。吴老师说这话的时候，智量先生在一边不断地笑着点头，表示认可。他真的精神矍铄，脸色红润且富有光泽，让人感受到生命的饱满。只是他指着自己的牙齿说，你们看，我的牙齿很整齐吧，可其实一个都不是真的，都是假牙，我现在硬的东西吃不了，不过，这些“补品”倒是全可以吞下的。

以前，我曾看到过一张照片，照片上的智量先生在盛夏天里，只穿着一件背心，坐在书桌前，一手拿着脱下的近视眼镜，一手在翻书页看书，书桌上有书，有电脑，有台灯，有笔筒，有台历架……但是没有那些“补品”。那时的智量先生在结束“无业游民”的落魄生活，去华东师范大学从教后，想必为了把过去落下的时间给抢回来，所以每晚都挑灯夜战，在短短的几年时间里，他的创作达到了巅峰状态，著（译）作等身。显然，现在的智量先生已经进入从容不迫的境界，他开始享受迟来太久的安定生活了。

小小的斗室里，最显眼的莫过于墙上挂满的绘画和书法作品了。这些作品都是智量先生自己创作的。事实上，智量先生出生于书香门第，从小就开始学习棋琴书画。他祖籍是江苏江宁，但 1928 年出生在陕西汉中，他的祖父王世镗是位名震遐迩的书法家，于右任曾称其为师，并邀其携家眷赴南京任职。智量先生的母亲毕业于上海圣约翰大学，父亲也是那一代的知识分子，所以，他受到艺术的熏陶是极自然的事。我很喜欢他画的葡萄，疏朗大气，墨绿色的枝叶覆盖下，已经成熟的紫葡萄一串串地突破羁绊，如瀑布般直泻而下，蔚为壮观。我想，智量先生笔下那些葡萄如此奔放、欢腾，是不是象征着他自己苦尽甜来的生活？我环顾智量先生小小的会客室，被那份恬静安然感染。

笑容真灿烂

今年夏天，智量先生做了中央电视台《朗读者》节目的嘉宾，他历经坎坷不改初心，精益求精地翻译普希金《叶甫盖尼·奥涅金》的人生故事，深深地打动了无数的观众。节目中，他给人留下最深印象的是他脸上孩子一般的纯真笑容，即便谈起以往的苦难时光，也满是轻松的语调，有观众赞叹说："经历过人生大喜大悲的老先生，眉目间却满是祥和与天真，就像是在痛苦中开出的花朵，因为苦难的浇灌，而格外坚韧。"

智量先生没有任何的刻意，他的笑容是发自内心的，这堪称天真的笑容，在他清澈眼光的沐浴下，显得无比灿烂。我不知道一个人究竟要达到怎样的境地，才能在笑容里抹去所有的悲伤和痛苦。

智量先生说起了一段往事。那是1960年冬天，他从甘肃陇西死里逃生，蜷曲着身子，裹着一件破皮袄，躺在火车硬座座位底下三天三夜，来到上海，投奔自己的父兄。到达上海的第二天，他所在派出所的户籍警便登门造访。这位户籍警叫陈文俊，30来岁，温文尔雅。智量先生向他提出申报户口的问题，他详细询问后就走了。智量先生及全家人都提心吊胆，认为希望渺茫，因为当时上海的户口已经严格控制，何况还是在全国大精简和大疏散的时刻，更何况他还是一个头顶"右派帽子"的人。果然，几天以后，陈警官上门来告知，上级不同意他报进户口。见智量先生的母亲和孩子哭成一团，陈警官说，我们再想想办法吧。后来，他极为细致地了解智量先生在甘肃当地的情况，包括他与同事之间的关系，当得知他所在单位的韩总编对他态度和蔼时，便建议他直接给他写信，要求出具一份他与原单位已完全脱离关系的证明。但智量先生却不愿再与那个单位的人打交道，他不想再因此而失去尊严。陈警官见他顾虑重重，就不断地开导他，帮他出谋划策，最终，陈警官的善意打动了他，他十分恐惧地发出了一封信。他没想到，那位韩总编在关键时刻帮助了他，在人事员充满恶意的“证明”发出后，追加了一份他亲自撰写的实事求是的证明书。也正是在好心肠的陈警官的开导和“指路”，以及不懈的努力下，智量先生最后才得以报上了户口。

那么多年过去了，智量先生说起陈警官来还是满怀敬意。他心有戚戚地说，陈警官现在已经去世了，他很想再对他说一声感谢。与我同去的王琪是位既有爱心又富有教学经验的中学物理教师，他对智量先生说，我想传承这份珍贵的感情，如果陈警官后人的孩子在学习上需要帮助，我一定会尽心辅导。智量先生听后，满脸笑容，一迭声地说好。我体察到智量先生感恩的心情。现在我明白了，只有当一个人心怀感恩的时候，他才会笑得如此灿烂，他才会从过去的苦难中提炼和萃取幸福，从而让生活真正归于平静。

当年，智量先生在贫病交加中投奔在上海的父兄时，随身带着一只旅行袋，里面装的全是写有密密麻麻字符的香烟盒、报纸边、马粪纸等各种碎纸片，这就是他在极其艰难的劳改期间翻译的《叶甫盖尼·奥涅金》的初稿。在《朗读者》节目中，智量先生回忆说，1958 年他被迫离开中国科学院文学研究所，发配到河北平山县“劳动改造”时，临行前，时任所长何其芳正巧在厕所里和他相遇，他意味深长地用四川话鼓励他：“《奥涅金》，你一定要翻译完咯！”其实，这里还有一个小细节的，那便是何其芳在跟他说这句话前，先走到门口探头看了看外面，确定没有其他人后才跟他这么说的。一方面是受到何其芳的鼓励，另一方面是遵从自己内心的渴望，收拾行李时，智量先生将之前已经扔掉的那本俄语版的《叶普

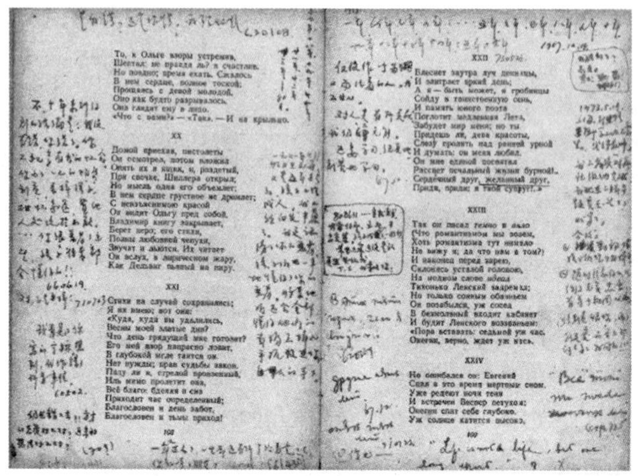
То, к Ольге взоры устремив,
Шептал: не прав ли я? я счастлив.
Но поздно; время ехать. Сжалось
В нем сердце, полное тоской;
Прощаясь с девой молодой,
Оно как будто разрывалось.
Она глядит ему в лицо.
«Что с вами?» — «Так». — И на крыльцо.

XX

Домой приехав, пистолеты
Он осмотрел, потом вложил
Опять их в ящик, и, раздетый,
При свечке, Шиллера открыл;
Но мысль одна его объемлет;
В нем сердце грустное не дремлет;
С неизъяснимою красой
Он видит Ольгу пред собой.
Владимир книгу закрывает,
Берет перо; его стихи,
Полны любовной чепухи,
Звучат и льются. Их читает
Он вслух, в лирическом жару,
Как Дельвиг пьяный на пиру.

XXI

Стихи на случай сохранились;
Я их имею; вот они:
«Куда, куда вы удалились,
Весны моей златые дни?
Что день грядущий мне готовит?
Его мой взор напрасно ловит,
В глубокой мгле таится он.
Нет нужды; прав судьбы закон.
Паду ли я, стрелой пронзенный,
Иль мимо пролетит она,
Всё благо: бдения и сна
Приходит час определенный;
Благословен и день забот,
Благословен и тьмы приход!

108

XXII

Блеснет заутра луч денницы,
И заиграет яркий день;
А я — быть может, я гробницы
Сойду в таинственную сень,
И память юного поэта
Поглотит медленная Лета,
Забудет мир меня; но ты
Придешь ли, дева красоты,
Слезу пролить над ранней урной
И думать: он меня любил,
Он мне единой посвятил
Рассвет печальный жизни бурной!..
Сердечный друг, желанный друг,
Приди, приди: я твой супруг!..»

XXIII

Так он писал *темно* и *вяло*
(Что романтизмом мы зовем,
Хоть романтизма тут нимало
Не вижу я; да что нам в том?)
И наконец перед зарею,
Склонясь усталой головою,
На модном слове *идеал*
Тихонько Ленский задремал;
Но только сонным обаяньем
Он позабылся, уж сосед
В безмолвный входит кабинет
И будит Ленского воззваньем:
«Пора вставать: седьмой уж час.
Онегин, верно, ждет уж нас».

XXIV

Но ошибался он: Евгений
Спал в это время мертвым сном.
Уже редеют ночи тени
И встречен Веспер петухом;
Онегин спит себе глубоко.
Уж солнце катится высоко,

109

王智量翻译普希金《叶甫盖尼·奥涅金》

盖尼·奥涅金》重新塞入了背包。他说："我太爱这本书了，为它吃什么样的苦都值得。"

从翻译到出版《叶普盖尼·奥涅金》，历时近30载，在这漫长的岁月里，智量先生历经曲折起伏，饱尝世事冷暖，但他始终没有放下手中的笔，坚持到了最后。他微笑着说："翻译既是我苦难的源头，也是我生活下去的力量，最终引领我走向通往幸福的道路。"这是智量先生对他翻译生涯的总结，在我看来，同样充满了对翻译事业的感恩，对从《叶普盖尼·奥涅金》等伟大的文学作品中获取的温暖和力量的感恩，并因感恩而平和安祥。

淡泊最幸福

虽然家住四楼，但智量先生常常下楼去散步，前些时候，他甚至一天里要下楼两三回。他还像个孩子一样，央求妻子吴妹娟老师出门上超市、买菜时都带上他，他跟在妻子后面，满是欢欣，一脸幸福。他向我“报怨”说，最近因为妻子受了伤，所以出门时不方便带他了，他希望妻子早早好起来，外出时继续带上他。吴老师听后笑着说，哪有不带上他的。她掰着指头数起近期与智量先生一起外出散步、看戏、听音乐会的次数，当然了，智量先生上《朗读者》节目，也是她陪着去的。

吴老师真是个了不起的人，智量先生能够遇到她乃一生之大幸。吴老师是智量先生的第二任妻子，他们是 1981 年结的婚。吴老师系理工科出身，是科学院的工程师。现在我知道他给智量先生配伍的那 20 多种“补品”是多么靠谱，因为她可以一一说出它们的化学结构和成分——她告诉我说，她是做过化学分析工作的。吴老师简直就是个“女汉子”，用她自己的话说，“男人该干的活我全包了”，家里的电视机、洗衣机、自行车坏了，都是她一手修理的，连坏了的电灯泡也由她更换。别看吴老师风风火火，气势强大，也是一个地地道道的“文艺青年”，她热爱文学艺术，对文艺作品都有自己独到的见解，所以，她既是智量先生的生活伴侣，也是智量先生最为得力的工作助手。那年，上海译文出版社邀约智量先生翻译狄更斯晚年最重要的作品《我们共同的朋友》，智量先生白天上完课就对着录音机进行口译，吴老师则在晚上下班后，一边听录音，一边做记录，再交由智量先生修改订正，一部 80 万字的长篇小说就这样在两人的合作下完成了翻译。

说起来，吴老师今年也已 78 岁了，但她依然辛劳地操持着家务，她不想让智量先生在这方面操心什么。我跟吴老师交谈的时候，智量先生静静地坐在一旁听着，眼里流露出满满的温柔。我想，数十年的相濡以沫，一定让智量先生感受到人生的满足，历经大风大浪，他在这份平和的感情里终于找到了自己的幸福和归宿。因此，在《朗读者》节目里，他将自己的朗读除了献给母亲，也献给了妻子——这是他生命中赋予他精神支撑的两位女性。

智量先生对现在安谧的生活很是满意，他说："我尽管受过苦，但是我后来很幸福。我有一个非常好的妻子，儿女也都事业有成，我现在不愁吃，不愁穿，还有一万多块钱的退休金，这还不好吗？"一个在二十年间受尽身心折磨，在大西北的荒漠开垦过土地、在黄浦江畔扛过木头的人，在人生向晚时分，他对幸福和安宁生活的理解和浸沉是令人动容的。

智量先生如今比任何时候都更看重淡泊，而这份淡泊是加厚、扩展了他的幸福感的，也使他更加从容和自在。吴老师透露说，在参加《朗读者》录制时，工作人员曾要求智量先生按他们说的上下舞台，但他没有接受，还是按自己的想法"自在为之"。我跟智量先生说："我在上世纪八十年代就听过您用俄语朗读《叶甫盖尼·奥涅金》了，那是在上海市工人文化宫举办的一次文学讲座上，您的声音真的非常好听，具有生命和精神的质感，给人以美的享受。如果可以的话，您愿不愿意录制一些您翻译并朗读的俄罗斯文学作品的音频或视频呢？"智量先生听后摇了摇头。我明白了，现在对他来说，健康第一，快乐至上，其他都不在乎，而这也是他的淡泊吧。我想，我们应该尊重和保护智量先生一路坎坷后方才抵达的安宁。

交谈间，吴老师说她要外出一趟。原来，这些天，为了给受了伤的母亲减轻一点劳累，吴老师的女儿接过了为智量先生煲营养汤的活计，而且还每每自己送过来。吴老师说，这样会累着女儿的，所以还是她把汤锅送回去吧。智量先生一听，笑着说，那你赶快去吧，这次我就不跟着你啦。说着，他随手拿起了那本已经被他翻烂了的俄语版《叶普盖尼·奥涅金》，他说这成了他的日记本了。

2018 年 11 月

采写手记：

智量先生命运多舛，但在逆境中仍然坚守理想，精益求精地翻译普希金的诗作《叶甫盖尼·奥涅金》，与其说这是翻译，毋宁说这是对命运的抗争，是对灵魂的救赎。智量先生是那一代中国知识分子的代表。在我的记者生涯中，采访过众多的文化名人，尤其是与其中的前辈结下了深情厚谊。同样，与其说这是采访，毋宁说这是我向前辈的致敬，他们的学识、品格乃至经历都令我敬仰。文化是需要传承的，我们都应该努力地成为传承中的一个接力点。

在布拉格重读《绞刑架下的报告》

2019 年 9 月 8 日，我们一行从这天开始在布拉格重新展读《绞刑架下的报告》。这一天，是“世界新闻记者日”，其来历是纪念捷克反法西斯战士、作家、记者尤利乌斯·伏契克，1943 年 9 月 8 日清晨，他在德国柏林勃洛琛斯监狱被纳粹杀害，年仅四十岁。伏契克是在 1942 年 4 月 24 日晚上被捕的，当即被押往德国盖世太保驻布拉格司令部所在地佩切克宫，当时，伏契克蓄着大胡子，在严刑拷打的审讯中他拒绝说出自己的姓名，直到被叛徒指认。之后，他被关押在布拉格近郊的庞克拉茨监狱，正是在那里，他用铅笔头在一张张碎纸片上写下了举世闻名的不朽著作《绞刑架下的报告》(以下简称《报告》)。

原著版本愈益完善

秋天的布拉格，在伏契克的笔下是金光闪耀的。9 月 10 日，我们在捷克伏契克协会，细致了解了伏契克《报告》近 75 年来的出版历程。

1945 年初版《报告》

《报告》的发现很偶然。

1945 年 5 月，希特勒德国宣布战败，战争结束了，被纳粹关押在位于柏林北面 80 公里处的拉温斯布吕克集中营的古斯塔·伏契克娃重获自由，回到布拉格。那时，她完全不能接受丈夫伏契克已被杀害的事实，到处探听他的消息。6 月 9 日，伏契克的妹妹莉布谢在《红色权力报》上刊登了一则“寻人启事”，希望知悉伏契克在被捕之后这一时期中的任何详细情况者，来信告知她和伏契克娃。不几天，就有人回复，其中有一封信是专门写给古斯塔的，信中附有一份关于伏契克的“旁证材料和情况介绍”。写信者是一名叫卡兹达的工程师，他说这份材料是受一位中学校长约瑟夫·佩舍克的嘱托转寄给她的，而佩舍克曾经与伏契克被关押在同一个牢房里，可惜的是，他在狱中受尽折磨，刚出狱回到祖国就去世了。在这份材料中，佩舍克说，他和伏契克一起被关在庞克拉茨监狱的乙门Ⅱ. 267 号牢房，他们之间建立起了父子般的关系，伏契克称他为“老爹”，并告知他说，他所写的狱中笔记和案情材料都交给了一个德国看守科林斯基，由他代为保管。因此，佩舍克要求卡兹达将伏契克留有遗作的情况向有关部门报告。

古斯塔读着来信，回忆起她和伏契克在佩切克宫 400 号候审室一起接受审讯时，伏契克曾跟他说起过佩舍克“老爹”，还说过他在庞茨拉克监狱写东西。她问他，谁把他写的东西送出去。伏契克告诉她是一个德国看守，她让他小心，可他却说此人可靠。古斯

在捷克伏契克协会参加《报告》版本展示

塔即刻开始寻找科林斯基，但得到的回音是庞茨拉克监狱有过两个名叫科林斯基的人，其中的一个在纳粹占领时期就被送到捷克特雷津纳粹集中营去了。在公安部门的帮助下，住在离布拉格 60 公里外的另一个科林斯基终于找到了，他交给了古斯塔几张长条形、已经发黄了的小纸片，上面写着的文字是伏契克的笔迹。在这些纸片上，伏契克写到了科林斯基：“这个来自摩拉维亚的捷克看守名叫阿多尔夫·科林斯基，他是一个出身在捷克老式家庭里的捷克人，却自称是德国人，为了到赫拉德茨·克拉洛维的捷克监狱，然后转到庞克拉茨监狱来当看守。”正是在这位被伏契克认为“带着预定的任务”的捷克看守的帮助下，伏契克写成了他的最后一部著作。这些纸片每一页的左上角都标着号码：136、137、138、139、140、141，右上角则写有一个“R”字母。古斯塔问，还有其他的小纸片吗？科林斯基说他正要把它们找回来，因为他分别藏在各个地方，其中有一处是在洪波列茨。

与此同时，根据其他人提供的线索，古斯塔在 7 月初去布热弗诺夫找到了一名叫斯科热波娃的女士，她从藏在地窖里土豆堆中的一个长方形铁盒里，抽出一叠小纸片，上面同样有伏契克的字迹。斯科热波娃女士告诉古斯塔，这些小纸片是她丈夫寄给她的，那时，她丈夫被关在庞克拉茨监狱当杂役，有一个叫雅罗斯拉夫·霍拉的捷克看守常常把一些囚犯写的信函带给他，并让他设法寄回家里藏匿，其中就有七页伏契克的手稿。斯科热波娃的丈夫已在 1944 年被枪决。

古斯塔拿到的这些小纸片左上角标有页码 78、79、80、81、82、83、84，右上角写有“R”字母。没过几天，古斯塔又得到了科林斯基找到的 150 多张标有页码的伏契克手稿，就在第一页上，伏契克这样写着：“《绞刑架下的报告》——jef——1943 年春写于庞克拉茨盖世太保监狱。”不过，古斯塔发现，科林斯基和斯科热波娃女士保存的手稿加在一起，还是少了一页，即缺第 91 页。但是，古斯塔的继续寻找却毫无结果。

尽管这样，1945 年 10 月，封面设计简洁而撼人的《报告》正式出版，顿时，引发了捷克乃至全世界读者的关注，短短数月，又发行了第二版，虽然仍旧缺少一页。

1946 年春，古斯塔在布拉格举行的一次青年集会上，介绍伏契克的英雄事迹，会后，一位 15 岁的女孩找到她，并对她说，她是洪波列茨人，1945 年春上，她去洪波列茨的扎沃茨卡夫妇家做客，听说在纳粹占领时期，一个庞茨拉克监狱的看守委托他们家代为保管伏契克的一些手稿，她便要求看看，于是，主人便把手稿从密室中拿了出来，女孩开始读起来，读到最后一页时，她的父母要她赶快回家，她就把没有读完的这一页夹在一本书里带走了。后来，她又把书借给了别人。不久，她想起了那张小纸片，却记不得把书借给谁了，直到最近，夹有那张小纸片的书才还了回来。那张小纸片正是手稿第 91 页。此后，出版的第十版才最终得以把缺页补上。

后来，古斯塔还找到了伏契克另外 8 页手稿，每页的右上角都标有一个“L”字母，内容都与文学有关。现在可以确定的是，“L”是“文学”一词开头第一个字母，而那 167 页标着“R”字母的即是“报告”一词开头第一个字母，也即《绞刑架下的报告》。

《报告》自 1945 年首次出版后，已在捷克印行了 36 版，随着岁月的流变，《报告》的出版也与时俱进，愈益完善。

1994 年，《报告》全文版出版。《出版说明》中写道：“作品的手稿共 167 页，稿纸规格不一，文字篇幅各异，它们是在沦陷时期由庞克拉茨监狱的看守们秘密带出来的。此次出版的《报告》首次完全按照作者的一张张便条式的手稿原样进行排版，恢复或补充了在以往版本中被删改的文字或段落。”这些被删除的部分约占原著手稿的百分之二，均用黑体字标示，具体涉及作者编有页码的手稿第 32、52、55、63、64、66、107、150、151、164、165、166 和 167 页。首次全文出版的《报告》，内容十分翔实。1995 年，《报告》评注版出版，评注版由两位历史学家弗朗基谢克·雅纳切克、阿伦娜·哈伊科娃共同编撰，对伏契克原著做了详细的注解和评论，评注部分占全书的三分之二，具有极其重要的史料价值。2008 年，《报告》手稿版出版，全部采用伏契克手稿影印，还附有伏契克在各个时期的大量珍贵照片，大 8 开本，有着非常厚重的历史感和真实感。2016 年，《报告》评注版又推出了第二版。这些新版本不仅还原了伏契克原作的全貌，同时也还原了一个既是普通人又是英雄的真实的伏契克。

中文译本别开生面

伏契克的《报告》充满英雄主义和人性的光芒，感动、鼓舞了全世界千百万追求真理、自由和正义的读者。如今，这部传世杰作在全球已有包括中文在内的90多种语言的译本。

在伏契克协会，我们介绍并展示了《报告》的中文译本的出版情况。

《报告》于1945年10月在捷克出版后，很快便在中国引发关注。1947年，大连《实话报》社长谢德明邀约翻译家刘辽逸翻译此书，刘辽逸遂根据莫斯科真理报出版局作为“火星丛书”于1947年出版的俄文版进行转译，以《死囚日记》为题在《实话报》上连载。1948年2月，光华书店（即后来的三联书店）在大连出版了单行本，书名改为《绞索勒着脖子时的报告》，初版发行3000册。这是《报告》首次用中文在中国以书籍形式出版，初版本以译自苏联大型文学期刊《旗帜》1947年5月号上戴采夫撰写的书评《不朽的著作》为代序。这个在战火中诞生的装帧简陋的中文版的封底上，印有伏契克写的一句话：“与其使我的报告成为时代的证据，不如使它成为人的证据，我想这是重要的。”初版本随即在香港又印了一版，书名改为《绞刑架上》。

中华人民共和国成立后，1951年2月，三联书店在北京重排出版了刘辽逸译本。这一次，书名定为《绞索套着脖子时的报告》。刘辽逸在写于1951年1月11日的《重版后记》里说，趁着重新排印的机会，他将译稿校阅了两遍，作了很多的修正。本书出版后，供不应求，在短短的一年间再版5次，发行量达到12万册。

1952年10月，人民文学出版社在上海出版了由陈敬容翻译、冯至校订的《绞刑架下的报告》，这个版本是根据 1947 年出版的法文版转译的，同时参考了 1951 年柏林出版的德文版、1952 年莫斯科出版的俄文版。这是中文版第一次使用《绞刑架下的报告》这个书名，初版即印 30 万册，由此，伏契克的这部名著便以这个书名在中国更为家喻户晓。

1979 年 9 月，当改革开放的春风吹遍中国大地之际，人民文学出版社推出了由蒋承俊翻译的《绞刑架下的报告》，这是第一个直接从捷克文翻译的《报告》中译本，著名翻译家戈宝权应蒋承俊之请，参照捷克原文和俄、英、法等三种文字的译本，进行了细致的校订。列入“文学小丛书”的译本，首印即达 10 万册。这个新译本先后在 1983 年和 1986 年出了第二版和第三版，蒋承俊将她的译本寄给了古斯塔，古斯塔在收到后当即转给了伏契克博物馆。

1995 年 2 月 7 日，《人民日报》刊出捷克奥列科出版社全文出版《报告》的消息，著名出版家、编辑家、原中国青年出版社编审委员会副主任叶至善连夜写信给中青社时任副总编辑程绍沛，他在信中写道：“我在报上看到捷克重新全文出版伏契克的《报告》的消息，激动得什么事儿也干不成了，夜里躺在床上竟不能入睡……这本书，我读过不止十遍，在翻译作品中，反复读过这么多遍的，在我是唯一的一本。……我相信你们也已经注意到这条新闻了。中青社在五十年代初期就出版了伏契克的这本书，书名记得是《绞索套着脖子时的报告》，在青年读者中产生的影响，不亚于《钢铁是怎样炼成的》；青年艺术剧院还改编成话剧演出过，从报刊的评论看，改编和演出都是成功的。‘文革’以后，中青社重新开张，打算重印一批过去的出版物，当时，我特地推荐了伏契克的这本‘报告’……现在得抓紧了，要尽快设法得到这个新版本，尽快组织力量翻译出版，好让没有读过、甚至无缘知道这本‘报告’的青年读者，能够早日读到这本‘报告’，也让怀念这本‘报告’而未曾见过全貌的像我这样的老年读者，能早日读到这个新的版本。”叶至善的这封信发出才 3 天，程绍沛便给他打去电话，告诉他说决定接受他的建议：“重新出版这部名著的全文本，让一代又一代的青年了解这位反法西斯英雄为祖国为人民英勇战斗、不怕流血牺牲的大无畏精神，是我社应尽的职责。”中青社在全国出版社中第一个与捷克驻华大使馆取得联系，并邀请徐耀宗、白力殳进行翻译，确保在 9 月 8 日伏契克壮烈牺牲的纪念日前出版。1995 年 8 月，中青社出版的全译本与中国广大读者见面。全译本在组织翻译的过程中，得到了蒋承俊的关照，书稿排出校样后，又请推荐此书的叶至善撰写了前言。

1995 年 11 月，山西高校联合出版社也在第一时间推出了由刘捷生根据捷克奥列科出版社全文本翻译的《报告》；1997 年 12 月，人民文学出版社出版了蒋承俊的全译本。蒋承俊说：“我想，广大读者与我的心情一样，想尽快知道全文本与过去的版本到底有何不同，删节了哪类文字与段落，因此我将全文本赶译出来，好让大家先睹为快。”

最近这些年来，我国众多出版社依然在不断地刊印《报告》，除了上述出版社，出版此书的其他出版社还有光明日报出版社、二十一世纪出版社、漓江出版社、浙江文艺出版社、花山文艺出版社、新世纪出版社、金城出版社、中国书籍出版社、中国戏剧出版社、广州出版社、北京燕山出版社、吉林摄影出版社、时代文艺出版社、中国华侨出版社、新疆青少年出版社、甘肃教育出版社、安徽师范大学出版社、东北师范大学出版社、伊犁人民出版社、延边人民出版社、内蒙古少年儿童出版社、内蒙古文化出版社、国际文化出版公司、南方出版社等。

我们向伏契克协会展示的中文版《报告》中，有几种很是特别。一种是平明出版社 1953 年 5 月出版的三幕剧，这部话剧由苏联的伏・布拉金、格・托夫斯托诺戈夫根据伏契克原著改编，陈山翻译。更为特别的是两个连环画版本，一个是新美术出版社 1954 年 2 月出版的由王星北编文，汤有苏绘画的连环画，一个是辽宁美术出版社 1985 年 4 月出版的由范若由编文，杜凤宝绘画的连环画，两个连环画版本的绘画者汤有苏和杜凤宝都是我国著名的画家。2015 年 7 月，为纪念世界反法西斯战争胜利 70 周年，上海人民美术出版社再版了由王星北编文，汤有苏绘画的《报告》连环画。当我们展示这本精美的连环画时，伏契克协会的会员们发出阵阵赞叹，认为是一个非常独特、别开生面的《报告》版本。

研究成果令人深思

从 20 世纪 90 年代初开始，捷克出现了一股否定伏契克的风潮。9 月 13 日，我们在拜访第一部伏契克传记《为欢乐而生》的作者、作家、文学史家、艺术评论家格里加尔时，他向我们介绍了这股风潮的来龙去脉。他不无深沉地说道："对伏契克的尊崇被一场诽谤和最卑劣的谎言风暴所取代——伏契克不再是英雄，而是一个叛徒；不再是一个无畏的抵抗战士，而是一个懦夫；《绞刑架下的报告》并非其作品，而是他人伪造的赝品。在我看来，这不啻对伏契克的第二次行刑。"

正是在这样的背景下，一群捍卫伏契克荣誉和精神的人聚合在一起，对《报告》展开了专业而深入的研究。

1991 年，捷克伏契克协会成立。协会建立伊始，便抢救性地对见证伏契克写作《报告》的相关人士一一进行采访。

由于科林斯基已经去世，所以，他们调阅了他在战后所写的一系列证明材料。科林斯基在材料里写道，其实伏契克在很长时间内并不信任他，将他带给他的铅笔和纸藏在牢房的草垫子里，却一直没有动用，直到一个多月后，也就是 1942 年 6 月初，当伏契克遍体鳞伤地从佩切克宫审讯室回到庞克拉茨监狱，他才再次建议他写些东西。他跟伏契克说，不是为了现在，而是为了将来，使您知道的一切不至于随您一起消失。这一次，他的话打动了伏契克，使他相信了他的真诚，并认为他是“我们的人”。伏契克最早写的是标记“L”的文学评论部分，直到 1943 年 3 月底、4 月初，才开始了标记“R”的《报告》的写作。写作的进行非常艰难，只能在科林斯基值班而且是白班的时候进行，他会趁着没人，在关押伏契克的二楼 267 号牢房门口轻轻地敲敲门，示意伏契克可以动手写了。在伏契克写作时，他便在他的牢房周围来回巡逻，一旦发生情况，立即敲两下门，让伏契克停止写作并藏好手稿。在这样的险恶环境下，伏契克的写作频受干扰，一天能够写上两小页就很不错了，有时，由于得知某一个同志牺牲的消息，他会心情沉重，一天都写不出一个字来。但伏契克知道死亡随时会来临，所以他还是抓紧时间尽可能多写，最多的时候，他一口气能写了 7 小页。写完后，他会敲敲门，把小纸片交给科林斯基，铅笔总是一同归还。科林斯基立刻将这些手稿藏在监狱厕所里连接水箱的水管后面，晚上下班时，再将手稿藏在皮包盖麻布层衬里，以防备狱警对他的皮包进行检查。科林斯基帮助伏契克写作并将手稿送出狱外，直到 1943 年 4 月，因受到盖世太保监狱长索帕的怀疑，他被调到三楼监房。

捷克看守雅罗斯拉夫·霍拉从 1943 年 2 月至同年 12 月在庞克拉茨监狱服役 10 个月，因援助囚犯而被捕，先后被送进毛特豪森集中营和古森集中营。他在接受伏契克协会的采访时说，他与科林斯基同在二楼监房执勤，两人常常互相帮助，协同工作。科林斯基调走时，告诉他伏契克正在写作，让他把铅笔和纸送到他的牢房里，并且要给他放哨，以免被人发现。霍拉每次带给伏契克的都是小铅笔头，有时甚至只是一小节铅笔芯，而纸其实就是发给囚犯使用的、纸厂切下的纸边。科林斯基调离后，为了能更隐蔽地在牢房里写作，伏契克把床单当作台布铺在小桌上，他背对牢门坐在桌旁，掀起床单的一角，把纸片放在光桌面上写东西。霍拉跟伏契克约好，他用钥匙敲一下门，伏契克就开始写作，如果他敲两下，那就是危险信号，伏契克必须停笔。在他写作时，“老爹”佩舍克也会待在牢房门边，警惕地听着外面的动静。即便这样，还经常险象环生，有一次几乎闯下大祸，盖世太保突然从一楼跑上来，直扑二楼关押伏契克的牢房，霍拉都已经来不及给伏契克报警了。伏契克就是在如此危险的情况下，承担着巨大的风险进行写作的。他每次写完一页，至多两页时，就把手稿连同铅笔交给霍拉，霍拉则即刻藏到厕所里，下班后，带出监狱，然后在街上或者有轨电车里再把它们交给科林斯基，至于科林斯基把手稿藏在什么地方，这一点他并不知道。1943 年 5 月，伏契克再次被押往佩切克宫受审，盖世太保告诉他说，他的案子已移交法院审理。这种情况表明，他不久就要离开庞克拉茨监狱，被押解到德国的纳粹法庭去了。有鉴于此，伏契克决定把他的狱中作品大大缩短，尽快结束，以免成为未竟之作，为此他加快了写作进度。6 月 9 日，在他得知第二天将被押往德国后，他全力以赴，一口气写完了最后一章，完成了全部作品。6 月 10 日，伏契克即被转押往德国，先后被关押在鲍岑监狱、柏林刑事法庭监狱和勃洛琛斯监狱，不久便被杀害。

伏契克协会通过对霍拉以及其他当事人的采访，证明《报告》的写作确凿无疑。

此时，捷克公安部对伏契克《报告》的笔迹展开了鉴定工作，最后确认真实无误。如今，伏契克的手稿保存在捷克民族博物馆档案馆。9 月 11 日，在档案馆里，女馆长和两位伏契克档案保管及研究员向我们展示了一张张夹在玻璃板中的《报告》手稿，并向我们介绍了笔迹鉴定过程。亲眼目睹伏契克在狱中写下的手稿，我们非常震撼，同时感慨万千。

公安部的笔迹鉴定结果出来后，伏契克协会举办了一个关于伏契克《报告》的国际学术会议。在这次会议上，公布了《报告》的

捷克民族博物馆档案馆展示《报告》手稿

全部手稿，其中有之前出版的所有《报告》版本中都被删除的一些文字和段落。这些被删除的文字和段落，恰恰被居心叵测者利用来作为否定伏契克的“口实”。

专家、学者们认为，1945 年出版伏契克《报告》时删除这些文字和段落是情有可原的：第一，战争刚刚结束，《报告》中写到的一些人还在甄别中，不适合公开。第二，人们正沉浸在庆祝纳粹德国覆灭的喜悦中，伏契克在《报告》里高瞻远瞩的对德国人民所表达的宽容和友善，尚不合时宜。第三，诸如接受德国看守的半截香烟等细节，可能不符合对英雄人物的塑造。第四，由于在异常严酷的环境中写作，而且面临生命最后日子的迫近，为急于完稿，尤其是作为急就章的最后一章，伏契克不得不使用简练、隐忍的笔触，因而没能展开具体的描述，清晰、细腻地写出他究竟是如何采取“与以往有所不同的做法”跟盖世太保斗争，“演一出高妙的戏剧”；如何巧妙地与盖世太保周旋、斗智斗勇、误导他们“忙于抓捕幻影”。这些没有展开叙述的文字若不放在当时的语境下容易引起误读，有可能损害伏契克的形象。其实，我们认为，在今天读来，这些文字更能凸显伏契克写作的危难和艰辛，更能凸显伏契克勇敢、忠诚、乐观、从容、俏皮、机智的个性魅力，丝毫不影响他作为反法西斯英雄的伟大和荣耀。事实上，对留存于世的战时秘密写作，在出版时总是有着不断完善的过程的，一如《安妮日记》，其出版也经历了从删节到全本的可谓漫长的历程。

伏契克协会通过对历史档案的查阅，对纳粹占领时期加入反法西斯抵抗运动的莉德米拉·普拉哈、约瑟法·巴克索娃、鲍日娜·弗拉诺娃，以及看守霍拉、瓦茨拉夫·瓦茨拉维克等多名当事人的采访，证明伏契克非但没有出卖过任何同志，而且还保护了一批志士免受盖世太保的追捕，同时他一直在狱中坚持开展对敌斗争，团结、号召难友们坚定信念，乐观向上，以坚忍不拔的顽强毅力去迎接胜利。1993 年，伏契克协会把采访录像制作成纪录片《证词》公映。

1994 年，伏契克协会认为出版全文本的《报告》时机已经成熟。“而今各种理由均已不复存在，因此呈献给广大读者一本完整的、原原本本的《报告》，不仅是可能的，而且是适时和必要的，特别是在那些不实之词很能迷惑住年轻一代的时候，因为他们极少有可能去亲自认识这位有着世界性声望的同胞的真理。”这就是奥列科出版社全文出版《报告》的真实背景。全文本由 7 个部分组成，最后一个部分便是捷克公安部有关伏契克笔迹的专家鉴定影印件。

在捷克，有两位杰出的历史学家，很早就开始了对伏契克的《报告》严谨而细致的研究，并写出了极为详尽的评注。1930 年出生的雅纳切克和 1924 年出生的哈伊科娃，带着由历史学家、文学史家、语言学家和勘校专家等一批博学的专业人士组成的团队，从纳粹占领时期的捷克抵抗运动史入手，严格遵循科学的历史学的方法，对众多细节进行挖掘和梳理，取得了许多新的发现，并独创性地论述了纳粹占领时期抵抗运动中至今鲜被探索的复杂一面，推动对《报告》真实性的确认。两位历史学家认为，历史研究者应设身处地感受人们在极端情况下的思想和行为，重建那些曾经发生过的重大事件和历史进程，而且要认识事物的意义，勾勒出隐藏在历史进程中的趋势。1995 年夏天，他们发布了自己的研究成果，也即首部《报告》全文评注版，他们计划今后持续推进研究工作，不断地推出更新的版本。在为本书撰写后记时，雅纳切克感觉自己在完成毕生的命运，确实，此书才出版，他便于当年 12 月因心脏病猝死，而哈伊科娃继续开展研究，直到2012年8月逝世。研究团队于2016年推出了第二版《报告》全文评注版，加入了最新的发现，为加深人们对伏契克以及整个捷克反法西斯抵抗运动的认识提供了宝贵的研究。

雅纳切克在为首部《报告》全文评注版撰写的后记《怀疑与确定》中，庄重地写道："现在，半个世纪之后，关于《绞刑架下的报告》（同时也是关于地下斗争和整个占领国体系），可以将我们已见到的最重要信息明确归纳成一句话：许多事情另有真相，然而绝不是全然相反。"这为伏契克讨回了应有的公道、公平和公正。

雅纳切克和哈伊科娃认为，历史编纂工作能为人服务，但决不是由人驱使。关于伏契克《报告》的研究成果是令人深思的：尽管历史的车轮滚滚向前，当年对伏契克的神话式宣传应当反思，但由一个壮烈牺牲了的反法西斯英雄来承担被后人神话导致被质疑甚至被否定的结果，这是不客观、不公正的，而现代社会制造各种神话都是不能被接受的。历史的记忆不会因为时间的流转而被淹没，或者被随意篡改。正如叶至善所说："要把伏契克这样的一位反法西斯战士从人们的心中抹去，是无论如何办不到的。"

2019年11月

采写手记：

伏契克是一位被德国纳粹绞死在监狱里的反法西斯斗士，这是谁都无法否认的事实，但是，同样不能否认的是，这样一位在旧体制中曾经被神化了的英雄，现今却遭遇了不是由他本人所造成的质疑，而且这种质疑存在明显的严重的极端倾向，乃至引发了某种"社会撕裂"。为了厘清事实，尊重历史，还牺牲了的反法西斯英雄应有的公道、公正和公平，也给世人提供重新认识的时间和空间，我专程去捷克做了一次有关伏契克及其《绞刑架下的报告》的研究之旅，并写就了这篇近年来最为完整的关于《报告》真实情况的报道，不仅在我国，也在捷克引起了很大的关注。

大墙里的绿光芒

宽阔的草坪，葱郁的树丛，如同花园一般，但这里是上海青浦监狱。

一道森严的黑色铸铁大门赫然便在眼前。尽管有监狱办公室人员陪同，但我还是很“艰难”地花了很长时间，才跨过四重门，进入大墙里面。

青浦监狱占地面积约 300 亩，是上海市内面积最大的监狱。青浦监狱 1994 年建成，那一年，正值中国改革开放之后第一部《监狱法》诞生，所以，方方面面对这座监狱有着许多期待。建监伊始，青浦监狱就将展示中国司法文明、服务国际人权斗争为己任，尤其是近年来，根据党和国家推进司法改革的要求，更加注重完善在服刑人员教育改造实践中形成的艺术矫治特色工作，成为上海首家获得司法部“现代化文明监狱”称号的单位。

在典雅的展示厅里，我参观了服刑人员艺术作品展览，书法、绘画、剪纸、竹刻、纸模、玉雕、面塑、皮影等令我目不暇接。我站在一幅顾绣《竹鸠》前，停下脚步仔细观赏，这真的是太精致了，丝丝缕缕，生动毕现。我问这是谁的作品，说是一个叫曹光的服刑人员创作的。

我说，我想见见他。

脱胎换骨

2012 年刚刚开春，青浦监狱的警官来到松江文化馆，找到国家级非物质文化遗产——顾绣传承人朱庆华，请她出山担任监狱顾绣习艺班指导老师。

朱庆华很是惊讶。

顾绣形成于明代后叶，至今已流传四百年，是最富上海本土文化特色的民间刺绣艺术，也是江南刺绣的杰出代表，对后世江南乃至中国刺绣发展影响深远。朱庆华是优秀的顾绣传承人，深得顾绣以针代笔摹绣古人名画的真髓。虽说如今传承人才难得，但她怎么也不曾想到，青浦监狱会考虑让服刑人员来学这门手艺。警官跟朱庆华说，之所以选择顾绣作为艺术矫治项目，一是想通过艺术来唤起服刑人员缺失的道德情感，激发他们内在的改造动力；二是想通过工匠精神来磨炼服刑人员的心性，矫正不适性格，培养意志品质。朱庆华随即问道，现在挑选了哪些人员？警官说到了曹光。

来自中部某省农村的曹光时年 26 岁，初中文化，性格冲动暴戾，因抢劫罪和强奸罪被判处有期徒刑 15 年。

朱庆华一听，连连摇头，这样的人，文化水平不高，又不懂上海文化，况且脾气性格那么暴烈，根本连坐都坐不住的，怎么可能学好刺绣，这可是“女红”！

警官说，我们就是特意挑选这样的服刑人员的，如果能学成，能转变，那他真的就可“脱胎换骨”，成为一个“新人”。

事实上，在挑选顾绣习艺班人员过程中，警官们是对服刑人员进行过测试的。

全面准确地认识罪犯是实现罪犯改造科学化的前提和基础。20余年来，青浦监狱始终站在罪犯教育改造机制领先的高度，不断探索科学化的手段，提高罪犯改造质量，降低罪犯重新犯罪率，实现治本安全。就在2012年开发顾绣习艺矫治项目之时，监狱通过多方比选，引入了加拿大的风险需求与个案管理系统（LS/CMI），并进行本土化研究和实践。之后，青浦监狱与司法部犯罪改造研究所合作成立课题组，共同推进罪犯风险评估工作，形成了《罪犯风险需求评估量表》。2016年，这项开创性工作列入了司法部《关于在全国开展罪犯危险性评估工作的意见（试行）》。

正是通过罪犯风险需求评估，曹光被选中参加顾绣习艺班。

朱庆华听后，犹犹豫豫地答应了下来。

2012年4月，顾绣习艺班正式开班。

一晃，6年过去了。

现在，曹光就在我的面前。

敞亮开阔的工作室里，有三排工作台。曹光坐在最后一排。他正在埋头刺绣。我走过去，看到那是一幅《清明上河图》的开卷部分。

曹光抬起头来。这个今年32岁的人满眼平和，一脸温顺，显得既年轻又文雅。他穿了一身蓝白格子线条相间的囚服，理了个平头，干净而清爽。这与他入监时所拍的照片判若两人。

当初，就跟朱庆华一样，得知自己被选去学顾绣，曹光惊讶极了，虽说他读过初中，但他从未真的好好上过学，也从未真正接触过什么艺术。一听要学刺绣，而且这活一坐就是一天，他完全不相信自己有这份细心和耐心，他实在无法将自己这么一个性子粗砺的人与顾绣挂起钩来。

朱庆华来了。当她展示一幅幅精美的顾绣作品，对顾绣的历史、技巧技法、艺术欣赏进行讲解时，曹光表现出了一份新奇，但他还是不觉得自己会有可能成为顾绣的传承者。

那一阵，曹光的主管监狱民警天天对他进行心理辅导。民警对他说，学习的目的其实也跟你的将来有关，你总有一天要回到社会，如果你的性格还是像以前那样暴躁、冲动，那么遇到事情还会是非不辨，还会失去理智，那你就真的没有未来和希望了。

曹光终于坐下来了，而且每天越坐越久，甚至都不想离开。他渐渐地进入了状态，随着静下来的心气，原先都拿不稳针的粗糙的手开始自如地飞针走线，原先看不懂古代绘画的粗陋的眼睛开始能从画里读出意蕴来了。

性格急躁和冲动的曹光，在“慢工出细活”的顾绣的学习中，感到自己正心平气和，被艺术融化。

两年之后，当曹光将自己花了10个月时间完成的《竹鸠》交到顾绣传承者朱庆华手中时，朱庆华再次惊讶了。这幅描摹宋朝画家李安中名作的作品细部富有质感，栩栩如生，堪称精品。朱庆华按耐不住欣喜地告诉曹光：“你今天正式出师了！”

松江文化馆提出出资8万元收藏《竹鸠》，以展示顾绣传承新人辈出。

青浦监狱对参加顾绣学习的服刑人员进行过测试，总体焦虑度和抑郁度要低于其他服刑人员，违纪扣分率比参加前下降了60%。青浦监狱党委副书记、政委谢忠明认为："艺术矫治是为改造服务的，我们最为看重的是通过艺术学习对服刑人员的矫治价值，服刑人员创作艺术作品的同时，更是这些艺术项目'创造新人'的过程。"

我问曹光："你在顾绣学习中最大的感受是什么？"

他回答说："我感受到了顾绣中所蕴含的唯美、理性和仁爱，这是我以前从来不知道的，正是艺术，让我像换了一个人似的，我自己都意想不到。"

曹光这样说着的时候，我看到坐在他前面两排的人不由自主地停下手来，侧耳细听。

他们是曹光带的两个"徒弟"。

心路连绵

青浦监狱教学楼的三楼礼堂是个标准的剧场。我还在楼道里拾级而上，已经听到从里面传出阵阵音乐声。那天，青浦监狱服刑人员新声艺术团正在排练《心路》。

新声艺术团成立于2011年9月21日，成员由15个不同国家的45名服刑人员组成。

"西蒙，这段音乐的节奏是否应该慢一些？"

艺术团艺术指导、警官王胜逻正在和主键盘手西蒙商量。

《心路》是艺术团最新创作的一部原创多媒体音乐话剧，故事说的是出身于南方山村的肖卫国，在大城市担任高级领导干部，但他忘却初心，未能抵制住各种诱惑，贪欲当头，不惜以身试法，终至落马，因受贿罪和滥用职权罪锒铛入狱。在狱中，经过民警们耐心细致的教育感化工作，肖卫国痛定思痛，逐步走向新生。

艺术指导王胜逻是一位警官，主键盘手西蒙则是一个服刑人员，但他们已是“老搭档”了。在 2013 年 1 月首演的首部监狱原创音乐剧《心狱》中，王胜逻是走上前台饰演剧中李警官的男主角，这位迄今已从警 30 年的警官英俊舒朗，歌喉美妙；而西蒙却是幕后的乐队主力，他不仅是键盘手，还时常同时担任鼓手——他有着天赋的乐感。

趁着排练间隙，我向王胜逻提出要跟西蒙聊聊，于是，已经站在门口的他大声地招呼还坐在剧场里研究乐谱的西蒙。

西蒙过来了。

这个菲律宾籍的服刑人员，50 岁出头，个子瘦小，头发有些稀疏，鬓角还有点发白，他脸上的皱纹不少，看得出印刻着生活的迹痕。西蒙 2010 年 5 月因走私毒品罪，被中国法院判处无期徒刑。

其实，西蒙受过良好的大学教育，他酷爱音乐，曾是职业流行音乐乐手，但贪欲却将他拖入了地狱。如今的他后悔莫及，而他最为痛心的是，在他听到无期徒刑的判决后，他知道他最喜爱的音乐将就此与他永隔。

西蒙心如死水。

但让西蒙没有想到的是，在他入狱一年多之后，新声艺术团成立了，而他成了艺术团的第一批团员。当他再次触摸到乐器时，他觉得自己就像是做梦一般，他不敢相信，他把手掌紧贴在胸口，他听见了自己的心跳声。

青浦监狱是一座涉外监狱，目前关押的外籍服刑人员有近200人。如何让这些外籍服刑人员在中国的监狱里进行改造，重新做人，一直是青浦监狱重点研究的课题，他们认为艺术矫治同样是适合外籍服刑人员的，而且通过中国传统文化的教育，还能让外籍服刑人员把刑期变为学期，有助于中国传统文化在世界的传播。为此，艺术团设有中国民族乐器的演奏、中国古典诗词的朗诵等。

西蒙至今还记得他入狱之后的第一次演出。他用带有地方口音的英语告诉我说，那次演出，艺术团的荣誉导师、世界闻名的中国著名音乐家谭盾也来进行艺术指导，让他感到非常荣幸。演出时，因为他的位置面对观众，所以他看到许多观众在观看时情不自禁地流下了眼泪，他自己也很感动，他投入到音乐之中，感觉到自己的灵魂在复苏。

我问西蒙："为什么当初你觉得自己的人生已完结了？"

西蒙说："我是将音乐当成生命的，我的人生中不能没有音乐，进了监狱，那就跟音乐绝缘了，我的人生也就中断了。"

"那你现在还这么想吗？"

"当然不是了。中国监狱重新把音乐给到了我，所以我的人生其实没有中断，没有完结，我的音乐道路依然在继续，而且还可以延伸得更远。"

"为什么这么说呢？"

"我以前只会西洋乐器，但在艺术团里，我参加了中国民乐的演奏培训，我学会了好几种中国民族乐器，这使我的音乐更加丰富了，这真的是想也没有想到过的，所以我很满足。"

在《心路》一剧中，有一个特别设计的场景，那便是一支全部由外籍服刑人员组成的乐队上场演奏中国民乐，西蒙在其中表演三

弦。有一段旋律是由三弦独奏的。西蒙怀抱三弦，弹拨出一串串的滑音，如泣如诉，令人心动。

一瞬间，西蒙闭上眼睛，感觉到自己的心声和剧中人肖卫国的独白叠合起来：

“既然我不能让一座山走到我的面前，那我就自己走到山的前面去。过去的已不可更改，而现在唯一要改变的只有我自己。”

拨乐声声，心路连绵。

西蒙如今已获得两次减刑。

琢玉雕人

今年 29 岁的倪力立是个憨厚朴实的小伙子，他 2011 年毕业于同济大学宝玉石鉴定及评估专业，因为家住青浦，所以在公务员考试时就近填报了青浦监狱。当时，他并不清楚自己能否如愿以偿。其实，倪力立不知道，青浦监狱已经“铆定”了他。

青浦监狱引入的第一个艺术矫治项目就是玉雕。这是他们经过反复论证后的结果。在他们看来，玉雕是一门集大成的艺术，琢玉之时亦在琢人，雕刻之际亦在雕心，能助人平心态、去暴戾、省内心、修己身；同时，他们还为服刑人员出狱后能自食其力、不再犯罪而未雨绸缪，认为玉雕是个被看好的行业，也是有一技之长的谋生手段，这对服刑人员重新回归社会是极有帮助的。于是，1994 年建监后，便成立了玉雕工作室，这在全国监狱系统尚属首创，青浦监狱的艺术矫治就此踏上了践行之旅。

经过 20 多年的探索和发展，今天，青浦监狱的玉雕在中国玉雕行业都是赫赫有名的，由工作室民警辅导服刑人员创作的玉雕作品获得上海市玉雕类最高奖项玉龙奖最佳创意奖、银奖、铜奖、优秀奖，共计 11 次。清流玉雕工作室成为上海宝玉石行业协会的团体会员。为了进一步强化玉雕创作过程中的独立性、创意性、文化性、技艺性对服刑人员的影响和作用，青浦监狱意识到必须提升监狱民警自身的专业化。就是在这个背景下，倪力立被选中了。

但是，倪力立被完全蒙在鼓里。2012 年 10 月，倪力立成了青浦监狱的一名人民警察。但他入职三个月了，都没去过这个“传说”中的玉雕车间。

三个月后，监区领导找倪力立谈话，告知他将被安排去玉雕车间担任主管民警，而依据创建“一区一品”的规划，六监区承担的艺术矫治项目是玉雕。倪力立的眼睛一下子瞪大了，忽然间，他感到一阵激动。

2013 年 4 月，倪力立工作室正式挂牌。

一天，有个服刑人员找到倪力立。他名叫安时祥，时年 21 岁，2014 年 1 月，因抢劫罪、盗窃罪被判处有期徒刑 10 年零 3 个月。事实上，这已经是他第三次“进宫”了。

安时祥是一个被家人放弃的服刑人员，大家管他叫“三无人员”：无接见、无电话、无信件，说穿了，家里人已跟他断绝了联系。

那天，安时祥吞吞吐吐地跟倪力立说，能不能帮他给家里的父母打个电话。考虑到家庭对服刑人员帮教所起的特殊作用，倪力立答应了。可是，拨通电话后，倪力立还未说完“您是安时祥的父亲吗”，对方说了一句“不认识安时祥”，立马挂了电话。安时祥显得很是沮丧。

更让安时祥担心的是，尽管他已经在参加玉雕艺术矫治，但一段时间下来，听到有人说他反应比较迟钝，手脚慢，不适合学这一行，为此，他很是担忧，生怕被排除出去。他希望倪力立工作室能够接收他。

倪力立思考良久。说实话，他的工作室当然需要挑选“精兵强手”，但是，如果不接收安时祥，这个已被家人放弃的人，会因我们的再次放弃，导致他的将来会很可怕，他很可能因为没有一技之长而不能在社会上立足，由此可能会铤而走险再次犯罪，成为社会的不安全因素。倪力立想，哪怕他已经几进几出，哪怕他或许少有天分，但还是不能放弃他，应该要用最大的努力将他雕琢成一个不再危害社会的有用之人。

就这样，安时祥进了倪力立工作室。

工作室一成立，倪力立就给同济大学的他的老师朱静昌、易少勇、林倩等打电话，告知他们自己的工作情况，这些著名的教授、雕刻艺术大师听了倪力立的介绍，既惊讶又惊喜，都说没有想到自己培养的学生会从事这样一份有社会意义和价值的事业，他们纷纷表示也要加入其中，做一名社会帮教志愿者。于是，他们亲自来到监狱，为服刑人员授课，手把手地教他们如何设计，如何精雕细刻。

倪力立告诉他的老师们，青浦监狱自施行艺术矫治以来，从这里出狱的学习玉雕的刑释人员中，已有 3 人被评为海派玉石雕刻大师、非物质文化遗产传承人；根据多年来的追踪统计，回归社会的近300名学习玉雕的刑释人员中无一人重新犯罪，超过80%的刑释人员仍从事玉雕及相关行业，取得了良好的改造效益和社会效益。

我跟倪力立一边朝玉雕车间走去，一边聊天。

我问倪力立："你不觉得自己的专业有点荒废了吗？也许你也是可以成为玉雕大师的。"

倪力立说："我觉得有那么多曾经犯过罪、危害过社会的人，最终通过艺术矫治成了对社会有用的人，这比自己一个人成为大师更有价值，更有成就感。前不久，还有个刑释人员给我打电话呢，说他下个月要在苏州成立玉雕工作室，邀请我去参加开业典礼，我真的为他感到高兴。"

2016年，倪力立工作室团队被上海市市级机关团工委授予"优秀青年突击队"光荣称号。

玉雕车间的墙上有着8个醒目的大字："琢玉雕人，彰显精彩。"青浦监狱党委书记、监狱长李强做过这样的阐述："监狱对犯罪实施惩罚体现了对社会的公平，对罪犯实施改造则体现了对人的公平，这就是监狱辩证的价值。"

我和倪力立走到安时祥的工作台前，我见他戴了一副工作用的宽边防护眼镜。

我问他正在雕刻的是什么。

他说是一块翡翠。说着，他把那块翡翠递给我看，上面，有他用黑色线条勾勒的设计。

安时祥跟我说："我想雕一个招财童子，所以，我正在想怎么把他的脸和手雕出肉嘟嘟的感觉，这样会很可爱的。"

倪力立提醒他要注意边线的切割。

这时，安时祥扭亮台灯。顿时，我看到翡翠闪过的绿色光芒。

我想，这是艺术之光，是人性之光，也是希望之光。

忽然，我冷不丁地问安时祥：“你还想念家人吗？”

安时祥立刻低下了头去，我感受到了他的沮丧。

我对安时祥说：“我替你向你的主管民警和‘师傅’提一个要求好吗？”

安时祥抬起脸来，但显得很是茫然。

我对倪力立说：“能不能让安时祥自己设计、制作一件献给他父母的玉雕作品？”

倪力立即刻答应了。

安时祥笑了，笑得有些腼腆，但很灿烂。

（文中服刑人员姓名均为化名）

2019 年 12 月

采写手记：

2019 年 12 月，一个曾被关押在上海青浦监狱的英国籍刑释人员，在国际上罔顾事实，制造谎言，无端诋毁青浦监狱，挑起事端。而恰恰在这之前，我刚刚在青浦监狱做了一次深度采访——青浦监狱对我提出的采访要求全力配合，提供方便，不设障碍，使我的采访（包括对被关押的外国籍罪犯的采访）得以顺利地进行。我把自己的所闻所见写成这篇报道，非常及时地回应了世人的关切，并以事实本身来揭穿那些恶意的谎言。

“双梅”巾帼小队

1

2019年3月15日。

阳春三月，开了一季的梅花还在努力地绽放，柔媚的阳光洒下来，红色的花瓣显得有些透明而晶亮。

一早，杨红梅就赶往浦东新区杨高南路4188号，那里是上海强生控股股份有限公司第一分公司的所在地。

杨红梅是位开出租车的女驾驶员，从普通的“崇明的姐”到上海市劳动模范、上海市优秀共产党员、上海市第六届“的士明星”，她驾驶出租车在这座城市风里来雨里去走过17个年头。

48岁的杨红梅性格温和，多年的出租车驾驶生涯早已将她磨炼得不慌不忙、不急不慢。不过，今天，她心里还是觉得有点忐忑。她想，不知道徐广梅是不是与她一样。

这世界上很多的事说来凑巧，其实也是缘分，就像杨红梅和徐广梅，尽管两人的姓名中都有一个“梅”字，但在茫茫人海中大多只会擦肩而过，可偏偏她们相遇了，在一家出租车公司里成了同事。

杨红梅（左）和徐广梅

徐广梅比杨红梅整整小10岁，她是一位“外来妹”，老家在山东，她很早就到上海来打工了，现在和丈夫一起搭班开出租车，车轮滚滚中，与申城这片土地深深相融，她获得过上海市五一劳动奖章，在上海出租汽车行业首届“最美的哥的姐”评选中，加冕唯一一名“最美的姐”称号，已经是名副其实的“新上海人”了。

前些日子，公司领导找杨红梅和徐广梅谈话，说随着公司的重组，强生控股第一分公司决定：为了充分发挥杨红梅和徐广梅两位先进女工的引领作用，组建“双梅”巾帼小队，以共享劳模资源，树立先进标杆，带动公司全体女职工在工作岗位上向全社会展现巾帼风采，展现百年强生的新时代形象。“双梅”巾帼小队不是简单的组合，而是一个创新的团队，29位队员来自各车队的女驾驶员和公司所有科室的女职工，从各个方面保障体现诚信服务、奉献社会、珍爱生命、注重安全的公司宗旨。

今天上午，“双梅”巾帼小队成立大会将在公司本部举行，有关领导将向杨红梅、徐广梅两位正副队长授“双梅”巾帼小队队旗以及“巾帼文明岗”示范铭牌。

我们能够挑起这副担子吗？

脚步匆匆的徐广梅这样问着自己。

与杨红梅一样，她心里也有一点紧张。

2

杨红梅拐过高青路，去往杨高南路时，向着北边望了一眼。

从这里往北，一直下去，就是浩浩长江，那里有我国的第三大岛——崇明岛。杨红梅出生、成长在崇明岛上的农村，虽然岛上的生活无忧无虑，宁静平和，但她向往去长江南岸的市区里闯荡一番。岛上的人习惯把市区才叫作“上海”，杨红梅想，那我要到真的“上海”去。

到上海能做什么呢？好在杨红梅会开车，那时，她的许多同乡都纷纷出了岛，到市区去开出租车，一时间，“崇明差头司机”成了上海街头的一道风景。杨红梅裹进其中，跃跃欲试。

1998年10月，27岁的杨红梅成了上海滩上的一位出租车司机，她对自己的未来满怀憧憬。

可是，仅仅只开了3天，杨红梅就因道路违章，驾驶证的正证和副证统统被交通警察没收了。

杨红梅没有想到，做个出租车司机竟会如此艰难。

出岛之时，杨红梅都没想到过这个问题——虽说崇明归属上海，但岛上的方言跟市区通行的沪语完全对不上号，如同两种“语系”，而且她的普通话也不行，同样带着浓重的崇明口音，所以这使她与乘客的沟通发生严重困难。再者，不仅是语言不通，市区的交通路况那么复杂，开车的规矩有那么多，更是远远超出杨红梅的想象力。她曾无数次地驾车在崇明岛上奔驰，无论是宽阔大道还是乡村小路，她从来都没违章过、迷失过，但“大上海”确实就像个大海，那些在地图上密密麻麻布阵的大街小巷，在杨红梅眼里如同大海里的一叶叶小舟，转眼间就会被四处的暗流旋涡吞噬，及至岛屿沉没。

那天，杨红梅在中山公园接了一个乘客，要去七浦路，她用崇明话确认了一下，乘客也不置可否地点了点头。开了好一会儿，那乘客发现是南辕北辙，说是开错地方了，她这才发现原来是自己听错了地名，把七浦路听成了歇浦路，应该在浦西的目的地，却向浦东方向开去。杨红梅一着急，赶紧掉转头，可偏偏真的不识路，那时没有电子导航，只能硬着头皮凭着感觉开，孰料越开越不对劲，她紧张得头晕目眩起来，最后因违章被交警拦了下来。乘客非常生气，夺门而出，还甩下一句狠话：“就你这样还出来开出租车！”

杨红梅顿时泪水涟涟。

杨红梅觉得这车是无法开下去了。

就在杨红梅垂头丧气的时候，公司得知了她的困难，特别安排了车队长亲自做她的带教，同时还安排了一位老驾驶员与她搭班。车队长跟她说，要开好出租车，里面有许多的窍开呢。

车队长极富经验，让她每天都要练普通话，还教她在家里用炒熟的毛豆子在上海市区交通地图上模拟出租车轮胎滚来滚去以熟悉道路。滚啊滚啊，慢慢地，杨红梅找到了感觉，有了方向感，觉得在大海里打漂的一叶小舟平稳了下来。

车队长像个语文老师一样，检查杨红梅的普通话学习进度，他让她在公司的会议上用普通话发言，以壮其胆子，她的一口崇明土话一天天地在改变。

很快，杨红梅进入了状态，用她自己的话说：“没过半年，我真正爱上了出租车这个行业，也让我对企业有了感恩之情，决心把工作做得尽善尽美，每次出车前，我都要把车辆里里外外擦洗干净，连车内门槽也擦得一尘不染，我想把关注服务细节、保持车辆整洁、坚持行车安全作为自己的终极目标。”

车队长继续步步紧逼，一方面让她马不停蹄地开始学英语会话，一方面给她压上了担子，让她担任了班组长。车队长说，这样才会成长得更快些。

如今想来，杨红梅觉得要是车队长当初没有这样带教她，她还不知道要一个人摸索到什么时候呢。

3

徐广梅同样经历了杨红梅那样的过程。

“80 后”“非沪籍”“女驾驶员”，这三个标签勾勒出了徐广梅不平坦的“驾途”。

19 岁时，徐广梅从菏泽一路奔波来上海打工，在食品公司、快递公司都干过，后来，她与一位开出租车的上海先生相恋结婚。她很想与丈夫一样去开出租车，觉得一方面工作稳定，而且她还很喜欢开车，另一方面夫妻俩可以轮流在家照顾孩子。可是，当时的政策只允许有上海户籍的人才能做出租车司机，所以，当 2011 年上海出租汽车行业尝试户籍开放时，徐广梅立刻报名，并通过了考核，成了首批“非沪籍”出租车驾驶员。

第一天上班，徐广梅穿上制服，仔细地梳了头，在脑后挽了个发髻，漂亮而利索。但是，车子一上路，徐广梅因不熟悉业务，对路况一无所知，立刻晕头转向，慌不择路，连发髻都散了，闹出许多“乱子”。好在有与他搭班开同一辆车的丈夫，召之即来，他成了她的“师傅”。结果，徐广梅自己说：“车就好像我们两个人的第二个家。”

许多人都很好奇，夫妻两个人开一辆出租车，在业绩上和技术上会不会相互比较，用现在时髦的话说，会不会相互 PK？

徐广梅很快就发现，干出租车驾驶员这一行，不只是光开开车就行了，还要有服务意识和服务理念。在她看来，如果乘客下车时不开心，那她这一单就白做了。在这一点上，她觉得自己可以胜过丈夫。

徐广梅是如何“胜过”的呢？

她设身处地为乘客着想，在车上配备了纸巾、清凉油、晕车药、创可贴、雨披、雨伞等物品，以备乘客不时之需；

她的车上准备了纸和笔，遇到忙于业务的乘客主动递上，供他们及时记录；

她学习杨红梅的经验，在右后车门门楣内贴上一枚小凸镜，这样可以很方便地看到后排座位上的物品，有效地避免乘客失物的发生；

她的车上还放有各种玩具，若是遇上小乘客哭闹，她就把玩具递过去；

碰到老弱病残孕的乘客，她总会开门下车，上前搀扶一把；

……

一个炎炎夏日，她在路边看到一对老夫妻，老爷叔艰难地扬手招车，老阿姨则坐在轮椅上。徐广梅把车停在了他们身边。原来，老爷叔要带老阿姨去医院看病，但他们不会使用手机上网预约，眼睁睁地看着一辆辆出租车呼啸而去。上车后，老人向徐广梅吐露了难处，说为此十分苦恼。徐广梅听后，当即决定做老人的“专属司机”，她留下电话，让老人要用车时找她，随叫随到。这一承诺，至今已持续 3 年多。徐广梅家住浦东，老人家则住在梅陇，老人早上 8 点用车，徐广梅 7 点钟就要从家里出发，她怕接单去的方向不符，影响送老人去医院，就一路放空过去。空车不能走隧道，她只好走徐浦大桥，早晨堵车厉害，有时爬上大桥就要半个小时。后来，老阿姨住院了，老爷叔每天都要往返去探视，只要是徐广梅的班，她总是负责接送。有一次，傍晚时分，她接了一单跑到周浦，想到和老爷叔约好的时间，她一单也不敢再接，从周浦放空车跑了 30 公里赶到第六人民医院。不过，这一切，她从来都没和老人说起过。

前些天的一个夜晚，徐广梅接上一个女孩，女孩喝醉了酒，一上车就痛哭起来。徐广梅如知心大姐一样耐心地劝慰她，这才了解到原来她是遇到了感情问题。女孩不敢告诉家人和朋友，偶遇这位善解人意的女司机，便将心中的苦水一倾而尽，目的地到了，她还没停止倾诉。徐广梅担心她下车后不安全，便将车停在路边，继续静静地听着、安慰着，一直又聊了个把小时，直到女孩渐渐恢复平静，并看着她走入家门，徐广梅才放心地离去。

丈夫说他自己很难做到像妻子这样的细心和细致。所以，有时候，徐广梅会和他开玩笑："原来是你带我入的行，现在我是你的老师了。"

自然，这是玩笑话。不过，没过多久，徐广梅被提拔为车队的女职工代表、车队班组长，这下，她真的也成了"师傅"了。

4

杨红梅比徐广梅更早做了"师傅"。

那时，杨红梅在 17 年的营运中，已创下百万公路无事故、无投诉、无失物、无满意度测评不合格的煌煌个人记录。

杨红梅始终记着规范服务从每一次业务做起，安全行车从每一公里做起，她有口皆碑的优质服务连外国乘客都连连称赞。有一次，她在武康路上接了一位老外，看到他拿着很大的乐器，她赶紧下车，帮他一起将乐器放进了后备箱，然后驶往打浦桥的酒店。一路上，细心的杨红梅发现他一直在拨弄自己的衣服，当红灯停车时，她仔细地看了一眼，原来是他西装上的扣子掉了下来，可怎么也弄不上了。杨红梅连忙拿出车上备用的针线包给到他，他见了喜出望外，连翘大拇指。可接下来问题又来了，他拿着的线半天也没穿进针眼里，于是，杨红梅干脆找了个安全的地方停好车，帮他把扣子钉好。这下，老外大大地呼出一口气来，连连用英语说：“你是最好的出租车驾驶员！”

但既然做了“师傅”，杨红梅觉得光她一个人做好还不够，她希望更多的出租车闪亮起来，正所谓“一枝独秀不是春，万紫千红春满园。”所以，杨红梅开始把她的“以客为尊，细节关爱”的服务理念在班组里进行推广，她特别重视营造“传、帮、带”的良好氛围，尤其是班组长主动和新驾驶员结对，实行一对一的帮教，使他们尽快适应行业的要求，提高服务质量，她还向所有的驾驶员公开手机号，全天候接受服务质量咨询和道路问讯。在杨红梅的示范效应下，她带领的班组逐渐形成了“参与社会公益活动，创建班组建设特色，巩固强生出租品牌”为内涵的特色班组，其安全行车、优质服务满意度等各类服务指标都名列前茅，优质服务形成了常态化和普遍化。2008 年，杨红梅带领的班组获得了“上海世博交通保畅先锋先进集体”称号，2010 年又荣获“上海市总工会工人先锋号”称号。

2013 年 9 月，杨红梅劳模工作室组建，公司改组后，更名为杨红梅服务示范创新工作室。

这个工作室发挥领头雁的作用，推出了不少创新举措，做了许多实事。

比如，出租车司机在营运中的就餐、续水、休息、如厕等问题长期以来困扰着驾驶员们，工作室与兄弟单位在全市范围内实地勘探，共同编制了驾驶员就餐、如厕、补轮胎攻略图，为强生两万多名驾驶员提供了便利。在久事集团的关心下，目前全市共有一百多个公交站点为驾驶员提供方便，今后还将扩展到三百个，惠及全体强生驾驶员。

比如，2018 年上海举办进博会前夕，工作室与营运技术科联袂编辑了《进博优质服务一百问》，受到了驾驶员们的普遍欢迎，该小册子也被强生出租总公司编入进博专用培训教材。

又比如，工作室成员们每人车里都备上一根泵电线，根据驾驶员求助信息，请就近驾驶员前往泵电救助，从而减少了驾驶员等待援助的时间。

再比如，作为上海市人力资源与社会保障局在业内首个新型学徒制试点单位，从 2016 年 7 月实施“师带徒”以来，工作室成员和优秀班组长共带教徒弟 140 多名，在一定程度上稳定了新驾驶员队伍，缓解了劳动力紧缺情况，同时形成良性循环——10 多名徒弟脱颖而出，加入到了“师傅”队列，成为工作室的后备力量。

杨红梅这位“师傅”的“雁阵效应”显而易见。

徐广梅也是“师傅”了。

那天，天气阴晦，满天都是乌云，看来要下大雨了。

行车途中，徐广梅忽然听到一个消息，说是一位女驾驶员萌生去意，抱怨说有了网约车后，生意比以前难做多了。徐广梅心想，这也不能太责怪她，说实话，也曾有人劝她去开网约车，要不是她真心喜欢出租车这个行业，或者说她感恩于强生出租这个百年品牌对她成长的帮助，可能她也会动摇，因为开网约车的确收入会更高一点，如今这个社会，许多人不就是很现实地奔着钱去的吗？但是，话说回来，如果谋划长远的职场人生，那出租车公司所提供的更多发展的可能性、开阔的人文情怀是别的地方所不及的，人生的意义和价值不止体现在金钱这一面，事实上要远远广阔得多。

想到这里，徐广梅打开微信，将自己的想法告诉了那位女驾驶员，及时疏导她在思想情绪上的波动。同时，徐广梅打开微信群，向“各位亲们”致意，并询问大家有什么问题和困难，有什么要求和希望——这个微信群是徐广梅在车队女职工中建立的，目的是想搭建女职工沟通交流平台，帮助她们提高服务质量、及时解决营运中碰到的困难，当然，也会关心她们的生活和心思。

一条条的微信消息像涨潮一样涌来，徐广梅耐心、周到地一一回复，她说能帮着解决的她即刻去做，力所不及的则会向有关方面进行反映并提出建议。

当徐广梅一条条地回复微信消息时，想到女驾驶员们的不易和坚持，她情不自禁地流下了眼泪，她觉得自己虽然被大家称为“师傅”和“知心姐姐”，但个人的力量还是比较单薄了点，要是有更大的平台，比如公司决定建立“双梅”巾帼小队，应该是最好的了。

不知不觉间，大雨已经下了起来，雨点打在车窗上，能见度小了一些。

徐广梅的心微妙地跳了一下。

5

杨红梅和徐广梅几乎同时到了公司会议室门口。

两人不约而同地伸出手来，握在了一起，她们握得很紧，以至彼此感受到对方的手心湿漉漉的。不管怎样，从今天起，她们就要担负起“双梅”巾帼小队的重任了。

不过，她们的确心里都有些忐忑，因为这次是要更富创新地打出一整套组合拳的，她们需要得到更多的支持和帮助。

见到杨红梅和徐广梅，迎候在门口的公司领导趋步上前，微笑着告诉她俩说，今天，全国总工会“爱岗敬业汽修工楷模”、“上海市五一劳动奖章”获得者王国林也将到会，由他领衔的王国林技师工作室还会与“双梅”巾帼小队签订合作协议，他们将定期为“双梅”巾帼小队传授车辆使用、维修、保养常识，制作车辆故障应急排除、规范泵电操作和规范服务操作小视频及PPT，还会为“双梅”巾帼小队开辟绿色通道，优先为“双梅”巾帼小队成员的营运车辆提供路抛救助、车辆维修等方便。

杨红梅激动地说，那真是太好了。王国林是上海浦东强生汽车修理有限公司的一位“修车大师”，刚刚获得第十届“上海市技术能手”称号。先前，他曾经为杨红梅的团队建立过车辆维修咨询微信群，效果出奇得好，不仅为营运车辆故障提供实时在线答疑和排故，大幅度减少了驾驶员来往修理厂的次数，而且还增进了司机与修车工之间的彼此理解，大大缓解了司修矛盾。

公司领导还告诉她俩，在今天的“双梅”巾帼小队成立大会上，还将正式宣布对接总公司于今日“国际消费者权益日”推出的专为女性乘客单身夜间出行服务的62581111“佳丽”出租车热线。

徐广梅兴奋得做了个“加油”的手势。出租车女士晚间服务的举措顺应了广大乘客提出的要求和建议，既进一步提升了出租车的服务质量，同时也通过出租车这张城市名片，传播文明新风尚，展示强生好形象，这种个性化、人性化、精细化的服务，势必带给乘客更加安全轻松舒心的体验。“双梅”巾帼小队一成立，当即对接总公司推出的这项服务举措，显然这是上级公司对她们特殊的信任和托付。

这时，杨红梅和徐广梅看到加入“双梅”巾帼小队的女驾驶员和公司各科室女职工，正簇拥着走进会场。她们的心里涌起许多感动，是的，这是一种缘分，这缘分来自姊妹们对文明服务理念的一致认同，来自姊妹们对优质服务孜孜不倦的追求，来自姊妹们都决心让自己成为遵守交通法规的践行者，同时也成为弘扬交通文明的传播者。

这可都是些在自己的工作岗位上有突出表现的姊妹——

一车队党员驾驶员、班组长杨丽娟，除了做好营运服务本职工作外，还热心公益活动，在得知浦东新区明辉外地民工子弟小

学的小朋友缺少课外读物和生活用品时，她带领 8 名驾驶员把发动社会各界捐赠的满满一车物品送到孩子们的手中；她还坚持数年去浦东爱心敬老院为孤寡老人服务，被老人们亲切地称为“我们大家的闺女”；

营运技术科管理员赵佩华，有着丰富的车队一线管理经验，作为公司非沪籍驾驶员工作小组组员，她能根据驾驶员的不同情况采取不同的培训方法，特别是针对首次入行的驾驶员，她在规范服务操作要领、培养安全行车习惯、驾驶员进出场例行保养、销卡、交账等各个方面，事无巨细地进行辅导，所以车队长都抢着要她培训过的驾驶员，说使用起来得心应手；

二车队管理员、共产党员刘春艳，主要从事营收收缴工作，她每天跟踪驾驶员的营运情况，及时收缴营业款，对一些营运数据异常的驾驶员及时进行谈心教育，掌握一手信息，像大姐姐般关心、了解驾驶员的思想动态，及时向车队长、车队支部书记通报情况，帮助有思想波动的驾驶员摆正心态，甚至通过家访调解驾驶员的家庭矛盾，受到驾驶员及其家属的高度信任；

人事科科员陆宥桦，她是一名年轻的 90 后，从事政策性很强的人事工作，她总能妥善地处理各类矛盾，为驾驶员和车队管理人员解惑答疑，她经常下到车队，热情为一线人员服务，她积极向上、乐于助人的性格感染着周围的人们；

驾驶员向腊香，有着一颗善良之心，乐于为弱势群体服务，在营运中做到优先满足老年人用车和残障人士用车，她认为一个出租车司机理应履行好自己的社会责任；

驾驶员袁志芬，性格热情、开朗，她时常搜集机场航班、高铁车次、邮轮航次等信息，在第一时间通过微信群进行发布，被大家称之为"小灵通"，她说，只要对大家有帮助，心里就觉得特别快乐；

……

有这么多好姊妹加入团队，杨红梅和徐广梅心里更有底了。

她俩迈着大步，跨入会场。

会场里热气腾腾。

空气中散发着激情、昂扬的气息。

人们将目光投向了一块块"巾帼文明岗"示范铭牌，它们将被放在"双梅"巾帼小队的每辆车上，宣示着女驾驶员们以"用心、热心、细心、耐心"的"四心"服务和"主动抢答电调业务、主动接待老弱病残孕乘客、主动搀扶行动不便的乘客、主动帮助乘客提拿行李"的"四主动"服务，赢得越来越多的回头客和好口碑。

人们又将目光投向了一面展开的旗帜，这是"双梅"巾帼小队的队旗，鲜艳的红色在从窗口透进来的阳光的映衬下格外绚丽。

此刻，梅花盛放，春光明媚。

2020 年 3 月

采访手记：

或许我自己来自基层，我做过多年的木工、马路工、绿化工，所以我对最普通最基层的职工总是充满关切，觉得与他们心心相印，能深刻地感受他们的喜怒哀乐，他们的努力和成就。谁能说他们的成就不惊天动地，因为他们直接给予人们温暖和爱心，直接为社会注入良知和能量。在我采写这篇报道的时候，我是"沉浸式"的，沉浸于一种我认为可以期冀、可以信任、可以抵达的真实的未来。

四川中路 418 号在哪里？

由上海市作家协会编辑的三卷本《红色足迹》已进入第二卷的创作，选取了 87 处上海革命遗址，我承担写作其中一处“中共江苏省委交通处总处旧址”。根据《上海红色文化地图（黄浦区）》和《上海市黄浦区不可移动革命文物基本信息汇总表》，此处地址为四川中路 418 号。

据历史资料记载，1927 年四一二反革命政变发生后，中国大革命由高潮走向低潮，国共两党第一次合作失败。4 月 27 日，中共五大在武汉举行。6 月初，时任中共中央秘书厅主任的王若飞代表中共中央宣布，在上海组建中共江苏省委，管辖、领导上海和江苏两地的党的工作，陈延年担任首任省委书记。当时，上海的共产党组织遭受极大破坏，白色恐怖笼罩全城，在严酷而险峻的形势下，江苏省委坚持开展地下革命斗争，积极恢复和发展党的组织和工农运动。

在白色恐怖环境下开启的地下斗争进行得异常艰险。

6 月 25 日，三处秘密交通处被破坏，一批党的工作人员被捕。

6 月 26 日上午，江苏省委在施高塔路恒丰里 104 号（今山阴路 69 弄 90 号）举行会议。中途，获悉又一秘密交通处被破坏，交通员被捕。王若飞当即中止会议，与会者迅速撤离。下午，陈延年担心机关的安全，与省委组织部部长郭伯和、省委秘书长韩步先等人返回探视。岂料，不到半个小时，警车便呼啸而来，国民党军警包围了楼房，陈延年他们奋力抵抗，最后终因寡不敌众，除两名同志逃脱外，陈延年、郭伯和、黄竞西、韩步先四人被捕。在敌人的酷刑拷打下，陈延年与郭伯和、黄竞西坚贞不屈，韩步先则叛变革命，指证了陈延年等人。被捕后第 9 天，即 7 月 4 日，陈延年、郭伯和、黄竞西在上海龙华警备司令部枫林桥畔被刽子手以乱刀残忍地砍死，英勇就义，陈延年时年 29 岁。

7 月 2 日晚上，国民党警探根据韩步先的供词，在北四川路，将刚刚出任第二任省委书记才几天的赵世炎及其他十几位同志抓捕。7 月 19 日，赵世炎在枫林桥被敌人砍下头颅，年仅 26 岁。

危急时刻，王若飞临危受命代理省委书记，直到中共中央派出邓中夏来接任，他遂改任省委常委、组织部部长。而出席过中共一大的党的创始人之一、原先在湖南组织和发动工农运动的何叔衡，此时也受党指派来到上海，担任江苏省委秘书长。

腥风血雨，短短的时间里，党的秘密交通处频遭破坏，一批党的领导干部壮烈牺牲，这让王若飞悲愤交集，同时也特别提高了组织工作的警惕性和应急性。交通处是秘密工作极为重要的据点，也最容易被敌人破坏。因此，王若飞在四川路、江西路一带重新分散租赁了几处洋房里的写字间，作为地下交通处，并多次变更地点。

1928 年 1 月，邓中夏调任广东省委书记，由项英担任江苏省委书记。考虑到地下工作的实际需要，王若飞除了再次更换秘密交通处地点外，经过考察，还将四川中路 418 号楼上设为交通处总处，以便加强统筹。交通处总处由何叔衡主持，对外以蜀通公司作掩护，开展秘密的情报工作和人员接待、转移等工作。

不料，我去实地采访和勘察时，却没有找到四川中路 418 号。

四川中路东侧门牌为双号，西侧门牌为单号，在四川中路和滇池路交界处，双号那里有两幢紧挨着的坐东朝西的建筑，靠南边的一幢白色石材立面的五层大楼，有一块黄浦区文化和旅游局于 2016 年 7 月 7 日所立的铭牌，上面写有："黄浦区文物保护点：四川中路 410—412 号大楼，"至于这栋大楼何时建立，有何建筑特色，是否为革命遗址均无标记。靠北边的则是一幢清水红砖外墙大楼，也有一块铭牌，为上海市政府于 2015 年 8 月 17 日所立，上面这样写道："优秀历史建筑：四川中路 420 号—440 号（双号）；滇池路 119 号。办公楼。爱尔德洋行设计，协盛营造厂承建。1906 年建，砖木结构。带有安妮女王复兴风格特征。大楼平面呈'回'字形，中央狭长天井，四面双坡屋顶。清水红砖外墙。"这块铭牌记有此楼确切的建造时间以及建筑风格特征，而且明确四川中路 420 号—440 号（双号）与滇池路 119 号为同一栋大楼，但并没有记载此处为革命遗迹。

从现场情况看，这里虽然有两幢大楼，可缺了 414、416、418 号三个门牌。那么，是否有可能在这两幢大楼之间还曾有过另外一栋建筑呢？答案应该是否定的。第一，这两幢大楼的间距只有两三米宽，即使各自往南京路和滇池路东边延伸，仍然没有宽阔的距离，在这样狭小的间距内是绝无可能另建楼宇的。第二，在上海市城建档案馆或黄浦区房地局档案室，可以查见这两幢大楼相关的

建筑资料，包括文字记载和设计图纸，却没有发现建于这两栋大楼之间的其他建筑的信息。

唯一的可能是，当时中共江苏省委交通处总处设在这两幢大楼的其中一幢里。

我在现场踏勘后，排除了“四川中路 410—412 号大楼”这幢楼宇的可能性。资料显示，此楼为惠罗大楼，由英商玛理逊洋行委托英国建筑师斯克特设计，同样于 1906 年竣工，系钢筋混凝土结构，建筑平面呈矩形状，平屋顶，外墙采用石材贴面，具有古典主义建筑风格。该楼建成后，底层用作商场，有落地大玻璃窗和马赛克地坪，二层以上南部为商场，只有北部作出租写字楼，因而基本为商场用途而非办公。这与有关历史资料中对交通处总处旧址建筑的描述完全不同。

我获得了两份对交通处总处旧址建筑的文字记载材料。一份是相关部门的党史资料，资料中写道：“该建筑坐东朝西，砖混结构五层（包括隔楼在内），局部六层，以扁圆券、平券、半圆券节奏排列，构成连续券柱式拱廊，横竖向线条交错。中部檐断开以三角形山花形成构图中心，主入口拱券门斗突出，左右饰壁柱。底层仿石墙面，二层以上红砖墙面，檐口及券心石著白色。”一份是 2017 年 10 月由中国地图出版社和中华地图学社联合出版、国家文物局主编的《中国文物地图集（上海分册）》，在“中共江苏省委交通处总处旧址”条目下写道：“旧址坐北朝南，砖木结构六层，主面以扁圆券、平券、半圆券节奏排列，构成连续券柱式拱廊，横竖向线条交错。中部檐断开，以三角形山花形成构图中心。主入口拱券门廊突出，左右立壁柱，底层仿石墙面，二层以上红砖墙面，檐口及券心石皆白色。”后一份材料中说，该建筑为六层，坐北朝南。事实上，尽管这幢大楼以五层为主，但确也有部分为六层，而从滇池路那边看的话，也可以说是坐北朝南——当然，既然标明为四川中路，严格地说来应该是坐东朝西。虽然有些瑕疵，但这两份材料文字基本相同，一致指向了四川中路 420 号—440 号这幢大楼。我在现场反复观察，确认这幢大楼的确与有关史料中对交通处总处旧址建筑的描述完全吻合：红砖墙面，柱头、柱础、山花、线脚及门楣均为白色，色彩分明，质感细腻；顶部有坡屋顶阁楼，层高出挑，空间轩敞；以扁圆券、平券、半圆券节奏排列而成的连续券柱式拱廊气势非凡；门窗多为半圆拱和浅弧拱，立面上部对应入口的部位作壁柱、山花等精致装饰……这一切正是英国维多利亚晚期的安妮女王复兴风格特征，表现出新古典主义建筑的单纯和稳重。

再看这幢大楼的地理位置，东边是外滩，南边是南京路，北边是滇池路，西边是四川路，地处繁华的商业闹市，交通方便，且毗邻黄浦江、苏州河，水路发达，离北火车站也不远，出入便利，实为优越地段。从大楼的窗口望出去，四川路、滇池路尽收眼底，南京路、宁波路、北京东路、香港路等也都目力可及。所谓“大隐隐于市”，如发生情况，可迅速向各处转移，步出大楼，很容易就可淹没在滚滚的人流中。这都是有利于展开地下工作的，而整幢大楼因全部租给商家、公司用作办公。因此，对外以蜀通公司为掩护也名正言顺。

据此，我做出的判断是：四川中路 420 号—440 号（滇池路 119 号）这幢大楼，即为中共江苏省委交通处总处旧址。

四川中路的门牌号码序列由南而北，南小北大。从四川中路看向此栋楼宇，西南转角到东北转角共有四个入口拱券门洞，三个门洞上均镶有绿底白字的门牌号码，分别是四川中路 420 号、430 号、

438 号，可以推及，每个入口拱券门洞均可为一个门牌号码，可是，现在唯独西南角的被封闭的入口拱券门洞上没有门牌号码。这倒给了我一个想象空间——这个门头上镌刻有“1906”年份的装饰精美的入口拱券门洞，会不会就应标号为四川中路 418 号呢？而且这个门洞位于这幢大楼最南侧，同样构成三角形的居中部分，有独立的立面，每一层楼只有一扇面向四川中路和滇池路的视野开阔的大窗子，如果当时交通处总处设在这里的楼上，没有比这更为合适的了。

由此，我想起 1928 年 4 月，在这里进行了一项充满惊险而绝对机密的工作。那时，在关于中国社会性质以及革命性质、对象、动力、前途等关系革命成败的重大问题上，迫切需要召开一次党的全国代表大会加以讨论和解决，但由于国内正处在极为严重的白色恐怖中，很难找到一个安全的开会地点，于是中共中央决定此次会议在莫斯科召开。江苏省委得到指示后，选出了 12 名代表，并于 4 月开始陆续离开上海，辗转前往苏联。此次护送任务就由交通处总处承担，面对险恶的环境、敌人的四处跟踪和盘查，交通处总处负责统筹工作，不断与各个地下交通处进行沟通和协调，根据情况不断调整行动计划和方案，出生入死，冲破封锁，以最机密的方式、最快的速度将项英、王若飞、徐锡根、郭纯志、姜永和、陈治平、朱松寿、温裕成、蒋云、温少泉、蔡畅和严朴等 12 名江苏代表以及何叔衡安全地分批送出上海，奔赴莫斯科，参加将于 6 月在那里举行的中国共产党第六次全国代表大会……

话题还是回到四川中路 418 号在哪里？假如我的推测成立的话，那从大处说，就是这幢清水红墙大楼，从小处说，就是西南角的那个已被封闭的入口拱券门洞。我的判断也得到不少该楼住户的认可。但是，现今为什么没有这个号码（包括 414 号、416 号）

呢？我觉得，最有可能的情况是，四川中路是 1946 年之后才改称此名的，以前，从 1865 年以来这里一直叫四川路，那么，极有可能当时这里的门牌号码与现在的不一致，四川中路 420—440 号是后来才有的路名和门牌。值得一提的是，同济大学建筑设计及理论专业的董珂先生在其提交的硕士学位论文《上海近代老大楼的保护与再生——以滇池路 119 号为例》中，对该楼地址使用的表述为“位于滇池路 119 号、四川中路 418 号转角处”，并称“大楼两部主要疏散楼梯对应于两个主要出入口，即东北角的滇池路 119 号入口和西南角的四川中路 418 号入口之内”；而且发现黄浦区房地局档案室所藏该楼 1906 年的剖面图上，将此楼称为 The Tamwa Building（天和大楼），为典型的洋行办公楼；同时还证明 1939 年该楼各层平面图上标明此楼属上海商业储蓄银行的地产，查阅 1934 年上海华资银行统计表，可以得知，此行 1934 年时已设于该大楼内，登记的行址门牌号码为 440 号。可见，随着岁月流转，路名和门牌变更当属常事。

近日，上海市要求充分发掘保护上海革命遗址遗迹，既然中共江苏省委交通处总处旧址已被列为上海革命遗址，那么，我们应该考虑到方便人们前往瞻仰，而不应该让人们找不到方向，更不应该连遗址具体在哪儿都模棱两可，没有定论。因此我建议有关部门以严谨、扎实

The Tamwa Building（天河大楼）
1906 年剖面图

的态度，以实事求是的精神，以雷厉风行的姿态做好两件事情：第一，将四川中路 418 号纳入原来的“优秀历史建筑”铭牌中，上面的地址可以增加 418 号，或者干脆按照黄浦区在优秀历史建筑修缮工程招标书上对此楼只标注“滇池路 119 号”，并相应地增加“四川中路 418 号（今滇池路 119 号）”的文字；同时，明确标注“此为中共江苏省委交通处总处旧址（1928）”。第二，可将“中共江苏省委交通处总处旧址”铭牌挂于刻有“1906”年份的西南角入口拱券门洞上，与左边现有的四川中路 420 号入口拱券门洞形成序列。当然，我的判断和建议仅为一孔之见，当作抛砖引玉，求教于有关部门和有识之士，大家共同努力，尽快解惑除疑，让人们对这处历史文物和革命遗址有直观了解和瞻仰机会，并让上海市对革命遗址发掘、保护、利用的要求真正落到实处。

2020 年 4 月

采写手记：

我承担被列为革命遗址的“中共江苏省委交通处总处旧址”的写作任务后，多次前往实地勘察。根据《上海红色文化地图（黄浦区）》和《上海市黄浦区不可移动革命文物基本信息汇总表》，此处地址为四川中路 418 号。可事实上，四川中路并没有 418 号。为此，我以严谨的态度，开始找寻现今已经消失了的这个地址。其实，我可以采用有关部门所列地址信息的，但作为一个新闻工作者，我必须恪守新闻报道的基本原则，那便是“真实，真实，再真实”。如果地图上根本没有这个地址，那让人如何相信关于这个地址的所有报道？因此，实事求是，既是一种思想路线，也是一种职业道德。

小魔术，疫情时期的快乐

袁亚青有着一份自己的事业，她心里却住着一个“小孩”——她是个“魔术迷”，一直想着能早点“退休”，这样就有时间去学魔术，也成为一个“魔术师”了。

或许就是“魔法”的力量吧，机缘巧合，袁亚青梦想成真，拜著名魔术师、国家一级演员周良铁为师，成了莫派第四代传人。莫派的祖师爷是大名鼎鼎的莫悟奇，他是中国现代魔术的先驱者，也是上海第一位职业魔术师，开创了具有鲜明风格的海派魔术。

作为这项上海非物质文化遗产的传承人，袁亚青除了喜爱，还多了一份责任感。有一天，她的一位好友带来自己才读小学三年级的孩子，问她能不能也教孩子学上几招。袁亚青很惊讶，她问孩子，要做那么多作业，哪有时间学魔术。那孩子回答说，我不快乐，我想成为一个有魔法的孩子，变出许多许多的快乐来。

袁亚青收下了这个孩子。没有想到，有很多孩子找上门来了，有小学生、初中生，甚至还有幼儿园的小朋友。袁亚青想拒绝，但孩子们失望的眼神让她于心不忍，结果，2004 年的时候，袁亚青索性创办了公益性的易念魔术社，如今，16 年过去了，凡在魔术社学过魔术的孩子们都很自豪地说，他们拥有一个快乐的童年时代。今

袁亚青辅导小学员练功

年，新冠肺炎疫情来势汹汹，根据要求，魔术社不能再开展活动，孩子们很是失落，袁亚青心疼不已，于是决定进行线上教学，给孩子们带去疫情时期的快乐。

他练出了“指上乾坤”

四年前，才 10 岁的刘楚煜来到位于平型关路海上文化中心的易念魔术社，一进去就被那里的景象吸引住了，只见孩子们正在老师的带领下练基本功。这个基本功就是将一副扑克牌从左手甩到右手，然后再从右手甩到左手。刘楚煜跃跃欲试，拿起几张牌，可他手里的扑克牌却一次都出不来。袁亚青告诉他，这是练习手指的灵活度，这也是魔术的基本功。

虽然基本功的练习有些枯燥，但刘楚煜练得津津有味，毕竟这是非常有趣的，慢慢地，扑克牌可以飞到指定的位置，非但不会掉落，而且还会从里面变出很多东西来。刘楚煜很快就脱颖而出，从扑克牌基本功进阶到滚球，最后进阶到变鸡蛋——一只手掌撑开后，五个手指间要夹上四个鸡蛋，这可是真功夫，只有练到这个份上，才能表演让鸡蛋在手里随时出没的魔术来。

刘楚煜每次去魔术社，都要带上几盒鸡蛋，每一盒少说也有三四十个。在那边打扫卫生的保洁阿姨一听刘楚煜来了，总会笑眯眯地候在练习厅里。哎呀，一会儿，几个鸡蛋从手掌里掉了下来；哎呀，一会儿，几个鸡蛋被手指给夹碎了……保洁阿姨连忙用袋子去装碎鸡蛋。可是，过了一阵，保洁阿姨却候不着这样的机会了，刘楚煜带去的鸡蛋一个都没破碎——他练出真功夫了。

刘楚煜很高兴，因为袁亚青同意他正式练“指上乾坤”这个魔术了。这节目给观众展示的是手指间四个球的变化无穷，一会儿有了，一会儿没了，一会儿一个，一会儿两个，最后四个球变成了四个鸡蛋，如果你不相信是真鸡蛋，那就一一打碎了给你看。刘楚煜跟袁亚青提出要练这个节目。其实，这让袁亚青有些为难，因为这个节目里的技术是她的师兄独创的，按行规，必须要得到师兄的同意。看到刘楚煜如此心心念念，袁亚青只好亲自出面，找到了她的师傅周良铁。师傅爱才心切，一声令下，师兄立刻爽快地答应了。“指上乾坤”的秘密在于手指间的每个鸡蛋都必须一个模样，一样大小。所以，当刘楚煜在菜市场的鸡蛋摊上，用手比着大小，一个一个鸡蛋翻拣时，老板急得哇哇大叫，刘楚煜却开心得大笑起来。

那天，刚刚夺得 2017 上海国际魔术节·第十二届金手杖魔术比赛（少儿组）金奖的刘楚煜，去儿童医院为患有白血病的小朋友义演，他要将自己的快乐传递给这些病中的孩子。他的表演让那些小患者惊喜连连，一个光头小男孩怯怯地问他："哥哥，你能教我一个小魔术吗？"刘楚煜立即答应了，并当场教他"吸管分离"这个节目。当小男孩学会把一根吸管分离开来，然后又毫无痕迹地合在一起时，他的脸上满是笑容。病房里的医护人员告诉袁亚青和刘楚煜，这是这位小患者住院以来第一次笑得这么欢快。

小学员变成了老师

钱晟扬是 2011 年 4 月进入易念魔术社学习魔术的。那时，他还是个 9 岁的小学生，有些腼腆、害羞，缺乏自信，一上台就会紧张，他的爸爸妈妈希望他能"出趟"一点，便将他送进了魔术社。钱晟扬以前从来没有接触过魔术，完全就是一个零基础的"菜鸟"，但他是个不爱束缚又爱动脑子的孩子，所以学魔术让他发现了属于自己的自由和快乐。

有一次在上海马戏城练习，休息时，趁袁亚青不在，调皮的钱晟扬偷偷地溜了出去，在外面放着的一块蹦床上玩了起来，蹦得越高，他的欢叫声越响，练习时间到了都停不下来。袁亚青看到他那么高兴，并没有训斥他，等他玩累了才跟他聊起练习的节目来。钱晟扬很有想法地说，他不愿总是模仿别人，他要有自己的风格。袁亚青跟他说："人就得有这样的自信，但是你得练得更加勤奋，要记住一天不练自己知道，两天不练同行知道，三天不练前面白练。"

钱晟扬静下心来，练得越发起劲了，不久，便参加了在敬老院的演出。可是，他怯场了。他表演的节目是将一张报纸撕碎，然后，从纸屑堆里拉出长长的彩带来，可不知怎么回事，正当要进入

“见证奇迹”的高潮环节——把碎报纸复原时，钱晟扬忽然又腼腆、害羞起来，结果没有准确使用道具，应该被藏起来的碎纸竟然掉了出来。他紧张地用眼神搜索袁亚青，当他看到袁亚青投给他的镇定而柔和的目光时，顿时感觉得到了“定海神针”，他深吸一口气，不慌不忙地从地上捡起碎纸，再从里面拉出无穷无尽的彩带来，掩盖了先前的“洋相”。

钱晟扬进步很快，一年半后，在 2012 年 11 月举办的第三届长三角“金手杖奖”魔术大会上荣获少儿组金奖，之后，连续三次蝉联这项赛事的冠军。此后，他还远赴美国参加国际比赛，不仅取得了好成绩，为魔术社“走出国门”打前站，积累经验，还开阔了眼界和胸怀，获得了满满的自信。有一天，放学时，因为课程老师全都布置了作业，同学们压力重重，心情沮丧，一个个看上去都蔫头蔫脑的。忽然，钱晟扬说，我给大家表演一个魔术吧。说着，他走到讲台前，拿出一副扑克牌，开始表演魔术。只见他翻出一张牌，让大家记住，随后他开始洗牌，最后他让一位同学站起来，掏下口袋，那张牌居然就在同学的口袋里。同学们看得目瞪口呆，几秒钟后，又是掌声又是笑声，先前的烦恼消失得无影无踪，重新振作起了精神。

钱晟扬离不开魔术社了。如今，他已从一名小学员成了魔术社的技术指导老师，而且被周良铁收为徒弟，同样成为莫派传人。他像袁亚青一样，悉心指导小学员们，嘴里常常念叨：“一天不练……”小学员们一听就会笑起来：“这是袁老师说的！”钱晟扬说：“是啊，这就叫代代传承。”

给居家的日子添上快乐

今年伊始，一场突如其来的疫情让魔术社的小学员们只能禁足在家，虽然他们还是孩子，但同样感受到了疫情带来的沉重感。他们纷纷给袁亚青打电话、发微信消息，诉说闷在家里很不快活。袁亚青想，我们何不加入到全民抗疫中去呢？于是，她跟孩子们说，你们每个人都拍个节目视频吧，一方面让自己快乐起来，另一方面给更多的小朋友传达积极乐观的力量。

1 月 28 日，才年初四，小学员们就迫不及待地聚集在了网上，通过视频谈自己的节目创意和构思，袁亚青一一点评，最后为每个学员定下了节目。接着，魔术社的老师们用网课的方式对孩子进行辅导，帮他们排练。由于都是近景魔术，需要用到念白，而且又是在家里拍摄，没有舞台、灯光、音响做支撑，所以表演难度很高，但孩子们的热情被点燃起来了，他们都希望以自己的“拿手绝活”为人们加油鼓劲。

黄天玥表演的节目叫《永不分离》。这位 9 岁的小女孩，去年才进魔术社学习，“魔龄”只有 10 个月。在她的手中，两枚原先分开的硬币一上一下“粘”在了一起，她用嘴吹着，尽管下面的一枚不断打转，可两枚硬币却始终紧紧地连在一起，坚不可破。黄天玥一边表演，一边说：“这两枚硬币代表中国人，中国人是永远团结在一起的。看，当疫情来临的时候，我们中国人相守相助，永不分离。”

王璐瑶也是位女孩，虽然今年才 13 岁，但已有 6 年“魔龄”了。她创作的节目叫《战病毒》，她把一根吸管当作病毒，一段绳子则代表医护人员，绳子从吸管里穿了过去，最后，吸管被剪断

新冠疫情期时，袁亚青在网上授课

了，绳子却丝毫无损。王璐瑶用动情的声音说："当新冠病毒肆虐猖獗的时候，我们的医护人员不畏牺牲，勇敢地逆向而行，与病毒展开较量，他们是英雄，我们等待着他们凯旋。"说着，她一挥手，变出了一大捧美丽的鲜花。

5 岁的陈宇忞还在上幼儿园中班，是魔术社里年龄最小的学员，他表演的节目是《调皮的橡皮筋》，他将一根黑色的橡皮筋套在小指和无名指上，接着握起拳头，只听他喊了一声口令："一，二，三！"当他打开手掌时，那根橡皮筋居然已经套在了食指和中指上。由于拍摄时中断了几次，陈宇忞懊丧得都想放弃了。袁亚青得知情况后，用视频连线为他打气，她说："你不是要为武汉加油，为中国加油吗？那你先得为自己加油！"作品终于完成后，陈宇忞给袁亚青打了电话，一边报告，一边笑个不停。

《"易"起来，为中国加油》自拍魔术节目系列做了整整 12 期，通过互联网传向了全世界，孙雨欢、殷济海、周晓敏、邹奕帆、张济奎、奚思萍、乔屹峻等小学员，个个都拿出了自己的真本事，在疫情期给众多的孩子和大人带去了信心和温暖，给居家的日子添上了快乐。

悄悄地，冬天过去了，春天来了；春天过去了，夏天又来了。袁亚青在魔术社第四次网上直播大课开课时说："我们都坚持下来了，这样的坚持让我们拥有了快乐的童年，也拥有了生活的勇气和力量。"说着，她有些哽咽了。孩子们轻轻地说："袁老师被'魔法'罩住啦！"

2020 年 5 月

采写手记：

为一部长篇小说的写作做准备，我求教于"女魔术师"袁亚青。我想，疫情来后，什么事情都停摆了，袁亚青和她的易念魔术社应该"无所事事"了吧。没有想到，她告诉我说，魔术社一直都没停歇过，因为她不能看着在家里禁足的孩子们闷闷不乐，她希望小小的魔术依然可以给孩子们带去快乐，于是，她开启了"云课堂"。我也上网去听课了，并由此开始了我的采访——我发现，孩子们有着博大的胸怀，他们一个个正积极地排练节目，并且制作成小视屏，通过互联网传向全世界，给人们带去战胜疫情的信心和勇气。

后记

有人戏称我是“斜杠达人”，因为我的确同时从事着不同的、跨界的工作，比如作家，比如编辑，比如影视剧制片人，比如大学教授，但是，我真正的职业是一名新闻工作者，从20世纪90年代延续至今，从未有过弃置，我就职过的新闻单位从城市导报社到康复杂志社、每周广播电视报社、都市丽人杂志社、娱乐与时尚杂志社，最后是上海广播电视台。我想特别提及一下，我的专业职称是新闻高级编辑（记者）。2018年4月，我到龄后上交了我的记者证，而在这一年11月8日的中国记者节上，我凭借一篇长篇通讯获得了“第二十七届上海新闻奖一等奖”，或许这是冥冥之中，上天给予我的一个特别的奖励。

岁月如水，光阴似箭，我从事新闻工作已近三十年了。成为一名记者，是我从小就有的理想，为此，我付出了极大的艰巨的努力，并坚守一生。我的人生座右铭是“现代新闻之父”普利策对新闻从业人员的要求——一个人应当具有批评的眼光、不满的精神和追求美好的愿望。在我的记者生涯中，我一直保持敬畏之心，保持职业操守，保持工作激情，保持独立思考，保持现实关注。在近三十年里，我写下了难以计数的新闻作品，包括消息、通讯、评论、研究等，从我现在精选出来的二十八篇深度报道中，可以窥见我涉足到了比较广泛的领域——从时事到历史，从法律案件到史实追踪，从艺术到科学，从旅游业到军界，从人文关怀到环境保护，从公交线路到监狱深处，从名人大家到普通百姓，从国内到国外……而这些作品不仅是我个人的新闻采访和写作记录，也是一个我所身处的时代和社会的集体记忆。让我深感欣慰的是，从新闻本义学来说，任何“新闻”都是过去式，都是“旧闻”，但是，这些作品至今还有新鲜感，还有现实感，还有咀嚼感。

我是十分幸运的，能够成为一名记者，能够去尝试实现自己的新闻梦想。这份职业让我学到太多的东西，让我看到太多的人和事，并帮助我打开眼界，打开胸怀，让我的世界变得无限宽阔，它甚至重新塑造了我，给我以勇气，给我以力量，给我以翅膀，使我的人生得以飞翔到一定的标高和境界。所以，我心怀感恩，感恩新闻工作赋予我的这一切，而我唯一的报答就是对新闻事业的忠诚和不懈的追求。

对我而言，记者这份职业永远没有穷期，我之前曾为之拼搏过，如今，我还在并且会继续努力。

简平

2021 年 2 月 16 日